LAS CRÓNICAS DEL VIAJANTE

EL PASAJERO 19

CARLOS VILA SEXTO

edebé

LAS **CRÓNICAS** DEL VIAJANTE

LIBRO 1

edebé

Las crónicas del viajante (libro I). El pasajero 19
© Carlos Vila Sexto, 2018
Publicada de acuerdo con Meucci Agency, Milán.

© Ed. Cast.: Edebé, 2018
Paseo de San Juan Bosco, 62
08017 Barcelona
www.edebe.com

Atención al cliente: 902 44 44 41
contacta@edebe.net

Directora de Publicaciones: Reina Duarte
Editora de Literatura: Elena Valencia

Primera edición, octubre de 2018

ISBN: 978-84-683-3528-5
Depósito legal: B. 21228-2018
Impreso en España
Printed in Spain

A Laura.

Por empezar conmigo el viaje una noche de diciembre.

BILBAO - SANTANDER

I

Hasta cinco minutos después de despertar, no vio el cadáver de la joven.

Porque al principio, cuando abrió los ojos, le parecía seguir soñando. En su sueño, se había visto a sí mismo reflejado en un gran espejo, en mitad de una habitación enorme y antigua, decorada con solemnidad y cierto aire lúgubre. Él se acercaba al espejo, tocaba el cristal y, al apoyar la mano sobre su reflejo, este la retiraba con rapidez, como si tuviera conciencia propia.

Fue entonces cuando despertó de golpe, con un terrible dolor de cabeza. Miró hacia un lado. Su rostro le devolvía la mirada desde el cristal de la ventanilla. Con el corazón palpitando con fuerza en su pecho y su piel húmeda por el sudor, tardó varios segundos en recomponerse y cobrar consciencia de dónde estaba.

El continuo traqueteo no le ayudaba precisamente a situarse, ya que hacía que la realidad en la que acababa de despertar pareciera una prolongación del sueño.

Miró a su alrededor. Estaba en un pequeño cuarto, sentado sobre una amplia cama, mirando su propio reflejo en un cristal que apenas dejaba ver lo que había al otro lado. La habitación era muy elegante, con las paredes revestidas en madera y una moqueta roja que hacía juego con las cortinas de terciopelo que enmarcaban la pequeña ventana. Se levantó un tanto mareado y se acercó a ella. El paisaje, castigado por la lluvia y difuminado por una espesa niebla, pasaba frente a sus ojos a toda velocidad.

Se encontraba en un tren. ¿Pero cómo había llegado allí? Se sorprendió al hacerse la pregunta. No recordaba haber entrado en el compartimento, pero tampoco haber llegado a ninguna estación ni subirse a un tren. Se pasó la mano izquierda por la cara, intentando despejarse. Al hacerlo, reparó en que la llevaba envuelta en un pañuelo blanco a modo de venda, teñido de rojo. Lo aflojó y vio la carne abierta, todavía sangrando. El corte parecía profundo y se lo había hecho hacía muy poco. Segundos tal vez. ¿Se lo habría hecho él mismo o habría sido un accidente?

Y fue entonces, al intentar encontrar la respuesta, cuando descubrió con angustia que no recordaba absolutamente nada.

Pero eso no era posible. Algo tendría que recordar. Alguna imagen, tal vez del trayecto hasta la estación... o una conversación. Con alguien tendría que haber hablado de aquel viaje en tren. Tal vez se lo comentara a...

«¿A quién?». A su mente no acudía el rostro de ningún amigo, de ningún familiar. Pero aquello no podía ser. A alguien tenía que conocer en...

Se sentó en la cama. Aquello era absurdo. ¿Cómo podía no recordar el nombre de la ciudad donde vivía? Desde luego, antes de subir al tren tendría que haber bebido un montón para olvidarse de algo así. Claro que tampoco podía recordar si la bebida le solía causar ese efecto. Como tampoco recordaba si él solía beber.

Sonrió nervioso, confiando en que su cabeza iría recordando cosas a medida que se fuera despejando. El sueño tenía que haber sido más profundo de lo normal.

Tal vez en su equipaje hubiera algo que le diera alguna pista sobre lo que hacía allí. Desde luego, no recordaba ninguna maleta, pero si aquel era su compartimento, llevaría algún tipo de equipaje. Abrió el armario que había junto a la puerta, pero estaba vacío. Miró bajo la cama y tras las cortinas. No había nada.

Se palpó los bolsillos, pero lo único que encontró en ellos fue una cajita metálica de caramelos, que ocultaba una moneda plateada protegida por una cama de espuma recortada a propósito para ella. Estaba muy desgastada, aunque en una de sus caras consiguió leer una fecha: 1747. La sostuvo entre sus dedos un instante y después la devolvió a la caja, que guardó de nuevo en el bolsillo. No llevaba nada más encima, ni billete de tren ni cartera.

Fue entonces, al pensar en su cartera y su carné de identidad, cuando le sorprendió la revelación más horrible de todas.

No recordaba su nombre.

Pero eso era imposible. Ciudad, amigos, familiares… Olvidar todo eso podía ser comprensible hasta cierto punto, pero ¿cómo podría haber olvidado su propia identidad?

Reparó entonces en una puerta que había frente a la cama. Del mismo color de la pared, le había pasado por alto. La abrió y pasó al cuarto de baño del compartimento.

Se miró en el espejo, y un escalofrío recorrió su espalda cuando fue consciente de que no reconocía su propia cara.

Se acercó un poco para ver su rostro con claridad. Lo primero que le llamó la atención fueron sus ojeras, como si hubiera pasado varias noches sin dormir. Una barba de pocos días disimulaba sin éxito la palidez de su rostro.

Al girar el cuello, le pareció adivinar una pequeña marca en su pecho, una línea de un color más claro que el de su piel que nacía a apenas cinco centímetros de su cuello. Se desabrochó la camisa y comprobó que la cicatriz continuaba en línea recta hacia abajo, dividiendo su pecho por la mitad.

Mediría unos veinte centímetros, y su color claro y su tacto suave revelaban que no era en absoluto reciente. Una vieja operación de la que, por supuesto, no se acordaba.

Se abrochó de nuevo la camisa y abrió el grifo del lavabo. El sonido del agua al correr le tranquilizó. Con calma, se remangó. Al hacerlo, descubrió un tatuaje en la cara interior de su antebrazo izquierdo. Un ángel blandía una espada mientras miraba hacia el suelo. El dibujo parecía estar a la mitad. Se remangó el otro brazo y descubrió la otra parte. Juntando sus dos antebrazos, con las palmas de las manos vueltas hacia su cara, el tatuaje apareció completo. El ángel pisaba la cabeza de un hombre con barba de cuya espalda salían unas alas de murciélago. El hombre estaba encadenado, y el ángel, con su mano libre, sujetaba con fuerza la cadena. Pasó la mano derecha por la imagen de su antebrazo izquierdo. La piel de ambos brazos sobre la que se había grabado era extrañamente suave y dura al mismo tiempo, con algunos pliegues que producían la curiosa sensación de estar viendo un dibujo en relieve. El agua del lavabo seguía corriendo. Se salpicó la cara varias veces, hasta convencerse de que estaba despierto, de que ninguna parte de su ser se había quedado olvidada en el mundo de los sueños. Aquella incómoda sensación de sentirse un extraño en su propio cuerpo estaba durando demasiado. Fue al estirar el brazo para coger una toalla con la que secarse cuando se fijó en la cortina de ducha que había a su izquierda. Y antes de ser consciente de ello, su cabeza se preguntó cómo había pasado tanto tiempo en el cuarto de baño sin haber visto el cadáver.

Retrocedió hasta la pared, presa del pánico. La chica no debía de tener más de treinta años, y no cabía ninguna duda de que había sido preciosa. Su cuerpo rígido descansaba en el plato de la ducha en una postura grotesca. Sus ojos azules eran profundos e hipnóticos incluso estando apagados, y contrastaban con el tono gris de la piel, que palidecía con cada segundo que la sangre no corría por sus venas. La misma sangre que se había escapado por una herida de bala en su pecho.

Junto a sus pies, creyó ver algo brillante. Se agachó para cogerlo. Era la pistola con la que seguramente había sido asesinada. Cuando comprendió la gravedad de la escena que tenía delante, soltó el arma, asustado, y salió a trompicones del compartimento.

Lo hizo con tal rapidez que chocó contra el ventanal del pasillo, castigado por las continuas embestidas de la lluvia. La puerta, marcada con el número diez, se cerró tras él.

Corrió hasta el espacio que separaba los dos vagones. Allí, el traqueteo del tren era más fuerte, y el viento helado se filtraba por las rendijas. Aprovechó para tomar aire e intentar despejarse. ¿Qué debía hacer? Tenía que dar la voz de alarma, avisar a alguien de lo que había encontrado.

—¿Has visto a un fantasma?

Se volvió sobresaltado. Frente a él, había una niña pequeña, con el pelo largo y rojizo, un rostro blanquecino salpicado por innumerables pecas y unos ojos enormes color miel que le atravesaban. Llevaba una pequeña mochila verde a la espalda.

—¿Por qué dices eso?

—Cuando mis padres ven en la tele *pelis* de fantasmas, esa es la cara que ponen. Pero ellos se asustan con cualquier cosa.

—Escucha..., ¿sabes dónde está el revisor?

—Aquí no hay revisor. Hay jefe de expedición. Se llama Castro, y es como el jefe de todo lo que pasa en el tren.

—Vale... ¿y puedes decirme dónde está?

—No lo veo desde hace un rato. Pregunta en el vagón cafetería. Está por ahí —dijo señalando una dirección.

Él intentó esbozar una sonrisa.

—Gracias —y avanzó en la dirección señalada.

—Me llamo Alba. ¿Cómo te llamas tú?

Él se volvió antes de entrar en el siguiente vagón. Miró a la niña a los ojos, y durante una fracción de segundo, tuvo la extraña sensación de que ya la conocía.

—¿Me creerías si te dijera que no me acuerdo?

Lejos de sorprenderse, la niña pareció relajarse, como si aquella pregunta le hiciera sentirse más cómoda.

—Claro. A mi abuelo también le pasa. Yo se lo repito todo el tiempo para que no se le olvide. Cuando lo recuerdes, dímelo, así te lo podré repetir a ti también.

—Trato hecho.

Ella le sonrió, satisfecha por el acuerdo. Al verla sonreír, él sintió cómo su corazón se tranquilizaba y el aire frío lo era un poco menos.

Cruzó el siguiente vagón con la mente fija en encontrar al jefe de expedición, Castro. A él o a cualquier persona que trabajara en el tren para informarle de lo que había encontrado. Se detuvo nada más entrar en el vagón bar, elegante y acogedor. Vestido con madera oscura y tonos rojizos en las cortinas y los asientos, parecía un club social del Londres de finales del siglo XIX. En la barra, algunas personas esperaban a ser atendidas, mientras otras charlaban distraídamente con la vista fija en la tormenta que golpeaba con violencia los vagones del tren.

Se acercó a la barra, donde el camarero atendía a un pasajero. Pensando las palabras con las que iba a explicar el descubrimiento del cadáver, reflexionó también sobre las consecuencias de estas. Enseguida acudieron a su mente las primeras preguntas que le harían: «¿Qué hacía usted en el compartimento?», «¿Conocía a la chica?».

Por supuesto que no la conocía. De hecho, en ese mismo momento no se conocía ni a sí mismo, pero si había despertado en su compartimento era probable que viajara junto a ella o que por lo menos supiera su identidad. Podría ser su hermana, o incluso su mujer. ¿Qué pasaría si él negaba conocerla y después se descubría algo parecido?

Su hallazgo era más que sospechoso, por no hablar del hecho de que no tenía billete y de que ni siquiera recordaba su propio nombre.

Así pues, la cuestión estaba más que clara. La chica había sido asesinada y él sería considerado el principal sospechoso.

Y entonces acudió a su mente la pregunta más horrible de todas.

¿Cómo podía estar seguro de que no lo era en realidad? ¿Cómo podía saber que él no era el asesino?

No recordaba haber subido al tren, así que tampoco podría recordar si él había matado a la chica. Enseguida desechó esta idea de su cabeza. Él no era un asesino. ¿O tal vez sí? Cada segundo que pasaba generaba una nueva pregunta sin respuesta. Entre tanta confusión, solo había algo de lo que podía estar seguro: si hablaba del crimen con alguien, de un modo u otro, acabaría en la cárcel.

—¿Qué va a ser?

La pregunta le devolvió al mundo real. El camarero le miraba sonriente desde el otro lado de la barra, mientras recogía el vaso vacío de un cliente que acababa de dejar un taburete libre. Tenía el pelo rubio cortado casi al cero, y una pequeña cicatriz bajo el ojo derecho que le daba un aire siniestro a pesar de sus rasgos suaves.

—¿Una cerveza? —se atrevió a aventurar el empleado, viendo que su cliente no se decidía.

—No sé…, no creo…, me parece que me he dejado la cartera…

—En este tren no la necesita.

—¿Cómo dice?

El camarero esbozó una leve sonrisa, como si lo que estaba a punto de decir fuera una obviedad.

—Está todo incluido, caballero. ¿Cerveza?

Asintió con la cabeza y el camarero se dispuso a servirle. Él lo miró sin comprender y se sentó en el taburete. Agradeció el trago frío de la cerveza y se permitió relajarse durante unos segundos. Necesitaba algo de tiempo para pensar, para ordenar las preguntas en su cabeza. Pero estas se agolpaban de tal manera que lo aturdían.

—«Todo incluido»… Con lo que cuesta el billete, deberían dejarnos conducir la puñetera máquina.

Se volvió hacia el hombre que le hablaba. Su pelo blanco y su barba descuidada decían que tendría algo más de sesenta años. Pero su piel curtida y sus ojos pequeños y hundidos le añadían otros diez. Bebía una copa a pequeños sorbos.

—Es cierto que no me puedo quejar. La mitad de los que viajan en este tren son periodistas y la otra mitad son amigos de los dueños. Los únicos pasajeros de verdad debemos de ser cuatro gatos. ¿O no, Alberto?

—Creo que tiene razón —contestó el camarero, sin mirarle.

—Tal y como están hoy las cosas —dijo señalando la ventanilla con la cabeza—, haber encontrado una plaza ya es todo un milagro. Aun así, pagar veinte mil pesetas por un billete de tren es cosa de locos. Por muchos lujos que tenga este cacharro. Y eso es solo esta vez, que el viaje dura un día. No te quiero ni contar cuando hagan el recorrido completo y la gente se pase aquí dentro una semana. He oído que los billetes van a costar entonces unas trescientas mil —dio un nuevo trago a su bebida—. Ese Docampo es un hijo de perra muy listo.

—¿Docampo?

—El dueño de la línea. Llevaba cinco años dando por saco

a todos los políticos del país para que le dieran las licencias y construir las vías. Aunque puede que Hortensia le eche por tierra todos los planes.

—¿Quién es Hortensia?

El hombre miró hacia los cristales, asediados por la lluvia y el viento.

—¿A ti qué te parece? El huracán, hombre. Desde ayer que llegó del Atlántico, no se habla de otra cosa. Ha cogido la costa del Cantábrico y no va a parar hasta que la destroce. A ella y a nosotros.

—Solo es un poco de agua…

El hombre sonrió y estiró el brazo para tomar un periódico que descansaba sobre la barra. Lo dejó frente a ellos. En la portada, se veía una fotografía de un paseo en una ciudad costera. Varias personas intentaban caminar desafiando al viento, que volteaba sus paraguas mientras las olas rompían contra los muros de la playa y salpicaban la calzada.

Su vista se fue inconscientemente a la fecha escrita bajo el nombre del periódico. Jueves, 4 de octubre de 1984.

—Al parecer, ya no es un huracán, solo un ciclón —apuntó el camarero.

—Uno dice «un poco de agua» y el otro, «solo un ciclón»… ¿Has visto tú algún chubasco al que le den nombre propio? Cuando lo hacen, es que estas cosas son gordas de verdad —el hombre dejó escapar una risa entrecortada y negó con la cabeza—. «Un poco de agua»… A ver si cuando lleguemos a Vivero me dices lo mismo. No he visto olas más grandes que en esa zona, y eso con el tiempo en calma. Esta noche no lo quiero ni imaginar. Si no tuviera que estar en Ferrol por la noche, de buena gana iba a estar yo aquí metido —el hombre dio un nuevo trago a su bebida y le extendió la mano, presentándose—. Fernando Salgado.

Él se la estrechó en un último y desesperado esfuerzo por recordar su propio nombre. Estaba decidido a inventarse uno cuando Fernando atajó el problema.

—No me lo diga... Miguel, ¿verdad?

—¿Por qué lo dice?

—El tatuaje de su brazo... El arcángel San Miguel pisando la cabeza del diablo.

Bajó la vista y observó el tatuaje asomando por la camisa aún remangada. Miguel le pareció tan buen nombre como cualquiera y asintió levemente con la cabeza. Fernando sonrió con un leve gesto de orgullo.

—Antes ha dicho usted algo de Vivero..., ¿el tren pasa por ahí?

—¿Se ha subido sin saberse el itinerario? Sí que andamos buenos hoy... —se dirigió al camarero—. Alberto, ¿tienes uno de esos papeles del viaje por algún lado?

El camarero asintió y se inclinó bajo el mostrador, de donde sacó un folleto que extendió sobre la barra.

El tren en el que viajaba se llamaba Tren del Norte, y unía las ciudades de Bilbao y Ferrol.

—¿Hace mucho que hemos salido? —preguntó Miguel.

Fernando enarcó las cejas y él se sintió en la obligación de justificarse.

—Creo que me he quedado dormido.

—Hemos salido hace menos de una hora. En unos tres cuartos nos pondremos en Santander —contestó Alberto.

Por lo que Miguel podía leer en el folleto, el Tren del Norte era una experiencia pionera en España. Habían reconstruido unos viejos vagones de los años veinte y los habían adaptado a un trazado de vía estrecha con el fin de convertirlo en la mayor atracción turística del norte del país.

—El Orient Express y el Transiberiano… —continuó Fernando, con la mirada perdida—. Esos sí que son trenes hechos para aguantar lo que sea. Claro que yo los cogía en la época en la que ni había comodidades ni había nada. Llegar a Rusia era toda una odisea, y atravesarla, ni te cuento. Pero a los de la División tampoco nos habían llevado allí de turismo, eso ya te lo digo yo.

Miguel intentó no sonar demasiado descortés.

—Si me perdonan…, creo que seguiré dando un paseo por el tren. Tengo las piernas un poco entumecidas.

—Por aquí nos veremos —se despidió Fernando.

Y siguió recordando con el camarero aquellos tiempos lejanos.

Miguel se levantó de su asiento y echó a andar. Cuando lo hizo, descubrió que ya había tomado una decisión sobre lo que hacer, casi sin darse cuenta.

Cuarenta y cinco minutos. Ese era el tiempo que tenía que aguantar en el tren sin llamar la atención. Después se bajaría y sin que nadie lo viera echaría a correr, lejos del tren, del cadáver y de las sospechas. ¿Pero qué pasaría luego? ¿Qué ocurriría con la chica? En realidad, no era su problema.

«Cuarenta y cinco minutos…», pensó. «No parece muy difícil».

II

—Han sido cinco largos años —anunció Docampo sin soltar su copa de champán—. En este tiempo he tenido ganas de suicidarme más de una vez —algunas risas se dejaron oír entre su auditorio—, pero entonces pensaba: «¿Por qué matarme yo, pudiendo matar a mi socio?».

Las risas aumentaron de intensidad, y las miradas se clavaron en Víctor Méndez, que estaba recostado en una cómoda butaca, saboreando un cigarro mientras sus labios dibujaban una sonrisa.

Bouzas lo observaba todo atentamente desde una esquina del vagón Oriente, un amplio salón sobre ruedas que disponía de las mismas comodidades que el más prestigioso club social: minibar, biblioteca, hemeroteca, cómodos sillones e incluso una pantalla de proyecciones sobre la que en ese momento se proyectaba un gráfico del trazado del tren. Todo en apenas treinta metros cuadrados.

Ismael Docampo llevaba más de quince minutos sin parar de hablar. Su audiencia, compuesta por empresarios, políticos y periodistas, asistía encantada al discurso de inauguración de la nueva línea.

—Por suerte, no pasó ninguna de las dos cosas —continuó Docampo—. Y eso que Víctor y yo tuvimos más de una discusión sobre el proyecto. El trazado, las paradas…, el precio de los billetes…

—Eso a esta gente le trae sin cuidado, Ismael —apuntó Víctor—. Casi todos aquí han venido de gorra.

El vagón estalló en una sonora carcajada.

—Una vez más, mi socio tiene más razón que un santo. Pero los dos estamos encantados de haberos invitado a este viaje, porque todos habéis contribuido a que se haga realidad. Cuando empezamos a remodelar estos vagones, mucha gente nos dijo que era una locura, que solo había un Orient Express y que no tenía sentido copiarlo en España.

Les dijimos que tenían razón. Docampo hizo una pausa dramática mientras daba un sorbo a su copa de champán. A Bouzas le llamó la atención lo bien que dominaba aquel hombre ese tipo de actuaciones y lo mucho que disfrutaba con ellas. También se dio cuenta de que Docampo aprovechaba cada pausa en su discurso para echar algún vistazo hacia alguna de las dos puertas del vagón, como si esperase la llegada de alguien.

—Tenían razón porque Víctor y yo nos propusimos no copiar el Orient Express, sino mejorarlo. Y lo hemos conseguido. El Tren del Norte es desde hoy la ruta turística más lujosa y confortable del mundo. Quince vagones con capacidad para cincuenta pasajeros. *Suites* de diez metros cuadrados con cuarto de baño incorporado. Un vagón cocina donde trabajan algunos de los cocineros más reputados del país y dos vagones restaurante con capacidad para todos los pasajeros. Un vagón cafetería con sala de lectura, otros dos para salones y casino, además de los vagones destinados al personal de a bordo y a los servicios del tren.

—Señor Méndez, cuando su socio acabe de hablar, no va a tener usted nada para contar —apuntó un hombre de enormes dimensiones, trajeado y de pelo engominado.

Víctor Méndez dio una calada a su habano antes de contestar.

—Cuanto más hable él, más tranquilo me puedo fumar mi puro.

Una periodista de mediana edad y gafas de montura oscura levantó la mano y preguntó sin esperar el permiso de nadie. Bouzas la conocía de oídas. Se llamaba Verónica Robledo, y no había mostrado mucha confianza en el proyecto del Tren del Norte desde que se había hecho público.

—¿No cree que este viaje inaugural ha sido un poco precipitado? No sé si todos aquí han mirado por la ventanilla en la última hora, pero el huracán está pasando justo por encima de nosotros.

Docampo, aunque ligeramente incómodo, forzó una sonrisa, como el alumno que ve en el examen la pregunta que sabía que caería, pero que no ha estudiado.

—En primer lugar, he de decir que el Hortensia ya no es un huracán. Apenas llega a la categoría de ciclón, así que lo máximo que nos vamos a encontrar es un poco de agua y algo de viento. En ningún caso va a ser un problema.

Sonrió a los presentes, intentando transmitir confianza. La periodista insistió.

—Pero no hay ningún otro medio de transporte que esté circulando a estas horas por el norte de España. Todo está cerrado: aeropuertos, estaciones, carreteras...

—Un punto más a nuestro favor, Robledo. Si somos el único medio de transporte capaz de atravesar el Hortensia, significa que somos el más seguro —respondió Docampo, desviando la mirada de la mujer, como dando por zanjada la cuestión del clima.

—En ese caso, ¿por qué el viaje inaugural dura un día? —preguntó otro periodista, señalando el mapa del trayecto que había proyectado en la pantalla—. Cuando la línea esté funcionando a pleno ritmo, el viaje durará una semana, y las ciudades de parada se van a duplicar.

Docampo se levantó y se acercó a la pantalla.

—Quiero empezar aclarando que la línea ya está funcionando a pleno ritmo. Pero es cierto que en este primer viaje solo vamos a hacer escala en Santander, Oviedo y Ferrol, nuestro destino final. El objetivo del Tren del Norte es dar a conocer los rincones más espectaculares de la cordillera cantábrica. Nuestro viaje inaugural iba a extenderse durante una semana, pero el temporal ha obligado a que muchas de las actividades que teníamos programadas fuera del tren hayan tenido que suspenderse. Por otro lado, hay muchas estaciones donde hoy han reducido el personal, y por eso no podemos hacer más escalas. Podríamos haber retrasado la fecha del viaje y esperar unas circunstancias más... cómodas. Pero no queríamos que nada empañara el nacimiento de la línea. Este primer viaje será breve, pero considérenlo un aperitivo de lo que está a punto de llegar.

—¿Cree de veras que los vagones aguantarán el temporal? Al parecer, tienen todos unos cuantos años —preguntó Robledo, despertando algunas tímidas risas entre sus compañeros.

Bouzas se fijó en que Docampo estiraba ligeramente el cuello, manteniendo a su vez la sonrisa. Estaba claro que empezaba a cansarse de la insistencia de la mujer. Víctor debió de verlo también, porque se levantó rápidamente para contestar.

—Estos vagones fueron construidos en los años veinte, y hace más de medio siglo que dejaron de prestar servicio y empezaron a acumular polvo. Son obras de arte, igual que el resto de nuestro viaje. Por eso hemos querido contar con ellos en lugar de construirlos de cero. Y les aseguro que lo hemos hecho cumpliendo a rajatabla todas las normativas de seguridad.

—Déjeme que le vuelva a plantear la pregunta —insistió Robledo—. ¿Están convencidos de que hoy llegaremos al final del trayecto?

Docampo dio un paso al frente.

—No hay nada que pueda con el Tren del Norte. Quédense con estas palabras.

«Lo mismo dijeron del Titanic», pensó Bouzas.

—Gracias por haber venido… y disfruten del viaje.

Los presentes comenzaron a aplaudir, al mismo tiempo que los últimos *flashes* de las cámaras se confundían con los relámpagos del exterior.

Docampo estrechó unas cuantas manos mientras se acercaba a Bouzas. Antes de llegar a él, Robledo le extendió la suya. Docampo se la estrechó con la misma sonrisa que llevaba varios minutos congelada en su rostro.

—Robledo, si llego a saber que te ibas a echar a la yugular, te dejo en tierra.

—Espero no haberle molestado, señor Docampo —comentó la periodista. Bouzas no pudo adivinar hasta qué punto eran sinceras sus palabras—. Solo quiero que todo el mundo tenga claro que este tren es seguro.

—El más seguro que se ha construido en este país —remató él.

Docampo iba a darse la vuelta para hablar con Bouzas, pero la mujer le retuvo con una nueva pregunta.

—¿Es cierto que el viaje no se ha pospuesto por un acuerdo con los bancos que financian la línea?

Docampo pareció quedarse sin respuesta durante un segundo, pero se recompuso.

—¿De qué estás hablando?

Robledo bajó la voz, seguramente más para proteger una posible exclusiva que por no incomodar a su interlocutor en público.

—Se dice que hoy era el último día del plazo que los bancos les habían fijado para poner el tren en marcha. Si el tren hubiera salido mañana, usted y su socio les tendrían que haber pagado una penalización millonaria por incumplir el acuerdo. Por eso no han movido la fecha del viaje inaugural, a pesar del huracán. No sé si le gustaría hacer alguna declaración al respecto.

Docampo dio unas palmadas en la espalda a la periodista.

—Hazme un favor, Robledo. Olvídate de las preguntas, aunque solo sea por un rato, y disfruta del tren. Vamos a pasar todo el día aquí metidos, ya tendremos tiempo de hablar con calma.

Bouzas tenía claro que la mujer no iba a conseguir más información por el momento, y ella pareció entenderlo también: asintió con la cabeza y se dio la vuelta. Docampo se volvió finalmente hacia él.

—¿Has visto a Alicia?

—No desde que salimos.

—Encuéntrala, ¿quieres? Tenemos trabajo pendiente.

Cinco años atrás, Bouzas le habría dicho que él no era su chico de los recados. Pero cinco años atrás él aún conservaba su placa y su dignidad. Ahora, sin ninguna de esas dos cosas, tenía que dar gracias a Dios de que Docampo le hubiera contratado en el Tren del Norte, así que se limitó a asentir con un gesto y caminar hacia la salida.

Mientras cruzaba el vagón no dejaba de mirar de reojo a las ventanillas, mientras su cabeza repetía la frase que había oído a Docampo hacía un minuto. «No hay nada que pueda con el Tren del Norte». Bouzas esperaba que su jefe tuviera razón. Las tormentas le ponían nervioso desde que su hermano mayor perdiera la vida al caer desde su barco pesquero en mitad de una tempestad, a pocos kilómetros de la costa de Cee. Aquello había pasado cuando Bouzas contaba con siete años. Ahora, cuarenta más tarde, aún se despertaba algunas noches tras soñar con cadáveres hundiéndose entre el oleaje, y seguía temblando cada vez que escuchaba un trueno que presagiaba tormenta.

Llegó al siguiente vagón, un salón con varias mesas bajas que se repartían de punta a punta, rodeadas por sillones de cuero. La gente charlaba animadamente alrededor de las mesas, ajenos al temporal, e incluso algunos disfrutando de él.

Cierto era que el ruido de la lluvia y el viento apenas se sentía en el interior de los vagones, muy bien aislados, y que el frío del exterior no se atrevía ni a asomarse con el sistema de calefacción funcionando a plena potencia. Pero una cosa era no sentir la tormenta, y otra muy diferente era disfrutarla. Y eso, Bouzas no lo entendía.

Echó un vistazo a su alrededor, esperando ver a Alicia entre los pasajeros. De pronto, una mujer, sentada sola a una mesa a su lado se dirigió a él.

—Supongo que no habrás venido a tomarte una copa.

—Sandra... —pareció sorprendido de verla—. No, yo solo estaba... No la he visto en el discurso.

—Se lo he escuchado a Ismael demasiadas veces en casa. Además, no creo que me echara de menos.

—No sé por qué lo dice...

—Venga, Darío... Todo lo que no sea trabajo es prescindible para mi marido. De hecho, ni siquiera te ha mandado a que me busques a mí, sino a su secretaria. ¿Me equivoco?

—¿La ha visto?

—No desde que salimos —dio un trago—. Estará relajándose en su compartimento, o en algún otro. Al fin y al cabo, este es un viaje de placer, ¿no?

Bouzas dibujó una sonrisa. Sandra sabía hablar con educada ironía aun cuando llevaba una copa de más. Sobre todo cuando llevaba una copa de más.

—De todas maneras, yo pensaba que un jefe de seguridad estaba para otro tipo de trabajos —recalcó ella.

—Estoy para lo que mande su marido.

—Pues como todos entonces.

Sandra volvió la vista a la ventanilla, dando la conversación por terminada. Bouzas continuó su camino. Al pasar entre dos mesas, chocó con un chico que avanzaba en sentido contrario. Estaba algo pálido y su frente parecía brillar por el sudor. Apenas levantó los ojos cuando se encontró con Bouzas.

—Perdón —musitó el joven.

—No se preocupe…

Los ojos de Bouzas se fijaron inconscientemente en los brazos del chico, donde se adivinaban sendos tatuajes de tamaño considerable.

Aunque solo los vio durante medio segundo, juraría que uno de ellos parecía el de un ángel armado con una espada.

·····························

III

Miguel se echó las mangas de la camisa hacia delante en cuanto vio que el hombre miraba sus antebrazos. Le parecía prudente pasar desapercibido hasta que consiguiera bajarse del tren. Hablar con aquel pasajero tanto tiempo en la barra del vagón bar ya había sido una imprudencia. Si quería que no le relacionaran con el asesinato de la chica, lo primero que tenía que hacer era volverse invisible.

De hecho, desde que se había despedido de Fernando, se había dedicado a camuflarse entre el resto de los pasajeros, a mirar por la ventanilla en todo momento, dando la espalda a los demás, a caminar distraídamente por los vagones, como si no tuviera prisa por salir de aquel tren.

Se acercó a uno de los cristales. Aunque todavía era mediodía, las nubes habían oscurecido el cielo hasta dar la sensación de que se encontraban a las puertas de la noche. A lo lejos, distinguió unas luces, cuyo número iba en aumento, señal inequívoca de que se acercaban a una ciudad. Sacó el folleto con el itinerario que le había dado Fernando. Debían de estar llegando a Santander.

No sabía lo que iba a hacer una vez allí. Lo único en lo que podía pensar era en alejarse lo más posible de aquel tren. Tal vez pudiera encontrar un sitio donde resguardarse de la lluvia. Ya tendría tiempo suficiente para reflexionar sobre lo que había ocurrido. Quién sabe, puede que incluso tras descansar un poco, sus recuerdos volvieran de golpe.

De pronto, comenzó a escuchar una conversación que dos hombres mantenían en voz baja a su espalda. Sus siluetas se reflejaban en el cristal, así que podía ver perfectamente cómo uno de ellos, de aspecto elegante, miraba de reojo a su alrededor y dejaba de hablar cuando otro pasajero pasaba junto a ellos. El otro, vestido con uniforme, hablaba en un tono más tranquilo.

—Castro, no puedes estar hablando en serio…

—Lo siento, señor, pero solo le repito lo que nos han dicho por la radio.

—Santander es la primera parada del primer viaje, no podemos saltarla.

—Parte del tejado del andén se ha caído por la lluvia, no hay forma de pararse.

—Teníamos todo un acto cerrado con el alcalde en la misma estación —el hombre elegante se pasó una mano por la cara, nervioso.

—Es del todo imposible, se lo aseguro. Cambiaremos de sentido a trescientos metros. Hay una vía en desuso que nos vuelve a poner en dirección oeste dando un rodeo. Ni siquiera tendremos que desenganchar la máquina. Iremos con cuidado y seguiremos el viaje.

—La gente no se va a conformar con ver el Tren del Norte a trescientos metros. Si no llevamos el tren al andén, los actos no tienen ya ningún sentido. ¡Y ahora no puedo cancelarlos!

—Señor Docampo, usted me ha nombrado jefe de expedición. La seguridad del tren y de sus pasajeros es cosa mía. No puedo permitir que corramos riesgos.

Docampo resopló.

—Haz lo que tengas que hacer —se dio la vuelta, pero se detuvo un instante más—. Por cierto, no habrás visto a mi secretaria.

—No, señor.

—¿Dónde se ha metido? Tantos problemas y no aparece por ningún lado...

Docampo echó a andar. Castro le siguió, tras echar una fugaz mirada hacia el cristal frente al que estaba Miguel. Por un segundo, las miradas de los dos hombres se encontraron reflejadas. Miguel apartó la vista, temeroso de llamar la atención.

El tren no se iba a detener en Santander, pero por lo menos iba a aminorar la velocidad. Miguel no tenía más que abrir una de las puertas y saltar en marcha del vagón. Pronto todo habría acabado.

· · · · · · · · · · · · · · · · · · · ·

IV

Bouzas llamó a la puerta del compartimento 3. No contestó nadie. Dejó pasar unos segundos hasta repetir la llamada.

—¿Alicia?

De nuevo el silencio.

Aquello no le gustaba. Había buscado a la secretaria de su jefe por todos los vagones, preguntando a todos los empleados que se encontraba a su paso. Nadie la había visto, y aquello era demasiado extraño. Alicia llevaba casi seis años trabajando con Docampo, y nunca la había visto separarse del lado de su jefe más de quince minutos seguidos, a excepción de algún fin de semana o algún día de vacaciones que Docampo tenía a bien concederle. Además, aquel era el primer viaje del Tren del Norte, un proyecto en el que habían empleado todo su tiempo y dinero durante los últimos años.

No era normal que Alicia se hubiera ausentado tanto tiempo de manera injustificada, y mucho menos para relajarse, como había sugerido Sandra. Nadie la había visto en el tren desde la salida, y ahora nadie contestaba en su compartimento.

Bouzas miró a un lado y a otro para asegurarse de que no venía nadie. Sacó su cartera y tomó del interior una tarjeta de plástico de color negro.

Lo más fácil hubiera sido hablar con el jefe de expedición, y explicarle la situación para que le abriera la puerta del compartimento. Pero él se habría negado, por lo que tendrían que haber ido los dos a hablar con Docampo para que les diera su autorización. Y entonces habrían perdido un cuarto de hora.

Y por alguna extraña razón, Bouzas sospechaba que cada minuto era importante. Tal vez fueran los años que habían pasado desde que dejara el cuerpo. O tal vez lo que le decía que algo malo ocurría era esa necesidad de sentirse policía otra vez. Así que, solo tal vez, lo que estaba a punto de hacer era totalmente innecesario. Pero se arriesgó.

Introdujo la tarjeta por la rendija de la puerta y, tras palpar con ella la cerradura, la deslizó hábilmente al mismo tiempo que daba un tirón del pomo. La tarjeta empujó el cerrojo para atrás y la puerta se abrió.

El interior del compartimento no revelaba nada a simple vista. Todo parecía estar en orden: la maleta junto a la cama, algunas prendas colgadas en el armario y varios papeles de trabajo bien ordenados sobre la mesa. En el cuarto de baño, los productos de higiene y belleza estaban igualmente bien dispuestos sobre el lavabo. Sobre la mesa, junto a los papeles de trabajo, había un cenicero con los restos de un cigarrillo.

No había nada fuera de lugar, y aun así, Bouzas no podía quitarse de la cabeza la sensación de incomodidad. Había algo en aquel cuarto que no cuadraba, pero… ¿qué?

Como acostumbraba a hacer cada vez que le asaltaba una duda de ese tipo, se sentó en la cama, cerró los ojos, cogió aire y lo expulsó lentamente. Después, los volvió a abrir y comenzó a mirar de verdad.

....

V

El tren se aproximaba a la Ría de Boo, desde donde, en condiciones normales, la bahía de Santander dejaba entrever los edificios que asomaban al puerto. Con un poco de pericia, el viajero más curioso podría haber adivinado el perfil de la península de la Magdalena, que dividía en dos la costa de la ciudad y donde el palacio del mismo nombre miraba con orgullo al horizonte, a las costas británicas con las que la ciudad parecía hermanarse.

Pero no aquella mañana.

Aquella mañana, la ciudad pertenecía al huracán. Desde el Tren del Norte, Santander era una ciudad sometida por el viento y por la lluvia. Los barcos amarrados en el puerto sufrían para permanecer ligados a tierra, y los edificios que los resguardaban a lo largo del paseo amenazaban con desmoronarse, como ya hicieran más de cuarenta años atrás, en el incendio que durante dos días había arrasado el casco histórico y sembrado el pánico entre sus habitantes.

Hoy, de nuevo, la tragedia amenazaba a la ciudad.

«Hoy se han abierto los infiernos», pensó Miguel, que esperaba la llegada a la estación frente a una de las puertas de salida. Su cuerpo entero temblaba, en parte por el frío que se colaba por el espacio entre los vagones y en parte por la tensión de lo que estaba a punto de hacer.

Iba a desaparecer de una escena del crimen, así de sencillo. Aunque no fuera nada más que un simple testigo, lo que estaba a punto de hacer era un delito. ¿Pero qué podía aportar él a una investigación? No había visto cometerse el crimen, no recordaba nada de la víctima, ni tan siquiera de sí mismo. En realidad, allí no podía ayudar a nadie a resolver el misterio.

Y si él era el asesino, lo mejor que podía hacer era salir corriendo y no detenerse. En cualquier caso, necesitaba salir de aquel tren y tener un poco de tiempo para pensar, para recuperar la calma y su memoria. Si en veinticuatro horas era incapaz de recordar nada, entonces acudiría a un hospital. Tal vez allí le podrían ayudar.

Miguel vio a través de la ventanilla cómo el número de raíles se multiplicaba, por lo que supuso que se estaban acercando a la estación. La velocidad del tren se iba reduciendo poco a poco. Aunque no los podían oír, a trescientos metros, una pequeña multitud de autoridades, periodistas y curiosos suspiraban abatidos en el andén, donde un grupo de operarios trabajaba bajo la lluvia, recogiendo escombros y acordonando la zona donde el techo se había derrumbado. A pesar del inconveniente, aún confiaban en que el tren se hubiera acercado un poco más, lo suficiente para fotografiarlo.

Miguel se secó el sudor de las manos en los pantalones y se preparó para hacer girar la manivela que abriría la puerta.

—¿Vas a saltar?

Miguel se volvió, sorprendido. De nuevo, Alba se encontraba frente a él, mirándole con sus ojos color miel muy abiertos. Miguel le sonrió, un tanto aliviado al ver que se trataba de ella.

—Si lo vas a hacer, deberías parar el tren. Te puedes hacer daño si saltas en marcha.

—¿Cómo iba a hacer eso?

—Bajando esa palanca de ahí —señaló una manivela de color rojo que Miguel tenía a la altura de sus ojos, sobre un pequeño cartel que rezaba «PARADA DE EMERGENCIA»—, el tren se para de golpe.

—Alba, ¿tus padres no tienen miedo de que te pase algo andando por ahí sola?

—Están muy ocupados, les da igual dónde esté yo mientras no los moleste.

—Pero los trenes pueden ser peligrosos…

—Mi padre los hace. Yo juego en ellos desde pequeña.

—Desde pequeña, ¿eh? ¿Y cuántos años tienes tú ahora?

—Nueve. ¿Ya sabes cómo te llamas?

—Creo que Miguel.

—Miguel —repitió ella, pensativa—. Me gusta. ¿Por qué vas a saltar?

—Tengo que… salir del tren. Y es importante que nadie sepa que lo voy a hacer.

—¿Por qué? ¿Has hecho algo malo?

Miguel bajó la mirada y después volvió a fijarla en la niña. Había algo extraño en ella, algo que le transmitía una mezcla de calidez y confianza… como si no pudiera evitar contarle la verdad.

—Puede que sí. No… no consigo acordarme.

—Por lo menos, ya has recordado tu nombre. Y también el mío. Luego recordarás todo lo demás.

—Para eso es muy importante que no le digas a nadie que me has visto. Será nuestro secreto, ¿vale, Alba?

Alba le miró con sus ojos profundos, como si estuviera sopesando su decisión. Después, le sonrió y asintió con la cabeza.

—Vale, Miguel.

· · · · · · · · · · · · · · · · · · · ·

VI

Bouzas llevaba ya varios minutos sentado en la cama del compartimento de Alicia, casi sin moverse, mirando a su alrededor y analizando la habitación. En lugar de registrar y ponerlo todo patas arriba, desde hacía muchos años tenía la manía de sentarse en la escena de un crimen a observarlo todo con calma.

«Los ojos suelen mentir», le decía siempre su jefe. «Por eso, cuando lo hayan visto todo, ciérralos… y al abrirlos de nuevo, pregúntales si lo que han visto es correcto».

Había algo en aquel lugar perfectamente ordenado que le llamaba la atención. Sus ojos lo repasaron todo una vez más. Los objetos de aseo en el cuarto de baño, perfectamente dispuestos, la ropa en el armario, la maleta a los pies de la cama, los documentos de trabajo sobre la mesa, el cenicero…

Eso era. En el cenicero descansaban los restos de un cigarrillo, pero el compartimento no olía a tabaco. En cambio, sí que percibió un ligero olor a papel quemado.

Se acercó a la mesa y se inclinó sobre los restos. No eran de un cigarrillo. Las cenizas eran más grandes. Las separó con cuidado y descubrió un diminuto trozo de papel que el fuego había respetado. Lo agarró con las puntas de los dedos y se lo acercó a los ojos.

Había algo escrito en él. El número «10».

. . . .

VII

El tren tomaba ya la curva cerrada que le iba a devolver a su ruta sin necesidad de cambiar de máquina. Desde una vía cercana, un hombre cubierto con un chubasquero parecía hacer señas al maquinista para que continuara avanzando. La vía auxiliar sobre la que circulaban no estaba bien acondicionada, y por eso la maniobra debía efectuarse con precaución. Pero pronto estarían de nuevo en camino, por lo que el tren no tardaría en recuperar su velocidad. Tenía que hacerlo ahora.

Miguel abrió la puerta y la lluvia le golpeó con fuerza en la cara. El viento le atacó a traición y le obligó a dar un paso atrás. Asomó la cabeza y se cubrió los ojos con la mano a modo de visera para confirmar que no había nadie en el exterior que le viera salir. Bajó el primer escalón, se preparó para pisar tierra…

… y entonces recordó la pistola.

Recordó haberla tenido en sus manos nada más descubrir el cadáver de la chica. Sus huellas estaban ahora en el arma del crimen. Y el hecho de que él no recordara su identidad no significaba que la policía no pudiera encontrarle. El pánico y el desconcierto del momento le habían hecho dejar un rastro que podría llevarles hasta él. ¡Qué estúpido había sido!

Miró la puerta abierta. Si saltaba ahora, sería como echar una moneda al aire. Con un poco de suerte, nadie le tendría por qué relacionar nunca con el asesinato, pero…

—¡Joder! —cerró la puerta con rabia y echó a correr hacia el compartimento donde había despertado.

Tenía que recuperar aquella pistola a toda costa.

Cruzó con paso decidido los distintos vagones que lo separaban de su objetivo, con la mirada baja para intentar pasar inadvertido. Por fortuna para él, casi todos los pasajeros se encontraban mirando por las ventanillas, observando cómo a lo lejos, en la estación, varios operarios retiraban de las vías los escombros que se habían desprendido del techo. Miguel sentía su corazón palpitar tan fuerte, que por un minuto tuvo la extraña sensación de que los demás también lo podían oír.

Cruzó un vagón. Dos. Tres. Llegó a los compartimentos. La primera puerta estaba marcada con el número «20». Cada vagón tenía cuatro habitaciones, así que aún le quedaban por recorrer tres hasta llegar al compartimento diez. Aquel maldito tren parecía no tener final.

A su paso, la puerta 19 se abrió, y un hombre de edad avanzada salió de su interior. Llevaba unas gafas pequeñas y redondas que le daban un aire despistado. Cuando reparó en Miguel, este tuvo la sensación de que el hombre cerraba la puerta algo más rápido de lo normal, al mismo tiempo que guardaba en el bolsillo de su chaqueta un pequeño aparato electrónico. El hombre bajó la cabeza y echó a andar, alejándose de Miguel, mientras le dedicaba una mirada furtiva. Este se giró para ver al hombre alejarse.

Al verlo, había sentido una pequeña oleada de calor por su cuerpo, igual que cuando se había encontrado las dos veces con Alba. ¿Habría visto antes a aquel hombre? Pero Miguel no tenía tiempo para contestar todas las preguntas que su cabeza se hacía. Con fugaces miradas por las ventanillas, podía ver cómo la velocidad del tren iba en aumento lentamente. Tenía que llegar al lugar del crimen, coger la pistola y saltar del vagón antes de que fuera demasiado tarde.

Abrió la última puerta y entró al pasillo en el que se encontraba el compartimento diez. Se detuvo dos segundos frente a la entrada, tomando aire. Si nadie más había pasado al interior, la puerta seguiría sin el cerrojo echado, tal y como él la había dejado. Puso su mano en el picaporte y lo giró.

Al entrar, cerró con suavidad tras de sí y echó el cerrojo. En el interior, todo parecía seguir igual. Se asomó al cuarto de baño. El cadáver de la chica continuaba allí, en la misma posición en la que lo había encontrado, sus ojos azules y ausentes aún clavados en él.

Pero la pistola no estaba.

Aterrado, se puso de rodillas y comenzó a rebuscar por el suelo. Recordaba haber cogido el arma y haberla soltado allí mismo. Había caído de nuevo entre las piernas de la chica, no podía estar en otro lugar. Miró a su alrededor, por si acaso él mismo la hubiera golpeado con el pie al salir sin darse cuenta. Pero sus esfuerzos fueron en vano.

¿Cómo era posible aquello? Aparentemente, nadie más había entrado en aquel lugar. Y de haberlo hecho, seguramente habrían dado la voz de alarma y la gente de seguridad estaría vigilando la escena del crimen. El tren se habría detenido en alguna estación y la policía ya estaría a bordo. ¿O acaso él se había llevado el arma y no lo recordaba?

De pronto, alguien llamó a la puerta. El corazón de Miguel dio un vuelco al escuchar los golpes. Se quedó petrificado, intentando no hacer ruido ni siquiera al respirar. Pasaron unos segundos y los golpes se repitieron. Una voz llegó desde el pasillo.

—¿Alicia?

Miguel reconoció el tono grave. Era la voz del hombre con el que había tropezado poco antes.

—Alicia, ¿estás ahí?

Miguel miró el cadáver de la chica, y repitió su nombre en su cabeza, como si al hacerlo pudiera reconocerla de algún modo. Pero tanto el rostro como el nombre no le decían absolutamente nada.

Imaginaba que, al no recibir respuesta, el hombre se alejaría. Miguel se acercó muy despacio a la puerta, intentando escuchar sus pasos al marcharse. Pero, en su lugar, lo que escuchó fue el sonido de una tarjeta al deslizarse por el resquicio de la cerradura. El hombre estaba intentando forzarla.

Miguel se echó para atrás, mirando a su alrededor, buscando algún lugar donde esconderse. Pero enseguida comprendió que la idea de ocultarse en un sitio tan pequeño era absurda. Aquel hombre entraría, vería el cadáver y en menos de diez segundos habría registrado toda la habitación.

Se volvió, y comprendió que solo tenía una salida.

VIII

Al otro lado de la puerta, Bouzas cerró los ojos, concentrándose en la cerradura. Un minuto después, conseguía empujar el cerrojo con la tarjeta. Escuchó un chasquido y la puerta se abrió.

Lo primero que sintió nada más poner un pie en el interior fue el olor de la lluvia, que se introducía por la ventana abierta y que le nublaba la vista mientras un golpe de viento helado le sacudía con violencia. Se cubrió la cara con el brazo mientras avanzaba hacia la ventana para cerrarla.

Pero cuando se disponía a hacerlo, tuvo el presentimiento de que no estaba solo en aquel compartimento. Se dio la vuelta y vio, a través de la puerta abierta del baño, un pie de mujer. Pasó al lavabo y descubrió el cadáver de la joven secretaria. Se volvió de nuevo hacia la ventana y corrió a asomarse.

El tren había dejado atrás la estación y recuperaba ya la velocidad habitual. Miró hacia atrás, hacia el suelo, imaginándose que el asesino habría saltado de allí. Pero se encontraban cruzando un puente que se elevaba unos quince metros por encima de una carretera, así que, de haberlo hecho, habría sido un suicidio. Miró entonces hacia arriba, y tuvo tiempo de ver cómo un pie desaparecía hacia el techo del vagón.

Sin pensarlo ni un instante, Bouzas apoyó un pie en la cama para darse impulso y salir por la ventanilla. Sacó medio cuerpo fuera y se dio impulso en el marco de la ventana hasta alcanzar una barra de metal que seguramente habría permitido al fugitivo llegar hasta el techo. En cuanto se agarró a la barra, Bouzas se lamentó de su baja forma física. En los casi treinta años que había pertenecido a la policía, no había dejado de entrenar ni un solo día, pero el trabajo más sedentario como jefe de seguridad de Ismael Docampo le había permitido relajarse. Sus pies tantearon algún lugar sobre el que impulsarse y, cuando lo hicieron, consiguió encaramarse al techo. Tardó un par de segundos en acostumbrar la vista al manto de agua que lo cubría, de manera que, cuando vio al fugitivo, este se encontraba ya a unos diez metros de distancia, saltando al siguiente vagón, con bastantes dificultades para mantenerse en pie. Bouzas, aún de rodillas y con una mano apoyada en el suelo para mantener el equilibrio, usó la otra para desenfundar su arma y apuntar al hombre.

—¡Alto! —gritó.

Pero el ruido del tren y el rugir del viento hacían imposible que le oyera. Apuntó con su arma a los pies del hombre, aunque era complicado con la lluvia entrándole en los ojos, y con el viento y el traqueteo del tren haciéndole perder el equilibrio. Consiguió estabilizarse durante un segundo y disparó a modo de advertencia. La bala impactó a unos pocos centímetros del perseguido y este se detuvo. Permaneció inmóvil un par de segundos, sorprendido por el disparo, y después se volvió lentamente.

Los dos hombres se miraron. A pesar del diluvio, Bouzas reconoció al chico de los tatuajes con el que se había cruzado hacía unos veinte minutos. Este aprovechó el momento de vacilación del detective para darse la vuelta y continuar su carrera.

Bouzas se puso en pie, y un primer golpe de viento estuvo a punto de derribarlo. Mantuvo el equilibrio y echó a correr, con la cabeza agachada, intentando bajar su centro de gravedad para no salir despedido. El puente que habían cruzado ya quedaba atrás, pero con la velocidad que el tren llevaba en ese momento, una caída podía resultar mortal. Llegó al final del vagón y sin pensarlo saltó al siguiente. Cuando aterrizó, se dio cuenta de que el fugitivo había aumentado su ventaja.

Por mucho que corriera, su huida no podría durar mucho. Antes o después llegaría al final del tren, y entonces estaría atrapado. Pero precisamente por esto pudiera ser que su intención fuera llegar a la máquina y secuestrarla. Aquel hombre había matado a la secretaria del presidente del ferrocarril. Podría ser un hecho aislado…, o parte de un plan. En cualquier caso, Bouzas no podía esperar a descubrirlo. Fijó bien los pies para incorporarse, levantó su arma, apuntó… y disparó una sola vez, apenas un segundo antes de que el tren desapareciera en el interior de un túnel.

Bouzas se tiró al suelo y agachó la cabeza. El techo del pasadizo tenía poca altura, hasta el punto de que incluso lo podía sentir sobre él. No se atrevió a levantar la mirada hasta que la oscuridad desapareció y la lluvia le volvió a cubrir. Entonces se puso en pie de nuevo y volvió a apuntar su arma instintivamente.

Pero allí ya no había nadie. Se agachó para acercarse con cuidado al lateral, asegurándose de que el fugitivo no se había quedado enganchado al vagón en su caída. No había rastro del hombre.

Bouzas enfundó su arma y se tomó un momento para dejarse caer sobre el techo y tomar aire. Allí tumbado, a merced de la tempestad, con su corazón taladrándole el pecho por el esfuerzo y la adrenalina, se preguntó por qué demonios habría dejado la bebida.

....

SANTANDER - OVIEDO

I

Alba encendió la luz de su linterna y su diminuta cabaña cobró vida.

Descubrir el vagón de los equipajes había sido toda una suerte. El viaje iba a ser muy largo, y era incapaz de aguantarlo sentada todo el tiempo con sus padres y sus aburridos amigos, escuchándoles hablar de sus aburridos negocios y riéndose de chistes aburridos que ella no entendía y que nadie se molestaba en explicarle porque, según decían, era demasiado pequeña.

Por eso había decidido «tomar prestada» la llave de repuesto del vagón de equipajes, que había encontrado en un cajetín junto a la máquina. Como precisamente era de repuesto, nadie la echaría en falta. Por lo menos, hasta que la llave principal, que tenía Castro, desapareciera, cosa que era impensable.

Aquel vagón era como la cueva del tesoro de los libros de piratas que tanto le gustaba leer. Había baúles con enormes cerrojos que ocultaban a saber qué misterios. Cajas de madera con la palabra «FRÁGIL» impresa en letras grandes y rojas.

Maletas antiguas con pegatinas de países de los que ella nunca había oído hablar.

Entre aquellas maravillas, Alba había descubierto un arcón enorme, cuyo candado estaba abierto porque no tenía nada que proteger. No había nada en su interior, así que ella había decidido que ese sería su escondite secreto durante el viaje. Había acercado varias cajas y maletas y las había dispuesto alrededor del arcón para disimular su presencia y, al mismo tiempo, facilitarle la entrada, ya que podía trepar por ellos como si se tratara de una escalera y saltar al interior de su guarida.

Además, esas cajas le permitían disimular una pequeña abertura lateral que podía abrir desde dentro para tener aire y, al mismo tiempo, poder observar todo lo que ocurría a su alrededor sin ser descubierta.

Abrió su mochila y sacó del interior varios libros que dispuso frente a ella, cuentos de piratas y de fantasmas que la transportaban a otras épocas, pero que a su madre no le hacía demasiada gracia que leyera, aunque no sabía explicar por qué. Los mayores solían hacer esas cosas.

Sacó de su mochila un bollo que uno de los cocineros le había dado antes por ayudarle a preparar una sopa para la comida. Le dio un mordisco mientras ordenaba sus libros.

En ese momento, la puerta del vagón se abrió, y alguien pasó al interior. Alba se sobresaltó y se apresuró a apagar la linterna. Temía que la descubrieran y la obligaran a abandonar su guarida para volver con los demás.

—Es demasiado arriesgado —dijo una voz de hombre. La niña se asomó a la pequeña abertura del arcón y vio a Castro, el jefe de expedición, hablando con otro hombre al que ocultaba una estantería con maletas.

—Teníamos un acuerdo —dijo el otro hombre.

Hablaba en voz baja, así que Alba apenas podía distinguir las palabras, mucho menos reconocer la voz.

—No sabía que Bouzas iba a estar dando vueltas por aquí. Pensaba que Docampo lo habría dejado en Galicia —Castro parecía nervioso.

—Él no va a ser un problema. Yo me encargo.

—Aun así... deberíamos cancelarlo todo. Es una locura.

—También lo es el dinero que te espera al terminar. Así que no me falles.

Un sonido extraño, como de una radio con interferencias, interrumpió la conversación. Se escuchó una voz metálica.

—Castro, ¿estás ahí?

Este cogió un *walkie-talkie* que llevaba colgado al cinturón. Lo acercó a la cara y contestó.

—¿Qué ocurre?

—El jefe quiere verte enseguida. Dice que ha habido un problema.

—Voy.

Los dos hombres salieron del vagón y cerraron la puerta. Alba se quedó quieta durante unos segundos, para asegurarse de que estaba sola de nuevo. Después, empujó la tapa del arcón y se asomó tímidamente. Tuvo la sensación de que algo malo había pasado. Y aunque no sabía explicarlo, sospechaba que Miguel, el chico que había perdido la memoria, tenía algo que ver.

II

Docampo miraba horrorizado el cuerpo sin vida de Alicia. A su lado, Víctor Méndez reprimía una arcada al contemplar los ojos vidriosos de la joven. Tras él, Castro parecía tan pálido como el propio cadáver. Solo Bouzas, sentado en la cama y calado hasta los huesos, no tenía la vista fija en el cadáver. En ese momento, lo que más le importaba era recuperar el aliento, cosa que intentaba hacer mientras escurría su chaqueta, formando un pequeño charco en la moqueta.

—¿Quién ha sido capaz de algo así? —preguntó Méndez, con un hilo de voz.

—Fuera quien fuera, ya está muerto —respondió Bouzas. Méndez y Castro se volvieron hacia él—. Le disparé antes de entrar al túnel. Hay que avisar por radio a la policía de Santander para que busquen el cuerpo. Mientras tanto, me gustaría saber quién se alojaba en este compartimento. A Alicia le dejaron una nota en el suyo para que viniera hasta aquí, y después de leerlo, ella quemó el papel. Así que tenía que conocer a su asesino.

—Tendré que mirar el... manifiesto de pasajeros... —contestó Castro.

Docampo se dio la vuelta, apartando su vista del cadáver. Su socio le puso una mano en el hombro, como si fuera consciente de lo que debía de estar sufriendo.

—Ismael...

Docampo se acercó a la cama y tiró de la colcha que la cubría, obligando a Bouzas a levantarse. Después, volvió al baño y cubrió el cadáver de Alicia con la tela. Su gesto dejaba claro que hacía esfuerzos por contener las lágrimas.

Méndez se dirigió a Castro.

—Tendremos que suspender el viaje. Una hora antes de llegar a Oviedo, quiero que reúna a los pasajeros y...

—El viaje no se suspende —interrumpió Docampo, sin apartar la vista de la colcha que cubría el cuerpo de Alicia.

Méndez se sorprendió ante la reacción de su socio.

—Ismael..., no se trata de que nos hayamos quedado sin hielos en el vagón bar... Se ha cometido un crimen, no podemos seguir adelante.

—El viaje termina en Ferrol, no antes —Docampo seguía sin mirarlos.

Bouzas dio un paso al frente.

—Señor Docampo..., el señor Méndez tiene razón. En cuanto la policía sepa lo ocurrido, van a obligarnos a detener el tren. Seguramente querrán interrogar a los pasajeros...

—La policía no se va a enterar de nada —Docampo levantó la mirada y la clavó en los tres hombres—. Nadie fuera de esta habitación sabrá nada de lo que ha pasado hasta que lleguemos a Ferrol.

Los demás se miraron entre ellos, sin dar crédito a lo que estaban oyendo.

El jefe de expedición fue el primero en hablar.

—Eso... no puede ser... Hablamos de un asesinato...

—Ismael, si no avisamos a la policía inmediatamente, estaremos entorpeciendo una investigación. Podemos acabar en la cárcel —Méndez intentaba sonar firme, pero conciliador. Sin embargo, su socio no daba su brazo a torcer.

—Le diremos a la policía que no descubrimos el cadáver hasta que estábamos llegando a Ferrol. Y no estamos entorpeciendo nada. Alicia está muerta y su asesino también. Ya no hay nada que hacer.

—¿Qué hay de los motivos por los que la han matado? —preguntó Bouzas—. Deberíamos saber qué estaba buscando el asesino. ¿Por qué tomarse la molestia de citarla en este compartimento? ¿Por qué no matarla en el suyo? Además, estamos hablando de su secretaria, señor Docampo. Alicia tenía acceso a todos sus documentos, a su agenda…, incluso sabía el número de la combinación de la caja fuerte que hay en el tren. Ni siquiera sabemos si actuaba solo o si tenía un cómplice.

Docampo bajó la mirada, como si las palabras de Bouzas le hicieran recapacitar. Era cierto que la víctima no era un simple pasajero, sino la persona más cercana al presidente de la línea, uno de los empresarios más importantes del país. Puede que aquel asesinato no fuera algo aleatorio, ni siquiera algo personal entre el criminal y su víctima. Lo que Bouzas conjeturaba era que tal vez el Tren del Norte o el propio Docampo podrían ser el verdadero objetivo tras el crimen.

—Está bien… ¿Quieres averiguar los motivos? —preguntó, mirando a Bouzas—. Tienes menos de ocho horas.

Bouzas tragó saliva cuando todas las miradas se centraron en él.

—Señor Docampo…, esta es una investigación para la policía.

—Lo será cuando lleguemos a Ferrol. Hasta entonces, es cosa tuya —miró también a Méndez y Castro—. Y nadie, absolutamente nadie, debe saber lo que ha ocurrido aquí.

· ·

III

Docampo salió del compartimento. Los tres hombres se quedaron allí, aún sorprendidos por su reacción. Tanto Bouzas como Castro se volvieron hacia Méndez, en busca de una explicación o, por lo menos, de una confirmación de lo que acababan de oír.

—Hablaré con él. Mientras tanto, usted está al mando. Haga lo que tenga que hacer —dijo a Bouzas.

Salió tras su socio. El detective se acercó al cadáver y habló al jefe de expedición sin volverse.

—Necesito el manifiesto de pasajeros lo antes posible. Lo primero que tenemos que descubrir es quién demonios se alojaba aquí.

IV

La habitación tenía un aspecto de lo más tenebroso. Estaba en penumbra, tan solo iluminada por algunas antorchas que colgaban en las paredes. Los únicos muebles eran una enorme cama con dosel y una cómoda, junto a la que se abría una puerta que parecía conducir a otro cuarto. Y a los pies de la cama, un gran espejo, que se elevaba desde el suelo hasta una altura de unos dos metros, con un ancho de unos cincuenta centímetros.

Miguel se acercó a él. El marco de madera que lo envolvía era fascinante. Lo que a simple vista parecía un sencillo relieve se convertía, visto de cerca, en imágenes perfectamente detalladas de ángeles y demonios luchando entre ellos, de personas que se consumían entre llamas y otras que peleaban por escapar de ellas. Había esqueletos riéndose de los vivos y monstruos surgidos del abismo que amenazaban con atraparlos.

Pero estas imágenes apocalípticas no eran lo más sorprendente del espejo. El cristal era si cabe más perturbador, ya que semejaba estar vivo. Al observarlo, la superficie parecía moverse muy lentamente, como si fuera líquida. En lugar de mirar un espejo, Miguel tenía la sensación de estar viendo su propio reflejo en las aguas de un estanque y, por tanto, le daba la impresión de que no solo podía contemplar su imagen en él, sino que además podía atravesarlo. El efecto era hipnótico, y de hecho Miguel notaba cómo su cuerpo avanzaba inconscientemente hacia el espejo. No sabía por qué, pero en ese momento no había nada que deseara más en el mundo que poder extender su mano y comprobar si había algo al otro lado de aquel cristal tan maravilloso.

Estaba a punto de tocarlo cuando su reflejo desapareció del cristal, y en su lugar apareció la imagen difuminada de una chica. Su pelo era rubio y estaba embarazada. Miguel no se sobresaltó al verla, casi como si esperara encontrarla allí. Ella extendió una mano y la apoyó al otro lado del cristal, deslizándola de un lado a otro. Estaba empapada en sangre, y cuando la retiró, el líquido se deslizó hacia abajo, dejando dibujadas unas letras carmesí que Miguel tardó unos segundos en leer.

«QUIROGA». Y entonces, en el interior del espejo, la lluvia comenzó a caer sobre la joven, haciendo desaparecer su imagen y salpicando el cristal.

V

Miguel abrió los ojos, alejándose del sueño, y vio las gotas cayendo sobre la ventana y deslizándose por ella. Sin atreverse a mover la cabeza, paseó los ojos por la habitación en la que se encontraba.

Era idéntica al compartimento en el que había despertado pocas horas antes, aunque la disposición de los muebles y las puertas de salida y del lavabo eran diferentes, al igual que el tamaño, que en esta ocasión era un poco más reducido. El leve traqueteo que experimentaba le confirmaba que aún seguía en el tren.

No entendía cómo había pasado. Lo último que recordaba era que se encontraba sobre el techo del tren, escapando de un hombre que le había seguido hasta el cadáver de la chica. Recordaba el frío y la lluvia. También un sonido fuerte, pero lejano… Un disparo. El hombre le había disparado y él había caído del techo, mientras se llevaba la mano al costado, presa de un enorme dolor.

Se incorporó en la cama para ver con sus propios ojos si era cierto que tenía una herida de bala. Al hacerlo, sintió una punzada en su costado derecho. Pudo ver que su camisa estaba abierta, dejando ver un vendaje que protegía su torso. El pañuelo que llevaba en su mano izquierda había sido sustituido por otra venda más firme.

Intentó levantarse cuando la puerta del compartimento se abrió, sin darle tiempo a reaccionar.

—Te has despertado. Eso es buena señal.

Miguel reconoció al hombre con el que había hablado en la barra del bar nada más salir de la habitación donde estaba el cadáver. Fernando cerró la puerta tras él.

—Pero yo en tu lugar intentaría no ponerme en pie por un rato. La bala solo te ha rozado, pero un movimiento brusco podría hacer saltar los puntos. Hace años que no tengo que coser una herida, estoy un poco oxidado. También he aprovechado para limpiarte esa herida de la mano, la tenías infectada.

—Yo caí…, me caí del techo… ¿Cómo…?

—¿Cómo has acabado en mi compartimento? Gracias a la mostaza.

—¿La mostaza?

—Estaba en la cafetería, tomando un bocadillo. Abrí el bote de la mostaza y al hacerlo me manché la camisa. Vine aquí para darle un agua y la dejé sobre el radiador que hay bajo la ventanilla. En ese momento, la golpeaste. Estábamos entrando en un túnel, y te juro por lo más sagrado que casi me da un infarto.

—Entonces no me caí…

—Por los pelos. Tenías un pie enganchado en el techo, y estaba a punto de soltarse. Abrí la ventanilla y pude meterte aquí dentro.

—Así que estoy vivo de casualidad.

—Yo no creo en las casualidades.

Miguel se sentó en la cama y se abrochó la camisa.

—¿Entonces qué quiere decir? ¿Que ha sido cosa del destino?

Fernando sacó de su chaqueta unas diminutas botellas de vodka, que fue dejando sobre la mesa.

—Tampoco sé si creo en el destino —remató con amargura. Sacó la última botella de su bolsillo interior y le dio un trago—. Las he cogido del vagón bar. Intento compensar el dineral que me ha costado el billete vaciándoles la bodega. Te aconsejo que tomes un par de tragos antes de que las haga desaparecer.

Miguel tomó una de las botellas. No sabía si le gustaba el vodka, pero si había un buen momento para probarlo era aquel. El alcohol le arañó la garganta y cayó en su estómago vacío como una bomba.

—Poco a poco, valiente. A ver si un trago va a conseguir lo que no hizo la bala.

Una oleada de calor recorrió el cuerpo de Miguel, haciendo que el dolor del costado se atenuara.

—¿No me va a preguntar qué hacía en el techo del tren? —se atrevió a preguntar.

—¿Por qué? ¿Me dirías la verdad si lo hiciera?

Miguel no sabía ni por dónde empezar. Y tampoco estaba seguro de que debiera contarle a nadie la verdad de lo que había pasado en las últimas horas. Pero aquel hombre le había salvado la vida, y puede que fuera su última esperanza de poder resolver el misterio en el que se había visto envuelto a la fuerza.

Fernando escuchó la historia de Miguel con calma, sin hacer una sola pregunta. Le dejó hablar mientras él daba cuenta de un par de botellas de vodka. Miguel relató paso a paso todos los momentos vividos desde que despertara sin memoria junto al cadáver. Le habló de su intento de saltar del tren, de la búsqueda del arma con sus huellas y de la persecución del otro hombre por el techo del convoy.

—¿Pudiste verle la cara?

—Apenas. Tenía el pelo muy corto, casi rapado, y una barba blanca de pocos días. La piel muy curtida y los ojos pequeños y hundidos.

—Y tenía un arma… He visto a un tipo así pegado a Docampo todo el tiempo.

—Docampo…, ¿el presidente de la línea?

—Puede que uno de sus hombres fuera el que casi te baja del tren a la fuerza.

—Así que los de seguridad ya saben que ha habido un asesinato. Pondrán el tren patas arriba.

—Tenemos una ventaja. Dos, en realidad. La primera, que el tren no se ha parado, así que la policía no se subirá por lo menos hasta que lleguemos a Oviedo.

—¿Y la segunda?

—Que si hemos tenido un poco de suerte y nadie ha visto cómo te he metido aquí, todos pensarán que estás muerto. Por ahora, nadie te va a buscar. Por lo menos, no en el tren.

—¿Y qué se supone que tengo que hacer ahora?

—Para empezar, no salir de aquí. Si ese tipo te ve andando por los vagones, se acabó todo.

—¡Pero necesito encontrar esa pistola! Si no lo hago, antes o después podría acabar en la cárcel por algo que no he hecho.

Miguel pudo leer la duda en los ojos de Fernando y decidió matizar sus palabras.

—Bueno..., por algo que creo que no he hecho.

—Entonces deja que te eche una mano.

—¿Va a ir usted a buscar el arma vagón por vagón?

—Escucha, hijo, sigues con la cabeza sobre los hombros gracias a mí, yo creo que ya tenemos la suficiente confianza como para que me trates de tú. Y contestando a tu pregunta, no pienso ir mirando por las esquinas a ver quién tiene una pistola en el bolsillo del pantalón, pero sí puedo acercarme a Docampo e intentar averiguar si la tienen ellos. Y si no, por lo menos puedo descubrir qué es lo que saben. Tú quédate aquí y échate un poco. Dale algo de tiempo a esa herida para que cure.

—¿Por qué me ayudas? Ni siquiera me conoces… y das por sentado que todo lo que te he contado es verdad.

—Aún no sé si es verdad o no, por eso quiero descubrirlo yo mismo. Además, este viaje se me estaba haciendo muy largo. Los viejos como yo necesitamos entretenernos con algo, y desde Leningrado no me había pasado nada emocionante.

Fernando sonrió y se dispuso a salir del compartimento, cuando Miguel le frenó con una última pregunta.

—¿Has conocido a algún pasajero que se llame Quiroga? O alguien de la tripulación, no lo sé…

Fernando arrugó la frente, haciendo memoria. Pero negó con la cabeza.

—Quiroga... Ni siquiera conozco a nadie que se llame así fuera del tren. ¿Por qué lo preguntas?

Miguel estuvo a punto de hablarle del sueño, pero prefirió no retenerle más.

—Nada importante.

Fernando cerró la puerta tras él. Miguel se acercó a la ventanilla. El Tren del Norte se alejaba del mar para internarse en el corazón de Cantabria, buscando refugio del viento entre las montañas. Pero el huracán no tenía intención de dejarle escapar y le seguía sin tregua, llevándose consigo todo lo que no estuviera firmemente sujeto a la tierra.

Miguel suspiró y se tumbó con cuidado, pero sin poder evitar un gesto de dolor cuando se recostó sobre el colchón. Después metió la mano en su bolsillo y sacó la cajita metálica que protegía la moneda. La sostuvo entre sus dedos unos instantes, preguntándose por qué la llevaría encima. ¿Sería valiosa? No tenía forma de saberlo. Lo que sí sabía era que tenerla en la mano le proporcionaba una extraña sensación de tranquilidad, como si el contacto con ella le devolviera a esa vida pasada que no podía recordar aún.

La volvió a guardar. Sin apenas darse cuenta, su mente viajó hasta la extraña habitación que había visto en el sueño, hasta aquel singular espejo frente al que se había encontrado ya dos veces en las últimas horas. Durante un instante, tuvo la sensación de que aquella imagen no era un sueño, sino el eco de un recuerdo, de algo real que peleaba por abrirse camino en el páramo que ahora era su mente.

Y entonces pensó en la chica de pelo rubio y ojos tristes que había dejado escrito el nombre de Quiroga con su sangre. Y se sorprendió al pensar que le apetecería volver a soñar con ella.

....

VI

—¿Muerta?

Fue lo primero que dijo Sandra al entrar a su compartimento, donde su marido apuraba un vaso de ginebra.

—Alicia tenía solo veintinueve años —continuó ella—, ¿quién ha sido capaz de hacer algo así?

—¿Cómo te has enterado? —preguntó Docampo, que tuvo su respuesta en cuanto vio aparecer a Méndez junto a su mujer.

—Lo siento, Ismael, ella tenía que saberlo.

Pasó al interior sin esperar la invitación y cerró la puerta tras él.

—Ismael, hay que contárselo a la policía —apremió Sandra—. No podemos seguir el viaje sin que algo así se haga público.

Docampo miró a su socio.

—Se lo has dicho por eso, ¿no? Necesitas más gente que me convenza de suspenderlo todo.

—Antes o después nos descubrirán, Ismael. La policía investigará el crimen y sabrán que encontramos el cadáver y no los avisamos.

—No sabrán nada si todos mantenemos la boca cerrada. Arriesgamos demasiado si hablamos antes de tiempo.

—Así que es por el dinero —confirmó ella—. Los amigos a los que has invitado hoy al viaje no invertirán un céntimo si se conoce el escándalo. ¿Qué crees que pasará cuando lleguemos a Ferrol? ¿Crees que la prensa no va a descubrir que se cometió un crimen en el primer viaje del Tren del Norte?

—Cuando lleguemos a Ferrol, tendré más posibilidades de que la noticia se haga pública de una manera… controlada. Pero darla a conocer ahora sería la ruina.

—¿La ruina? Una pobre chica acaba de ser asesinada… ¿y tú piensas en el dinero que eso te va a hacer perder?

—¡Es el mismo dinero del que tú llevas viviendo hace años! No intentes hacerme creer que para ti es algo secundario.

Sandra encajó el golpe sin apenas inmutarse.

—Lo es si eso supone ocultar la muerte de una chica. Y con más razón debería serlo para ti, Ismael. Al fin y al cabo, te estabas acostando con ella.

La acusación paralizó a Docampo. Méndez, que había permanecido en un aparte, apenas podía creer que Sandra se atreviera a pronunciar aquellas palabras. Docampo se volvió hacia su mujer, serio, sin ser capaz de articular palabra.

—Por favor, ahórrate la cara de sorpresa. Si tanto te preocupaba mantenerlo en secreto, deberíais haber sido más discretos.

Docampo tragó saliva y miró a su socio.

—Víctor, si no te importa…

Sandra le interrumpió.

—No le pidas que nos deje solos para que podamos hablar del tema. No he querido hacerlo en los tres años que te has estado metiendo en la cama de Alicia, y no pienso hacerlo ahora, con su cadáver todavía caliente a pocos metros de aquí.

Sandra se dirigió hacia la puerta.

—Si esa chica te importaba algo, ten un mínimo de respeto por ella y avisa a la policía para que suban en Oviedo.

Abrió la puerta y se detuvo. Frente a ella, en el pasillo, Alba la miraba con los ojos abiertos de par en par.

—¿Os estáis peleando?

Sandra miró a su marido con gesto reprobatorio y después hizo un esfuerzo por dibujar una sonrisa que calmara a la niña.

—Claro que no, cariño. ¿Dónde has estado? Te he buscado por todas partes.

Alba se encogió de hombros.

—Por ahí.

—Pasa a lavarte las manos, vamos a comer dentro de poco.

Docampo sonrió a su hija y le revolvió el pelo cuando esta pasó a su lado, fingiendo así que todo iba bien, que la vida por la que tanto había peleado los últimos años no se había empezado a desmoronar.

· · · · · · · · · · · · · · · · · · ·

VII

Miguel se revolvía inquieto en la cama. Esperar a que Fernando descubriera algo era una pérdida de tiempo. Cada minuto que pasaba allí encerrado sin hacer nada era un minuto que le acercaba más a la cárcel. Para evitarla, solo tenía dos opciones: saltar del tren antes de que llegaran a la siguiente estación o encontrar a la persona que tenía el arma con sus huellas.

Aunque sobre esto último había algo que no tenía ningún sentido. Si alguien había descubierto el cadáver de la chica antes de que él entrara allí, ¿por qué no estaba la zona acordonada por la gente de seguridad? ¿Y por qué esa persona se habría llevado el arma del crimen?

Si tan solo pudiera recordar quién era él o qué había hecho justo antes de despertar junto al cadáver, podría tener una posibilidad de resolver el misterio. Pero cuanto más se esforzaba por recordar, más perdido se encontraba.

Se metió en el cuarto de baño y se lavó la cara. Un escalofrío le recorrió el cuerpo cuando pensó que aquello había sido lo mismo que había hecho en el otro compartimento justo antes de ver el cuerpo sin vida de la chica. Él se había despertado, había ido al lavabo a refrescarse, y después, en el suelo de la ducha…

De pronto, sus piernas parecieron incapaces de sostenerle. Se apoyó en el lavabo, mientras sus oídos se taponaban y su sentido del equilibrio desaparecía. Su cabeza empezó a pesarle, y las luces del compartimento parecieron bajar de intensidad. El espacio a su alrededor se nubló, y el aire se volvió más denso. Miguel intentó llevarse una mano a la cabeza, pero descubrió que las órdenes de su cerebro llegaban con retraso a sus miembros. Sintió deseos de dejarse caer y abandonarse en la oscuridad que lo envolvía…

… pero entonces fue cuando vio a Alicia reflejada en el espejo.

Estaba detrás de él, de pie, con los brazos caídos, vuelta de perfil hacia la ventana, como si contemplara el paisaje. Su piel era todavía más pálida que cuando la había encontrado horas antes, tirada en el plato de la ducha.

La joven que creía haber visto muerta se dio la vuelta hacia él, como si acabara de reparar en su presencia. Alicia lo miró con unos ojos grandes y tristes. Miguel sintió un escalofrío de terror, pero era incapaz de moverse. La chica se volvió y se dirigió hacia la puerta.

De pronto, la penumbra desapareció, y él sintió recuperar de nuevo el control sobre su mente. Su cuerpo, sin embargo, aún parecía debilitado, y tuvo que apoyarse en el lavabo para no caer al suelo.

¿Era real lo que acababa de ver? ¿Alicia estaba viva? No

podía ser cierto. Había vuelto al compartimento número diez hacía menos de media hora. El cadáver de la chica seguía en la misma postura que cuando lo había encontrado. Su piel estaba más pálida, y sus ojos, abiertos y vidriosos, eran como los de una muñeca de porcelana.

Tal vez fuera su cabeza, jugando con él. Si era así, abriría la puerta del pasillo y no habría nada, la imagen de Alicia se habría desvanecido.

Al cabo de pocos segundos, sus piernas le obedecieron y le llevaron hasta la puerta. Abrió y miró hacia ambos lados del pasillo. La sensación de pesadez y el mareo volvieron cuando divisó a Alicia desapareciendo tras la puerta que comunicaba con el siguiente vagón. Miguel tuvo que apoyarse en el pasamanos que había bajo las ventanillas para que sus piernas no le volvieran a traicionar.

Haciendo un esfuerzo, avanzó lentamente hacia el lugar por donde se había alejado la chica. Le daba igual que lo encontraran. Si ella estaba viva, no existía ningún crimen del que le pudieran acusar. Alicia era la prueba que necesitaba para no acabar en la cárcel, así que tenía que alcanzarla como fuera. Poco a poco, la fuerza volvió a sus piernas y pudo avanzar con más rapidez, ignorando el dolor de la herida de su costado.

Abrió la puerta del siguiente vagón, el de la cafetería. Varias personas estaban sentadas a la barra, y otras charlaban distraídamente en las mesas del fondo. A simple vista, la chica no parecía estar allí. Miguel se acercó al primero de los clientes que se encontraba en la barra, un hombre de avanzada edad y de gafas redondeadas con el que recordaba haberse cruzado poco antes, al salir este del compartimento 19. Cuando sus miradas se encontraron, Miguel volvió a tener la sensación de que ya lo conocía.

—Disculpe, ¿ha visto entrar a una chica?

—¿Cuándo?

—Justo ahora, venía delante de mí.

—Me temo que no, lo siento.

—Tiene que haberla visto, ha sido ahora mismo.

El hombre se lo quedó mirando con gesto intrigado.

—¿Nos conocemos de algo? —le preguntó.

Miguel dudó. Era curioso que aquel hombre tuviera la misma sensación que él.

—Creo que nos hemos cruzado antes.

—Lo sé, nos hemos visto en el pasillo, pero hablo de antes. Es como si le hubiera visto hace mucho tiempo... —Miguel estaba a punto de confesarle esa misma sensación—. ¿Ha sido usted paciente mío?

Un débil pitido que se dejaba sentir en un bolsillo de su chaqueta interrumpió la conversación. El hombre sacó del interior el pequeño aparato que Miguel le había visto guardarse nada más salir de su compartimento. Observó unas cifras que salían en la pantalla, pulsó un botón y lo volvió a guardar, retomando la conversación.

—O puede que nos hayamos conocido en algún congreso. ¿Es usted médico también?

Miguel intentaba inventarse una profesión cuando la voz de Fernando les interrumpió.

—¡Por fin te encuentro! —dijo mientras le ponía una mano en el hombro—. Tu hermana te lleva buscando un buen rato, anda...

El médico entornó los ojos mientras miraba fijamente a Miguel.

—Antes o después me acordaré. Nunca olvido una cara.

Pronunció la frase con una ligera y sincera sonrisa, aunque a Miguel le pareció que escondía una velada amenaza. Disimuladamente, Fernando y él se alejaron del médico y se encaminaron hacia la puerta.

—¿Te has vuelto loco? —le preguntó en voz baja.

Cuando salieron de la cafetería, una mujer siguió sus pasos. Fernando frenó a Miguel y disimuló mirando por la ventana, fingiendo hablar con él del temporal. Los ojos de este último se encontraron con los de la mujer durante un segundo. Ella continuó su camino por el pasillo, aunque Miguel juraría que su gesto había cambiado cuando se miraron, como si algo le hubiera cogido por sorpresa.

Cuando la mujer pasó al siguiente vagón, Fernando abrió la puerta del lavabo y empujó a Miguel al interior.

—¿Qué haces paseándote? Tienes a todo el personal del tren buscándote.

—Ya da lo mismo.

—¿Lo mismo? Eres sospechoso de asesinato…

—No ha habido ningún asesinato.

—¿Cómo?

—La chica está viva, la he visto en tu compartimento.

Fernando no pudo disimular su sorpresa.

—¿Viva? ¿Y cómo que estaba en mi compartimento?

—No lo sé, pero la he visto con mis propios ojos, te lo juro. Después echó a andar por el pasillo y le perdí la pista en la cafetería. Está por algún lado.

—¿Seguro que no ha sido una alucinación?

—No…, bueno… —Miguel recordó la extraña sensación de irrealidad que le había invadido al ver a la chica—. Puede que estuviera un poco mareado…, pero sé lo que vi, la tenía a un metro. ¡Ella me miró!

—Pensé que habías visto su cadáver dos veces en la última hora.

—Puede que fuera una trampa, un truco de maquillaje para hacerme creer que estaba muerta.

—¿Una trampa? ¿Quieres decir que todo esto es una especie de conspiración contra ti?

—Podría ser. No recuerdo quién soy, y tampoco recuerdo si tengo alguna relación con esta gente. Puede que el detective y ese tipo, Docampo, estén intentando culparme por algo que no ha pasado. ¡Y esa chica está involucrada! Tengo que saber quién es ella en realidad.

Miguel hablaba apresuradamente, escupiendo las palabras a la misma velocidad a la que acudían a su cabeza. Fernando levantó las manos, pidiéndole calma.

—Eso no tiene ningún sentido.

—¿Por qué no?

—Porque entonces no habrían puesto un tipo de seguridad en la puerta del compartimento del crimen. Si no hay ningún cadáver…, ¿qué se supone que está vigilando?

Miguel resopló y se pasó una mano por la cabeza. Fernando le habló con un tono más suave.

—Escucha, Miguel, es normal que la cabeza te esté jugando una mala pasada. Pero lo que menos te conviene es andar por ahí dejándote ver. Vuelve a mi compartimento, túmbate un poco y relájate. Lo único que te puede ayudar ahora es que intentes recordar quién eres y lo que has venido a hacer aquí. No te olvides de que el primer misterio que tienes que resolver no es quién era esa chica…, sino quién eres tú.

· ·

VIII

Alberto se quitó la camisa y se refrescó el cuello y las axilas en el lavabo. Tenía solo cinco minutos de descanso entre su turno en la barra de la cafetería y el del restaurante, así que no tenía tiempo ni para una ducha rápida. Se miró en el espejo con gesto preocupado y se obligó a repetir en voz baja que todo iba a salir bien. Hasta el momento, no había nada que demostrara lo contrario, aunque era extraño no tener todavía noticias. «Ella sabe lo que se hace», pensó.

Se dirigió a su armario y sacó el uniforme del restaurante. El compartimento era muy estrecho, sobre todo en comparación con los destinados a los pasajeros. No había madera en las paredes ni cortinas de terciopelo en las ventanas, y la cama de matrimonio se había sustituido por dos literas donde una sola persona apenas tenía espacio para darse la vuelta. La puerta de entrada se abrió y otro joven vestido ya con el mismo uniforme pasó al interior.

—¿Aún estás así? La gente se está empezando a sentar. Castro nos va a cortar los huevos.

—He terminado hace dos minutos, no puedo ir más rápido.

El otro chico entró al baño y tomó un frasco de colonia.

—¿Quieres echarte un poco? —le ofreció—. Hay un par de viudas ricas que lo podrían agradecer.

—No me fastidies, Toño, que cualquiera de las que van en este tren podría ser tu madre.

—Mi madre no tiene dinero ni para viajar en este tren colgada del techo. Aquí hay más millones que en el casino de Montecarlo, hay que aprovechar la ocasión.

—¿En serio piensas tirarles los tejos a las pasajeras?

—Qué quieres que te diga, por una vez, me gustaría probar las *suites* de lujo que hay aquí, en lugar de solo limpiarlas.

Alberto terminó de abrocharse la camisa.

—¿Sabes si alguien ha dejado una nota para mí? —preguntó, intentando sonar indiferente.

—¿Quién?

—No sé…, alguien.

—¿Una chica? —sonrió Toño, pícaro. Alberto no respondió y su compañero le dio un golpecito en el hombro—. Así que tú ya tenías plan, ¿eh? Y yo que pensaba que con esa cicatriz en la cara las ibas a asustar…

—¿Has visto alguna nota o no?

—Nadie ha dejado nada, Casanova —Toño se miró una última vez en el espejo, pasándose la mano por el pelo con delicadeza—. Pero si hoy vas a tener fiesta aquí, déjame un pañuelo atado en la manilla por fuera. Que dos aquí ya vamos justos, pero con tres no hay quien se organice. Venga, vamos.

Toño abrió la puerta y salió al pasillo. Alberto miró su reloj. Era ya la una y media. Desde que el tren saliera de Bilbao no había vuelto a verla, aunque seguramente la encontraría ahora mismo en la comida, sentada junto a la mesa de Docampo, tranquila y confiada, tal y como se había comportado los últimos años, en los que habían decidido llevar adelante aquella historia.

Se repitió que no había nada de lo que preocuparse. Si ella no había dado señales de vida, es que el plan iba según lo previsto.

Cuando el tren llegara a Ferrol, todo habría acabado.

Y Alicia y él no se tendrían que preocupar por el dinero nunca más.

....

IX

Verónica entró en su compartimento. Era una de las pocas personas invitadas al viaje que disponían de uno. Como no había que hacer noche en todo el trayecto, casi todos los asistentes a la inauguración habían optado por disfrutar de la travesía en los vagones salón.

Pero ella necesitaba un lugar aislado y en silencio para poder trabajar en su reportaje, y por ese motivo había insistido a su periódico para que le consiguieran una de las *suites* disponibles.

En aquel momento, agradeció más que nunca tener un lugar propio donde estar un rato a solas. Nerviosa, se quitó la chaqueta y se desabrochó un par de botones de su camisa, como si le faltara el aire. Pasó al lavabo y se refrescó el cuello y la cara.

Su cuerpo había saltado como un resorte, poniéndose alerta al pasar junto a aquellos dos hombres. Un pinchazo en su cerebro, el mismo que llevaba años sin sentir, le advertía que algo no marchaba bien con ellos.

No. No con «ellos». El hombre mayor no le había provocado esa sensación. Había sido el chico. Fue al cruzar la mirada con él cuando su mente sufrió el espasmo que ahora no se podía sacudir de encima. El golpe fue breve, y tuvo cuidado de bloquear sus pensamientos y salir del vagón lo antes posible para evitar sumergirse en las imágenes que aquel chico proyectaba.

Habían pasado diez años desde la última vez que había sentido algo similar, con aquel matrimonio. Aquellos dos chicos, tan jóvenes y guapos, habían acudido a ella para que les acompañara a realizar un trabajo. Pero ella lo rechazó en cuanto vio las fotos del lugar. Recordó la taza de café llena de sangre y la mirada asustada de la chica, que no parecía tan convencida como su marido sobre lo que iban a hacer. Cuando él se ausentó un momento, Verónica aprovechó para advertirle a ella sobre el lugar que iban a visitar, y le pidió que le convenciera para que se mantuvieran alejados de aquella casa. Nunca volvió a saber de ellos.

Y ahora este chico. Había una sombra sobre él, una nube de odio y maldad tan densa que podría haberla atrapado con sus propias manos.

Verónica se sentó al escritorio y buscó su libreta de notas y un bolígrafo. No quería saber nada de todo ese asunto. Hubo un tiempo en el que se había ganado la vida «leyendo» cosas como aquella, escuchando los ecos de voces del pasado, pero nunca más. Había dado la espalda a ese mundo y había decidido estudiar para convertirse en periodista. Estaba en aquel tren para escribir un reportaje, y todo lo demás tenía que quedar al margen.

Por ese motivo empezó a repasar las notas que había tomado durante el aburrido y previsible discurso de Docampo. Todos sus colegas lo transcribirían tal cual y se irían a su casa con la sensación del trabajo bien hecho. Pero ella no. Sabía que la noticia estaba en el amago de conversación que habían tenido después, en un aparte.

Dejó la libreta sobre la mesa y levantó la vista hacia la ventanilla, que parecía llorar sin consuelo mientras las gotas de lluvia se deslizaban por el cristal. El tren empezaba a dejar atrás las montañas para bajar hasta el valle de Cabezón de la Sal, donde el pueblo del mismo nombre apenas se veía a lo lejos como una sombra gris. Las casas de piedra vieja y tejados a dos aguas le parecieron salidas de una historia de Andersen, aunque recortadas contra los relámpagos y entristecidas por la lluvia, eran más un reflejo del universo de Allan Poe, el negativo de una realidad de cuento de hadas.

Docampo era un romántico, eso estaba claro. Había diseñado el Tren del Norte para fundirse con los paisajes idílicos que atravesaba. Los valles cántabros, las costas asturianas o las montañas mágicas de Galicia que esperaban al final del trayecto parecían haber salido también de su cabeza, como si el empresario hubiera creado una naturaleza acorde con su tren para disfrute de sus pasajeros. Los vagones enmoquetados y revestidos de madera oscura, las lámparas con luz indirecta, los asientos de cuero viejo, las camas con edredones de colores rojizos, a juego con las cortinas…Todo en el interior estaba perfectamente calculado para que los viajeros se sintieran como en su propio hogar, o como en el hogar que hubieran deseado tener. Para completar el dibujo, únicamente faltaba la chimenea, unas castañas asándose al fuego y un anciano de voz suave que contara historias fantásticas junto a la lumbre.

El Tren del Norte estaba pensado para que nadie echara de menos el exterior, porque pasear por sus pasillos o descansar viendo el paisaje desde una cómoda butaca era ya una experiencia irrepetible.

Verónica se reafirmó: Docampo era un romántico. Pero su romanticismo le había obligado a pedir unos créditos excesivos a los bancos para hacer realidad el Tren del Norte. De ahí que entre los invitados al viaje inaugural no hubiera familiares ni amigos personales de los dos socios, sino solo potenciales inversores que pudieran llenarle los bolsillos con dinero y algunos miembros escogidos de la prensa que darían a conocer aquel magnífico proyecto a todo el país.

Le sorprendía que Méndez, un perro de presa de los negocios, se hubiera involucrado en uno tan poco rentable a simple vista. Pero aquella era otra incógnita a la que tenía que encontrar respuesta.

Verónica sabía que el nacimiento del Tren del Norte estaba lleno de lagunas y secretos que alguien acabaría por sacar a la luz. Y ese alguien iba a ser ella. Aquella noticia iba a ser…

Bajó la mirada.

Su mano agarraba el bolígrafo, temblorosa, hundiendo la punta en el papel. Mientras miraba por la ventanilla, pensando en su reportaje, su brazo se había estado moviendo incansablemente. Sin que ella se diera cuenta, había escrito una palabra en la hoja de su libreta. Un único nombre repetido decenas de veces, con un trazo salvaje, casi animal, cubriendo cada rincón del rectángulo en blanco, hasta rellenarlo por completo.

Cuando leyó la palabra, soltó el bolígrafo y dio un salto atrás, tirando la silla y tropezando con la cama, sobre la que se sentó, sin apartar aun así la vista de su libreta.

La visión de aquella palabra le cortó la respiración, y enseguida supo por qué.

No era la primera vez que la veía. Pero rezó en silencio para que fuera la última. Diez años después, aquellas siete letras volvían a ella. Diez años después, aquel nombre le provocaba de nuevo un escalofrío. «Quiroga».

· ·

X

Las mesas del vagón restaurante estaban distribuidas a ambos lados del pasillo, y eran tan solo para dos personas. A Alba le hubiera gustado sentarse con su padre, porque este se pasaba la mayor parte del tiempo hablando con todo el mundo y no se fijaría en si ella comía o no, o incluso en si se levantaba de la mesa y se iba a recorrer el tren. Pero daba la impresión de que su padre tenía muchas ganas de hablar con un hombre muy gordo y con el pelo muy brillante, que al parecer tenía un montón de dinero que quería invertir en el Tren del Norte. Así que Alba tuvo que sentarse a comer con su madre, que siempre miraba con lupa lo que comía o dejaba de comer y que, por supuesto, no le dejaría levantarse de la mesa hasta acabarlo todo.

Por suerte, en ese momento su madre parecía un poco distraída. Comía muy despacito, con la vista perdida a través de la ventanilla. Alba tenía claro que ni siquiera lo hacía para disfrutar del paisaje. Aunque la lluvia lo teñía todo de gris y lo volvía borroso, era un espectáculo contemplar las praderas que se multiplicaban a los pies de las montañas, como si alguien hubiera extendido una gigantesca alfombra verde sobre los valles.

Pero Alba sabía que cuando su madre miraba por la ventanilla, lo hacía precisamente para no ver nada. Y algo le decía que, en ese caso, ese «algo» era su padre. Aunque este se encontraba sentado justo en la mesa de al lado, Sandra ni siquiera le prestaba atención. Lo cierto era que sus padres se solían mirar más bien poco, y tampoco hablaban mucho entre ellos, aunque eso era algo que a Alba no le parecía raro. Al fin y al cabo, llevaban juntos casi diez años, y eso era muchísimo tiempo. Posiblemente, se les habrían acabado las cosas que decirse. Su madre no le había dejado llevar libros a la mesa, así que Alba se entretenía mirando el resto de las mesas del vagón, deseando encontrar a alguien de su edad. Pero durante sus excursiones por los vagones no había visto a ningún otro niño, y ahora en la comida confirmaba sus sospechas. En aquel tren no tenía a nadie con quien hablar, mucho menos con quien jugar. Ni siquiera Alicia, la secretaria de su padre, aparecía por ningún lado. Aunque siempre estaba muy ocupada con el trabajo, nunca dejaba de dedicarle una sonrisa, y cada vez que tenía oportunidad, se detenía a jugar con Alba, o por lo menos, a charlar con ella, cosa que a la niña le encantaba porque no la trataba como si tuviera nueve años.

Pero sin Alicia, Alba resultaba invisible en aquel tren. Además de Miguel, los únicos que notaban su presencia eran los camareros. Casi todos eran bastante agradables con ella. Por un lado, porque sabían que Alba era la hija del jefe y querían mostrarse siempre dispuestos a ayudarla con lo que fuera. Pero también porque, aunque seguían siendo muy viejos (más de veinte años, seguro), eran más jóvenes que la mayoría de los pasajeros. Sin embargo, el que les había tocado esa noche no era de sus favoritos.

Alberto no era para nada desagradable, pero la cicatriz que tenía en la cara no le gustaba nada. Además, casi no hablaba y estaba siempre muy serio, como si estuviera enfadado con todos. Alba se dio cuenta de que, mientras Alberto iba sirviendo la sopa, no dejaba de mirar de reojo a todas partes, como si tuviera miedo de que alguien le diera un susto, o como si estuviera buscando a alguien.

De pronto, otro de los camareros pasó por su lado y Alba volvió la cabeza. Únicamente alcanzó a verlo de espaldas, pero algo en él le había llamado la atención. El camarero llegó a la puerta del fondo del vagón y volvió la cabeza para echar un rápido vistazo a su espalda.

Alba sonrió y bajó de la silla.

—Cariño, aún no has probado la sopa —observó su madre.

—Voy al baño, no me puedo aguantar.

—No tardes, que se enfría.

La niña se dirigió a paso ligero hacia la misma puerta por la que el misterioso camarero había desaparecido. Se aseguró de que su madre no estuviese mirando y continuó su camino, dejando atrás el cuarto de baño.

Cruzó el pasillo del vagón cocina sin que nadie reparara en ella, ya que los cocineros del otro lado del mostrador se encontraban en plena actividad. A Alba le resultaba divertido ver cómo se las apañaban para llevar a cabo su trabajo en aquel espacio tan estrecho sin chocarse ni una sola vez.

Finalmente, llegó a la puerta del vagón de cola, el de equipajes. El camarero, de espaldas a ella, forcejeaba con la puerta.

XI

—Está cerrada con llave.

Miguel se volvió, sobresaltado al oír la voz. Dio un profundo suspiro de alivio cuando comprobó que se trataba de la niña.

—Alba, ¿qué haces aquí?

—Te he visto pasar por mi mesa. ¿Qué haces así vestido? Tú no trabajas aquí.

—No…, es un disfraz.

Miguel lo había tomado prestado aprovechando un descuido de uno de los empleados del tren, que llevaba varias perchas con trajes similares y que había colgado un instante de una puerta abierta mientras ayudaba a un compañero a pasar un carrito de limpieza. Miguel estaba volviendo con Fernando a su compartimento cuando vio la oportunidad.

Al contrario de lo que pensaba su nuevo amigo, él no quería recluirse en la habitación, dándole vueltas a la cabeza a la espera de que sus recuerdos volvieran por arte de magia. Necesitaba saber más sobre Alicia, y para eso necesitaba moverse por el tren con cierta libertad.

—¿Y por qué quieres entrar al almacén?

—Necesito pasar a uno de los compartimentos, y seguro que aquí guardan las llaves.

—Ahí dentro no hay llaves. El único que las tiene es Castro.

—¿El jefe de expedición?

—Tiene una llave que abre todas las puertas del tren. La lleva siempre colgada en el cuello.

Miguel suspiró. Necesitaba entrar de nuevo al compartimento diez para confirmar que había visto a Alicia viva con sus propios ojos. Cuando viera que el cadáver ya no estaba en su sitio, estaría claro que su falso asesinato había sido un montaje para acusarlo a él. Y entonces buscaría al responsable.

Pero para hacerlo necesitaba conseguir esa llave, algo que no podría hacer solo si quería hacerlo enseguida.

—Alba…, necesito que me hagas un favor —lo pensó mejor y corrigió—. Bueno, en realidad tienen que ser dos.

······························

XII

Sandra estaba a punto de levantarse para ir a buscar a su hija cuando esta apareció por la puerta y se sentó de nuevo en su silla.

—Si se te ha enfriado, lo dices y que te la calienten otra vez. Pero hoy no quiero excusas para no comer.

Alba tomó una cucharada de sopa y asintió con la cabeza mientras sonreía a su madre, dándole a entender que todo estaba bien. Al cabo de un par de minutos, Castro se acercó a su mesa.

—¿Todo bien? —le preguntó a su madre.

Sandra le miró de reojo y asintió con la cabeza, contemplando de nuevo el paisaje.

Alba se agachó observando el suelo, como si estuviera buscando algo.

—¿Has perdido algo? —le preguntó Castro.

—Un bicho que había antes en la mesa. Creo que era una cucaracha.

—¿Una cucaracha? Imposible —dijo con un hilo de voz, esperando que ningún otro pasajero hubiera oído a la niña.

Castro, nervioso, se agachó rápidamente y levantó un poco el mantel de la mesa para mirar debajo. Estaba justo entre Alba y su madre, aunque esta no había reparado en su presencia, ya que seguía perdida en sus pensamientos.

—Por aquí no veo nada... —mencionó Castro, sin levantar la cabeza—. ¿Seguro que era una cucaracha?

Discretamente, Alba colocó el cuenco con la sopa junto al borde de la mesa, y en el momento en que la cabeza de Castro volvía a aparecer, la niña llamó la atención de su madre con un golpecito en el brazo.

—¿Qué quieres, car...?

Al volverse, Sandra no reparó en el cuenco que había ahora junto a su brazo, por lo que lo golpeó sin querer, derramando el contenido sobre la cabeza de Castro.

—¡Ay, Dios mío, Castro, perdone!

El jefe de expedición se levantó nada más sentir el líquido por su cuello. Todos los rostros se volvieron hacia el hombre, incómodo por convertirse en el centro de atención. Sandra empezó a limpiarle con una servilleta, apurada. Alberto acudió en su ayuda.

—No se preocupe.

—Pero, bueno, ¿qué ha pasado? —preguntó Docampo, desde su mesa.

—Mamá le ha tirado la sopa —acusó Alba con una sonrisa.

—No sabía que el cuenco estaba en el borde. Perdóneme, Castro, no se habrá quemado...

—De veras que está todo bien.

Castro aceptó con una sonrisa la servilleta que le ofrecía Sandra y se la pasó por el cuello. Al hacerlo, notó el cordón que le colgaba de él y decidió sacárselo para limpiarse mejor, dejando a la vista la llave maestra. La dejó sobre la mesa mientras se dirigía al camarero que le estaba ayudando a limpiarse.

—Alberto, trae un servicio nuevo. Y hay que limpiar también la moqueta.

Alba echó su servilleta sobre la llave que Castro había dejado en la mesa, escondiéndola. En ese momento, otro camarero se acercó a ellos y recogió rápidamente el cuenco y varias servilletas manchadas, incluyendo la que ocultaba la llave. Se alejó de allí con total naturalidad, mientras la calma volvía al vagón y Docampo distendía el ambiente con algún comentario simpático.

Alba sonrió al ver a Miguel, ya en la puerta, rescatando la llave del interior de la servilleta y guardándola en su bolsillo.

••••••••••••••••••••••••

XIII

Cuando salió del vagón restaurante, Miguel se volvió para mirar por el cristal y asegurarse de que nadie había reparado en él. Después, abrió la compuerta de una papelera que había en la pared y arrojó al interior las servilletas y el cuenco de la sopa. Nada más hacerlo, la puerta del vagón se abrió y Alba apareció a su lado.

—¿Qué tal lo he hecho? —preguntó ella, ilusionada.

—Has estado increíble. ¿Pero seguro que quieres ayudarme ahora también?

—Claro. Estar ahí dentro es un rollo.

—¿Y tus padres?

—Les he dicho que me voy a la habitación a cambiarme de ropa. También me he manchado un poco con la sopa.

—Entonces vamos. Hay que darse prisa antes de que se den cuenta de que la llave ha desaparecido.

Cruzaron varios vagones a paso ligero, disminuyendo la velocidad en aquellos donde encontraban a más gente. Alba iba delante y Miguel la seguía, de modo que los que reconociesen a la niña pensarían que aquel camarero la estaría acompañando a hacer algún recado.

Atravesaron los salones y la cafetería, y llegaron a los vagones de los compartimentos. Cuando pasaron frente a la puerta del número 19, Miguel recordó al hombre mayor de las gafas que lo ocupaba. Él también creía conocer a Miguel, pero no estaba seguro. ¿Dónde habrían coincidido antes? Desde luego, si lo habían hecho, volver a encontrarse a bordo de aquel tren había sido una increíble casualidad.

Llegaron hasta la puerta del vagón de los compartimentos nueve a doce. Miguel miró por el cristal de la puerta y vio a un hombre apoyado contra la ventanilla que estaba frente a la puerta número diez. Vestía traje oscuro y era alto y de complexión fuerte. Alba se puso de puntillas y se asomó por el cristal.

—A ese señor lo conozco. Trabaja para mi padre.

Miguel la miró con extrañeza.

—¿Cómo que para tu padre?

—Claro, mi padre es el jefe. El tren es suyo.

Miguel palideció cuando comprendió de lo que estaba hablando. Recordó al hombre junto al que Alba estaba sentada en la comida.

—¿Tu padre es Ismael Docampo? —la niña asintió con la cabeza.

—¿Lo conoces?

—Creo que lo haré dentro de poco…

Por si la situación de Miguel no era ya complicada, aquello la empeoraba. La hija del mismo hombre que lo querría detener por asesinato le estaba ayudando a demostrar su inocencia.

Miguel tuvo claro en ese instante que aquella historia no podía acabar bien. Ya había involucrado a la niña demasiado, no era justo para ella verse envuelta en nada de lo que estaba pasando. Por el amor de Dios, solo tenía nueve años, y Miguel ya le había hecho encubrir a un potencial asesino y cometer un robo. Tenía que apartarla y seguir adelante él solo. ¿En qué estaba pensando cuando le pidió ayuda?

—Alba, creo que es mejor que...

—Voy.

La niña abrió la puerta antes de que Miguel pudiera terminar la frase. Este echó la mano hacia ella, intentando detenerla, pero ya era tarde. Alba caminaba alegremente por el pasillo hacia el hombre de seguridad. Miguel recogió el brazo y se asomó por el cristal.

El hombre pareció extrañado al ver a la niña sola por el vagón, pero a juzgar por la sonrisa de la pequeña, todo iba bien.

—Hola... —saludó ella, sonriente.

—¿Saben tus padres que estás por aquí?

—Mi madre me está esperando.

El hombre asintió con la cabeza, comprendiendo, y la dejó pasar. Miguel vio cómo Alba continuaba hacia el fondo del pasillo y desaparecía tras la siguiente puerta. Al cabo de pocos segundos, la escuchó gritar con todas sus ganas. El hombre de seguridad echó a correr hacia ella, dejando su puesto.

Miguel no perdió tiempo y pasó al vagón. Se apresuró a llegar a la puerta número diez.

Sacó la llave maestra y se detuvo. Mientras la introducía en la cerradura, escuchaba de fondo la conversación entre el hombre y Alba, que con su llanto improvisado y unas increíbles dotes de actriz, le estaba convenciendo de que había tropezado y se había hecho daño en un brazo.

Miguel sabía que la niña únicamente le iba a poder conseguir unos segundos, así que se dio prisa en pasar al interior del compartimento. Lo hizo justo en el momento en el que el hombre de seguridad volvía por el pasillo con Alba, que fingía seguir llorando.

—... no te preocupes, bonita, que encontramos a tus padres ahora mismo.

Los dos pasaron frente a la puerta y el sonido de sus pasos se redujo hasta desaparecer. El hombre seguramente tardaría un par de minutos en llegar con la niña al vagón restaurante y volver a su puesto, pero era mucho más tiempo del que Miguel necesitaba. Al fin y al cabo, se trataba de entrar al cuarto de baño y comprobar que no había ningún...

... cadáver cubierto con un edredón.

Desconcertado, se acercó al cuerpo que permanecía sentado en el plato de la ducha. Alargó su brazo para asir la tela que lo cubría y tiró de ella.

El cadáver de Alicia seguía allí, más pálido que la vez anterior, y exactamente en la misma postura.

Miguel sintió su corazón palpitando a causa del terror que iba naciendo dentro de él. Si la chica estaba muerta, ¿a quién demonios había visto antes?

Se puso en cuclillas frente al cadáver, como esperando que este contestara a su pregunta. Sin comprender por qué, sus ojos se fijaron en el reloj de pulsera que la chica llevaba en la muñeca. Marcaba las dos en punto. Después, miró hacia el compartimento, donde el despertador señalaba las dos y media. El reloj de Alicia iba casi media hora atrasado.

De pronto, la puerta del pasillo se abrió al mismo tiempo que escuchó la voz de Bouzas, que hablaba con su agente.

—A ver, Juan Luis, si te digo que te quedes en la puerta, te quedas en la puerta.

—Pero la hija de Docampo no encontraba a sus padres...

—Pues me avisas por la radio y vengo yo a por ella, pero no me dejes esto sin vigilancia.

Bouzas apenas pudo ver cómo el puño de Miguel impactaba en su mandíbula, tirándolo sobre la cama. Su agente tampoco pudo reaccionar a tiempo, y cuando intentó sujetar al agresor, este se había lanzado contra la puerta, empujándolo de nuevo al pasillo, donde se golpeó la cabeza contra el cristal del exterior. Miguel tuvo que ignorar el dolor de su costado para levantarlo con rapidez y arrojarlo al interior del compartimento, donde cayó inconsciente. Echó el cerrojo por dentro y se apresuró a robarle el arma a Bouzas, que intentaba recuperarse del golpe.

Con mano temblorosa, apuntó con ella al detective. Exceptuando la pistola con la que habían asesinado a Alicia, aquella debía de ser la primera vez que empuñaba un arma en su vida, porque se sentía muy torpe con ella en las manos. Cuando el detective pudo centrar la vista y se dio cuenta de quién le amenazaba con su arma, no pudo ocultar un gesto de asombro.

—No puede ser. Te vi caer...

—Te va a costar algo más quitarme de en medio. Aunque lo que habéis intentado no ha estado nada mal —su tono era seguro y amenazante, pero el temblor de su mano delataba sus nervios.

Se llevó la mano izquierda al costado derecho, donde la herida de bala, cortesía del detective, permanecía abierta por la falta de reposo. Con cada respiración, la carne abierta le recordaba que, en lugar de peleas, lo que debía buscar era un lugar para tumbarse.

—¿Lo que hemos intentado? —Bouzas se intentó incorporar en la cama. Miguel dio un paso atrás sin dejar de apuntarle.

—¡¿Qué me habéis hecho?!

—¡¿Qué has hecho tú?! ¿Por qué tenías que matarla?

—¡Yo no he hecho nada! ¡Me desperté en esa misma cama y ella ya estaba muerta! ¡Y no recuerdo nada de lo que había pasado antes!

—Lo que pasó antes es que la citaste aquí. Le dejaste una nota en su compartimento.

—¿Qué nota?

—Ella la quemó en el cenicero, pero aún se podía leer el número. No sé qué había entre ella y tú, ni qué motivos podías tener para matarla, pero…

—¡Yo no la maté! ¡Hay otra persona metida en esto!

—¿Me estás diciendo que no recuerdas nada antes de despertar? ¿Cómo estás tan seguro de que lo hizo otra persona?

—Porque después de irme yo, alguien entró aquí y se llevó el arma del crimen.

—¿De qué estás hablando?

—¡No finjas que no sabes nada! ¡Habéis sido vosotros, queréis culparme de esto! Primero dejasteis la pistola en el suelo, esperasteis a que yo la tocara y dejara mis huellas. Y después os la llevasteis para que no me pudiera deshacer de ella.

El detective parecía sorprendido por la convicción con la que hablaba Miguel, al que miraba como si estuviera mal de la cabeza y no fuera capaz de distinguir la realidad de sus propias fantasías.

—Escucha…, nadie está haciendo nada contra ti. Claramente tienes un problema, y si bajas el arma podemos ayudarte a solucionarlo.

—Igual que me ayudaste antes, cuando me disparaste ahí arriba.

—Entiéndelo. Esa pobre chica de ahí era Alicia, la secretaria de mi jefe. La conocía desde hace años. Entro aquí y te sorprendo escapando de la escena del crimen. Te doy la oportunidad de detenerte y echas a correr, ¿qué querías que hiciera?

El brazo con el que Miguel sujetaba el arma empezó a flojear. El gesto no pasó inadvertido al detective.

—Si tú no lo hiciste, estoy dispuesto a creerte. Quiero confiar en ti, pero no lo puedo hacer si no me das la pistola. Por favor…

Bouzas extendió su brazo. Miguel miró su mano abierta y durante un segundo comprendió que la única salida que tenía era rendirse. No podía escapar de él continuamente en aquel tren. Lo mejor para todos sería entregarse y tratar de que le ayudaran a recordar lo que había pasado. Al fin y al cabo, ni siquiera el propio Miguel podía estar seguro de que no fuera el asesino.

Miró a los ojos de aquel hombre, que parecía dispuesto a ayudarle. Y entonces reparó en una gota de sudor que resbalaba por su frente. Tenía una pistola apuntándole a la cabeza y estaba nervioso. Cualquiera en su situación diría lo que fuera con tal de evitar una bala entre ceja y ceja.

El segundo pasó. Y justo cuando Bouzas rozaba el arma con la punta de los dedos, Miguel la retiró y siguió apuntando.

—Vosotros no queréis ayudarme. Queréis un culpable, y os da igual quién.

—Eso no es cierto.

—Alguien en este tren ha matado a esa chica, y está intentando culparme a mí. Y voy a descubrirlo.

—Lo que estás diciendo es una estupidez. Si no te rindes ahora, no puedo garantizarte que llegues con vida a la próxima parada.

—Quién sabe… Con esta tormenta, puede que no lo hagamos ninguno.

Y acto seguido, golpeó al detective en la sien con la culata del arma, dejándolo inconsciente sobre la cama. Escondió la pistola bajo su chaqueta y salió del compartimento. El viaje iba a ser largo.

· ·

XIV

Alberto dejó una bandeja llena de platos sucios sobre la encimera. A su alrededor, los cocineros se movían con rapidez y soltura, como si se tratara de bailarines que hubiesen aprendido muy bien la coreografía para la función de esa noche. Luego se dirigió a uno de ellos.

—¿Sabéis si la secretaria del jefe va a venir a comer? No la he visto en ninguna mesa —comentó con aire casual.

—Por mí, como si no viene nunca —respondió el cocinero sin apartar la vista de una sartén en la que salteaba unos champiñones—. Lleva una semana llamándome todos los días dándome la tabarra con los menús. Que si los productos tienen que ser frescos, que si ojito con el vino…

—Es que los vinos no son tu fuerte, ¿qué quieres que te diga? —comentó otro.

El primer cocinero se puso rojo de golpe.

—¡Mi restaurante fue uno de los primeros en España en conseguir una estrella Michelín! ¿Crees que eso se consigue poniendo agua de alcantarilla?

Alberto empezaba a impacientarse.

—En cuanto a la secretaria…

—¡Qué manía con la secretaria! Lo único que me importa es lo que pase en mi cocina. ¡Lo demás me trae sin cuidado! Esos platos, a la mesa cinco.

Alberto resopló. Estaba claro que no iba a sacar nada en claro de allí. Tomó la bandeja que el cocinero le indicaba y se disponía a salir de la cocina cuando otro de sus compañeros se le acercó y le habló en voz baja.

—Creo que está metida en algo gordo.

—¿Quién?

—La chica esa, la secretaria. Uno de limpieza me dijo que antes pasó delante de su compartimento y escuchó a Castro hablando con el detective, dentro, los dos solos.

—¿Qué decían?

—Hablaban de que había un fiambre aquí, en el tren. Y la chica debe de estar metida en eso de alguna manera.

—¿Me estás diciendo que se han cargado a alguien?

El primer cocinero los interrumpió.

—¡O se habla o se trabaja! ¡Mesa cinco, ya!

El camarero que hablaba con Alberto se esfumó, y este abandonó la cocina con un nudo en la garganta. Si se hubiera cometido un crimen en el tren y Alicia supiera algo, habría ido corriendo a contárselo. Pero si el detective y el jefe de expedición estaban en su compartimento hablando del asesinato…, había muchas posibilidades de que la participación de Alicia fuera algo más directa en el crimen.

Rápidamente, Alberto desechó la idea de su cabeza y cruzó la puerta que lo separaba del restaurante.

Alicia estaba viva. Pensar cualquier otra cosa era una estupidez.

....

XV

—¡Pensaba que lo habías matado! ¿Cómo has podido dejar que se escapara?

Docampo se paseaba nervioso de un lado a otro de su compartimento, dando una calada tras otra a su cigarrillo. De pie, junto a la puerta, Bouzas se aplicaba en la sien un poco de hielo que había envuelto con un pañuelo.

—Precisamente por eso, porque pensaba que estaba muerto. Me pilló por sorpresa en el compartimento diez… donde está el cadáver.

Docampo interrumpió su paseo, extrañado.

—¿Qué demonios hacía ahí? ¿Asegurarse de que la había matado?

—Él piensa que es una trampa. Dice que alguien lo está intentando incriminar.

—¿Alguien, quién?

—No lo sé, y él tampoco. Pero parecía convencido de ser inocente.

—Todos los criminales lo parecen.

—Tenga razón o no, ahora sí que deberíamos cancelar el viaje. Este tren no es seguro. No con un potencial asesino escondido aquí con los pasajeros.

—Y armado gracias a ti —puntualizó Docampo con amargura.

Bouzas se contuvo para responderle que el fugitivo no iría armado si el tren se hubiera detenido nada más descubrir el crimen. Pero el detective no se sentía muy satisfecho consigo mismo por haberse dejado arrebatar su arma. Aquello no le habría pasado diez años atrás.

—¿No estarás volviendo a cometer los mismos errores de antes?

El comentario de Docampo provocó que los ojos del detective brillaran con ira.

—Hace años que no pruebo una gota —consiguió responder, aunque lo que quería en realidad era romperle la nariz de un puñetazo.

—Entonces no veo por qué ese tipo tiene que ser un problema. Está atrapado en el tren y no tiene forma de salir, así que usa al personal que necesites y encuéntralo.

De pronto, los dos hombres sintieron un leve empujón al mismo tiempo, e hicieron fuerza con las piernas para mantener el equilibrio. Docampo se apoyó contra la pared y miró a su alrededor.

—¿Qué está pasando?

Bouzas se acercó a la ventanilla. Atravesaban un bosque de abetos que luchaban para no ser arrancados por la fuerza del viento, que los zarandeaba a un lado y a otro. El detective se volvió y miró a su jefe.

—El tren se está deteniendo.

Salieron al pasillo. Los pasajeros con los que se encontraban miraban también al exterior, más curiosos que preocupados. Algunos de ellos preguntaban a Docampo por la repentina maniobra, y este le quitaba importancia con la mejor de sus sonrisas.

—Comprobaciones de seguridad. Se hacen en todos los viajes para testar los engranajes.

Pero Bouzas era incapaz de mostrar la misma tranquilidad. El tren se había detenido, con lo que el asesino de Alicia tenía ahora una oportunidad inmejorable para escapar. Incluso aquella parada tan brusca podía ser parte de su plan.

Los dos hombres atravesaron los vagones hasta llegar a la máquina, donde la puerta del exterior estaba abierta. Docampo se levantó las solapas de la chaqueta para protegerse del frío y se asomó al exterior. Dos operarios hablaban nerviosos entre ellos mientras se acercaban a la puerta a paso ligero.

—¿Qué ha pasado? —preguntó Docampo, intentando hacerse oír por encima del estruendo del viento.

—¡Un árbol ha caído en mitad de la vía! ¡No podemos avanzar! —contestó el maquinista.

—¡Hay que sacarlo de ahí enseguida!

—¡En el mejor de los casos tardaremos unos veinte minutos, hay que atar el tronco con cadenas para poder arrastrarlo!

Los hombres pasaron al interior del tren, pero Bouzas decidió aventurarse a salir a la tempestad. El viento le empujó con violencia hacia un lado en cuanto colocó un pie fuera. Se puso una mano delante de los ojos para evitar que la lluvia le cegara por completo y echó a andar hacia la parte delantera de la máquina.

A unos diez metros de ella, cruzado sobre los raíles, descansaba un inmenso abeto, tal vez de unos quince metros de longitud. El diámetro del tronco era más o menos de un metro, por lo que Bouzas dudó si el viento había sido lo suficientemente fuerte como para tirarlo o había recibido algún tipo de ayuda. Pero la base del tronco estaba arrancada, no serrada. Se agachó junto a ella y desprendió una astilla con facilidad. La madera parecía débil. Tal vez la carcoma la había debilitado lo suficiente para que el viento no tuviera demasiados problemas en partir el tronco por la mitad. Le tranquilizó comprobar que en efecto aquella parada había sido del todo casual. Pero aun así, todavía tenía un problema. Volvió al tren y cerró la puerta tras él. Habló a su *walkie-talkie*.

—Castro, aquí Bouzas… Castro…

Se escuchó un poco de estática durante unos segundos hasta que surgió la voz del jefe de expedición.

—Dime…

—Pon a un hombre en cada puerta de salida. Hay que cerrar el tren ya mismo.

·····················

XVI

A través de la ventanilla, Fernando vio a dos hombres cubiertos con chubasqueros, hablando y señalando a ambos lados del tren. Cuando se separaron, a Fernando le pareció que uno de ellos era el detective de Docampo.

—Creo que piensan que te quieres escapar.

—Mejor. Cuanto más tiempo piensen que quiero estar ahí fuera, menos me buscarán aquí dentro.

Miguel estaba sentado en el suelo, junto al cabecero de la cama, lejos de las miradas furtivas del exterior. Se acababa de tomar unos antiinflamatorios que Fernando le había conseguido. Las pastillas deberían de darle una tregua y hacerle olvidar el dolor de su costado durante un par de horas. Sus dedos jugueteaban con la moneda que llevaba en su bolsillo, algo que encontraba tranquilizador.

—¿En serio no lo vas ni a intentar?

—Alguien ha matado a esa chica para culparme a mí, estoy seguro. Y si me largo, pareceré más culpable de lo que ya parezco.

—Haces bien. De todas maneras, no creo que con esta tormenta pudieras llegar muy lejos. Y además, debemos de estar a más de veinte kilómetros de cualquier pueblo.

—Tengo que entrar como sea al compartimento de esa chica.

—Acabas de venir de ahí.

—Me refiero al suyo, en el que viajaba ella. Puede que entre sus cosas haya algo que me ayude a entender por qué la mataron. Algún documento, alguna pista..., cualquier cosa que la relacione con su asesino.

—¿Y si lo que encuentras te relaciona a ti con ella?

—Entonces acabaremos el viaje antes de lo que pensaba —dijo tras pensar un instante la respuesta.

Fernando negó con la cabeza.

—Deberías seguir trabajando esto —señaló la sien—. Recordar lo que estás haciendo aquí.

—¿Y cómo lo hago? —le mostró la moneda que deslizaba entre sus dedos—. ¿La cuelgas de un cordel y la balanceas? ¿O me siento delante de una vela y me quedo mirando la llama?

Como si subrayara su comentario, un relámpago iluminó el cielo de golpe. Fernando se echó instintivamente hacia atrás, sorprendido por el destello.

Miguel no tuvo tiempo ni de ponerse las manos delante de los ojos. El relámpago le pilló por sorpresa y, de pronto, todo se volvió blanco.

—Miguel, ¿estás bien? Miguel...

Los ojos de Miguel miraban fijos al frente, pero él ya no estaba allí.

XVII

Se encontraba en una habitación, la misma con la que había soñado poco antes. Había un amplio ventanal por el que se veían los relámpagos furiosos de una tormenta. Estaba de nuevo frente al espejo, cuyo marco estaba ahora surcado por finas líneas de sangre que caían entre los relieves. El cristal tenía un color rojizo en el que se veía reflejado.

—¿Un último consejo? —preguntó él. Su propia voz le sorprendió, como si alguien le estuviera obligando a decir aquellas palabras. Ni siquiera sabía a quién estaba hablando.

La voz de una chica se dejó sentir a su espalda.

—Vayas donde vayas, no te mueras.

De pronto, tuvo la sensación de que una mano se apoyaba en su hombro. Otra voz de mujer, más mayor que la anterior, sonó muy cerca.

—No sabemos hasta dónde llega el poder de Quiroga. No te fíes de nada. Ni de nadie.

—Miguel —dijo una tercera voz—. ¡Miguel!

XVIII

Miguel volvió en sí, al mismo tiempo que el trueno hacía temblar el vagón. Fernando estaba inclinado sobre él, mirándolo extrañado.

—¿Estás bien?

Miguel se incorporó, con gesto confundido.

—Te has quedado paralizado de golpe, pensé que te había dado algo en la cabeza.

—No, solo estaba... He tenido una especie de sueño.

—¿Despierto?

De pronto, escucharon unos pasos en el pasillo del vagón. Alguien se detuvo frente a la puerta del primero de los cuatro compartimentos y llamó con los nudillos. Fernando se llevó un dedo a los labios, pidiendo silencio a Miguel, y abrió un poco la puerta. Pudieron ver a Castro, el jefe de expedición, acompañado de otro hombre con el uniforme del tren, hablando con el pasajero que les acababa de abrir.

—Buenas tardes, estamos haciendo unas comprobaciones de rutina en todos los compartimentos, para asegurarnos de que la tormenta no ha causado ningún daño. Si nos permite pasar, será un minuto.

El pasajero asintió y les cedió el paso. Fernando cerró la puerta.

—Me están buscando —dijo Miguel—. Tengo que salir de aquí.

—Ya me dirás cómo. Desde que el tren se ha parado, han puesto a un tipo en los dos extremos de todos los vagones.

Miguel miró hacia la ventana.

—Entonces tan solo hay una manera de salir —concluyó mientras se asomaba por las cortinas.

Desde el pasillo, les llegó el sonido de unos nudillos llamando a la puerta contigua. Escucharon la voz de Castro repitiendo las mismas palabras sobre la revisión.

—Estarán aquí en un minuto —dijo Fernando. Miguel distinguió en el exterior la figura de un hombre que se acercaba a su ventanilla—. ¿Estás loco? ¿Dónde pretendes llegar? Si te ven, irán detrás de ti.

—No me verán. Hay un sitio donde no están mirando.

El hombre del exterior estaba a punto de pasar justo por delante. La puerta del compartimento contiguo se cerró. Los pasos de los dos hombres se aproximaron y Castro llamó a la puerta. Fernando se volvió hacia Miguel, apremiándole con la mirada a hacer algo. La llamada se repitió.

—Un momento —dijo Fernando, levantando la voz.

El hombre que vigilaba el perímetro del tren pasó de largo. Miguel abrió la ventanilla, se subió a la mesa y saltó al exterior. Nada más caer al suelo, se tumbó y rodó hacia las vías hasta esconderse debajo del vagón.

Debajo del vagón, Miguel apenas podía levantar la cabeza, pero descubrió que podía avanzar lentamente sin demasiados problemas. Los vagones de pasajeros eran los comprendidos entre el tercero y el séptimo. El compartimento de Fernando era el número 13, así que Miguel tenía un vagón a su espalda y otros tres por delante, sin contar el que le daba cobijo en ese momento. Tenía que encontrar el que correspondía a Alicia.

Miguel suponía que, al tratarse de la secretaria del presidente de la línea, este tendría el primer compartimento, y ella uno cercano. Puede que el segundo correspondiera al socio de Docampo, pero había muchas posibilidades de que el tercero fuera el de la joven.

Empezó a arrastrarse lentamente, teniendo cuidado de no engancharse en las piezas metálicas que sobresalían de la estructura de los vagones. Aun así, más de una vez tuvo que tirar de su chaqueta para liberarla. También era difícil no golpearse la cabeza, ya que las piedras de la vía y las propias traviesas le obligaban de vez en cuando a separarse un poco del suelo. De todas formas, agradeció no tener que padecer la lluvia, que, aunque se colaba por debajo del vagón, apenas le molestaba. El sonido del viento, por otro lado, le incomodaba bastante, pero también le ayudaba a pasar inadvertido para los hombres que montaban guardia por fuera.

Miguel podía ver sus piernas caminando arriba y abajo, a ambos lados del tren, asegurándose de que ninguno de los pasajeros se bajaba. Con cada relámpago que estallaba, las piernas se detenían, como si los hombres se asustaran al ver el fogonazo en el cielo y no se atrevieran a continuar. Medio segundo después de cada explosión blanca, el trueno estallaba, haciendo temblar los vagones, que parecían a punto de desplomarse sobre Miguel.

Cuando llegó al tercer vagón, se detuvo. Para entrar al tercer compartimento, tendría que salir de su escondite y actuar con rapidez. Esperó a que uno de los vigilantes se alejara lo suficiente para que el manto de lluvia le proporcionara cierto camuflaje y se aventuró a salir. Calculo cuál de las ventanas se correspondía con el número 3 y se asomó. No había nadie, y los pocos objetos que se veían, como la maleta y algunos papeles, estaban perfectamente dispuestos. Pertenecían a alguien muy ordenado, o que se veía obligado a serlo por razones de trabajo. Alguien como una secretaria.

«Si es todo lo que tengo…», pensó. Se agachó para recoger una piedra y esperó frente al cristal. El vigilante que se había alejado de allí no tardaría en regresar. Miguel podía ver su silueta a través de la lluvia, a unos veinte metros de donde él se encontraba. Miró al cielo, como esperando una señal.

Y la señal llegó. Un nuevo relámpago iluminó el cielo. Miguel lanzó la piedra contra el cristal en el mismo momento en que el trueno restallaba y disimulaba el sonido de la ventana al romperse. Después, metió la mano, y con cuidado descorrió el tirador para abrirla y poder saltar al interior antes de ser descubierto.

Una vez dentro, comprobó que el cerrojo de la puerta estaba echado y comenzó el registro. No sabía qué debía buscar, o siquiera si había algo interesante en aquel compartimento. Pero lo que estaba claro era que, si quería averiguar algo más sobre el asesinato, tenía que conocer antes a la víctima.

A juzgar por el contenido de su equipaje, guardado en el armario, Alicia debía de haber sido una chica responsable, trabajadora y algo triste. No había lecturas de placer ni fotos personales entre sus cosas, únicamente documentos de trabajo. Su ropa era elegante y sobria, nada acorde con una joven de veintinueve años, tal y como decían algunos carnés que había en su bolso.

Entre los documentos de trabajo, Miguel no vio nada que le llamara la atención. Gráficos, tablas comparativas, planes de mercado... Allí no había nada útil.

Echó un vistazo al cuarto de baño, por si hubiera algo en su neceser que le sirviera. Lo único que sacó en claro fue el gusto de Alicia por el maquillaje y los perfumes caros.

Al verlos sobre la repisa del lavabo, algo llamó su atención. Alicia había dispuesto todos sus productos de cuidado personal a la vista, para tenerlos a mano. Pero había un bote que permanecía guardado en el neceser, el único bote que no estaba con los demás. Miguel lo levantó y, nada más hacerlo, notó algo extraño en él. Lo agitó y comprobó que en su interior, además del perfume, había algo metálico. Quitó el tapón, pero dentro había líquido. Miró la parte de abajo y la tanteó con la mano. Descubrió que cedía al girarla en sentido contrario a las agujas del reloj. La desenroscó, y del interior del doble fondo cayó un llavero con un extraño símbolo, como de una flor de lis, al que iba enganchado una pequeña llave.

Volvió a pasar a la habitación. La llave no pertenecía a la maleta, que además ya había revisado. Tampoco a ninguno de los cajones o armarios del compartimento. Buscó en ellos algún estuche o maletín que hubiera pasado antes por alto, pero allí no había nada. Sin embargo, la chica se había tomado muchas molestias en ocultar la llave...

De pronto, escuchó unas voces en el pasillo. Miguel no quiso arriesgarse y, tras guardar la llave en su bolsillo, volvió a salir por la ventana, una vez seguro de que ninguno de los vigilantes estaba cerca. Cuando cayó al suelo, rodó de nuevo bajo el tren. Miró a ambos lados. Vio las piernas de dos hombres que corrían hacia el punto del vagón donde él se encontraba. El corazón se le encogió al pensar que lo habían visto saltar, pero las piernas de los hombres desaparecieron cuando subieron al vagón. Miguel suspiró aliviado.

Comenzó a arrastrarse de nuevo hasta el vagón de Fernando. Le extrañó no ver, a los lados del vagón, a ningún otro vigilante asegurando el perímetro.

Enseguida comprendió por qué.

El tren se estaba poniendo de nuevo en marcha.

．．．．．．．．．．．．．．．．．．．．．．．．

XIX

Al principio pensó que se trataba de un temblor más producido por la tormenta, sin embargo, las ruedas de los vagones estaban girando lentamente. Miguel intentó salir, pero había reaccionado tarde. Aunque despacio, los engranajes de las ruedas se le venían encima con demasiada rapidez como para esquivarlas a la hora de salir. Levantó un poco la cabeza para aumentar su campo de visión e intentar descubrir un hueco por el que poder escapar, pero un depósito de agua, que sobresalía de la parte inferior de uno de los vagones, a punto estuvo de golpearle en la frente.

Comprendió angustiado que estaba preso sobre las vías. Lo único que podía hacer era agachar la cabeza y esperar que el tren pasara sobre él. Entonces un relámpago volvió a iluminar el paisaje, y Miguel pudo ver cómo, en el vagón de cola, una pieza mayor que el resto cruzaba de lado a lado la parte inferior, a muy poca distancia del suelo. Ni siquiera agachándose todo lo que podía sería capaz de esquivarla. Aquella pieza era insalvable, y aunque el golpe no le matara, Miguel se vería arrastrado por ella, hasta que le fallaran las fuerzas y la pieza le empujara al suelo, pasándole por encima y aplastándolo.

No podía salir y tampoco podía quedarse quieto. Las dos opciones suponían la muerte.

Así que optó por la tercera. Aprovechó el espacio entre dos vagones que le pasaron por encima para girarse y colocarse boca arriba. Miró hacia atrás. Quedaban solo tres vagones para llegar al último. En cuestión de segundos el tren lo destrozaría.

Esperó al siguiente vagón, y cuando llegó el punto de unión con el siguiente, estiró los brazos para agarrarse a las piezas. Pero falló en el intento y volvió a caer al suelo, golpeándose de nuevo la cabeza.

El dolor le aturdió durante varios segundos, haciéndole perder otra oportunidad cuando el siguiente vagón pasó también por encima.

Cinco segundos más y sería historia. Intentó concentrarse en lo que tenía que hacer. Llegó el último vagón, y su última oportunidad de salvar la vida. Estiró los brazos, y sus manos agarraron una barra de metal alrededor de la que sus dedos se cerraron con fuerza. Levantó el resto de su cuerpo rezando para que sus piernas encontraran un lugar de apoyo enseguida. El dolor de la herida del costado se abrió paso a través de la película protectora que los antiinflamatorios habían extendido por todo su cuerpo. Con todos los músculos de su cuerpo en tensión, no había pastilla lo suficientemente potente como para hacer desaparecer la sensación de desgarro.

Por suerte, su pierna derecha encontró un saliente en el que descansar, así que pudo relajar la presión de los brazos y dejarse llevar, mientras cerraba los ojos un segundo e intentaba que su corazón no le explotase en el pecho.

El tren iba aumentando velocidad. Miguel era consciente de que, cuanto más tiempo pasara, más difícil sería para él conseguir trepar hasta el espacio entre los vagones. Su cuerpo magullado no estaba preparado para ponerse en marcha de nuevo; sin embargo, no tenía más remedio. Obligó a sus piernas a impulsarse un poco, y sus brazos buscaron un nuevo asidero. El ruido del tren era ensordecedor, y el continuo movimiento de los vagones amenazaba con hacerle perder los puntos de apoyo.

No obstante, centímetro a centímetro, consiguió ir avanzando. Pronto sintió la lluvia en su rostro, señal de que ya se encontraba cerca de su meta. Con los ojos entrecerrados debido al agua, dejó de palpar la parte inferior del tren y su mano se asomó por fin al espacio que había entre los vagones. Era la parte más complicada, ya que, aunque consiguiera sujetarse a algo, tendría que doblar su cuerpo para trepar, arriesgándose a partirse las piernas contra el suelo.

Sus manos se agarraron a una barra en la plataforma y, haciendo acopio de las pocas fuerzas que le quedaban, perdió el apoyo de las piernas y las colocó rígidas en el aire, paralelas al suelo, que iba rozando con los talones. De un último y rápido tirón, consiguió sacar su cuerpo y alcanzar una escalerilla de metal.

Al hacerlo, le pareció ver que la herida de su costado sangraba de nuevo, tiñendo su camisa de un rojo suave al diluirse con el agua de la tempestad.

El tren tomó una curva y Miguel estuvo a punto de salir

despedido por la inercia, pero se agarró a tiempo a la escalera con los brazos. Jadeando, saboreó el frío y la lluvia, dejando que el viento del ciclón castigara su cuerpo. La zona de su cabeza que se había golpeado al intentar agarrarse a la parte inferior del tren no dejaba de palpitar, sus brazos y piernas amenazaban con desprenderse del tronco en cualquier momento y tenía la sensación de que una mano invisible se abría paso a través de la carne de su costado y no dejaba de removerse en el interior de la herida.

Sonrió. Si estaba sintiendo todo aquello, era porque estaba vivo.

....

XX

Docampo siempre supo que el vagón casino sería todo un éxito, no solo por el dinero que los pasajeros se dejaban en las mesas de cartas o de ruleta, sino porque era el lugar ideal para que todos se olvidaran de los problemas que podían surgir durante el viaje. La parada obligatoria había sido uno de ellos. Algunos periodistas se le habían acercado para preguntarle el motivo de la detención, pero se habían quedado satisfechos con sus vagas explicaciones sobre seguridad, y habían vuelto a la barra libre y a las mesas de juego.

Aunque lo más duro para él era mantener la sonrisa. Tenía que dar la sensación de que todo estaba controlado, de que no había nada que se saliera del plan establecido. Y tenía que fingir no haber visto el cadáver de la chica de la que había estado enamorado los últimos años.

Se sorprendió al pensar que, desde que habían descubierto el crimen, no había tenido ganas de llorar ni una sola vez. A pesar de que sabía que, cuando llegaran al final del viaje y se encontrara a solas y lejos del tren, no dejaría de hacerlo.

—Un poco inesperada —dijo una voz de mujer tras él. Se dio la vuelta y se encontró frente a frente con Verónica—. La parada, quiero decir.

—Cuestiones de seguridad —dijo Docampo, mecánicamente.

Eran las mismas tres palabras que había dicho a todos los que le habían preguntado.

—Uno de los chicos del tren me ha dicho que había un árbol cruzado en la vía.

Docampo la miró sin borrar la sonrisa, considerando si era prudente negar la información.

—Lo han retirado enseguida. No ha sido nada grave.

—Si hubiera llegado a caer encima del tren, sí que lo habría sido.

—Yo pensaba que el trabajo de los periodistas consistía en dar información. Pero a todos os encanta conjeturar e imaginaros «lo que hubiera pasado si». Sobre todo a ti. Desde que conociste el proyecto, no has dejado de atacarnos injustificadamente, y me gustaría que este viaje cambiara tu opinión.

—Tiene que entenderme, señor Docampo…

—Ismael.

—Ismael… —repitió ella con gesto amable—. Somos varios aquí los que pensamos que se han precipitado al autorizar este viaje cuando el Hortensia todavía es un peligro. Y creo que los motivos para hacerlo no es demostrar la seguridad del tren, sino que se han visto obligados para no perder dinero.

—Si tú y tus amigos teméis por vuestra vida… —Docampo pronunció estas palabras con cierto tono de burla—, podéis bajaros en Oviedo. Los demás seguiremos disfrutando del viaje.

Docampo dio un trago a su copa y se perdió entre la gente, estrechando manos e intercambiando sonrisas. Mientras lo hacía, se preguntaba si Verónica se tomaría en serio su invitación de abandonar el tren. Tenerla a bordo empezaba a ser un dolor de cabeza.

•••••••••••••••••••••

XXI

Teniendo en cuenta que su madre parecía ausente la mayor parte del tiempo, Alba no tuvo demasiados problemas en convencerla para que la dejara estar a solas e ir al vagón biblioteca.

—Nada de paseos por el tren, que nos conocemos.

Alba había sentido la tentación de decirle a su madre que no la conocía en absoluto, y que si lo hiciera, le dejaría estar explorando todo el día porque era lo que de verdad le gustaba. Pero teniendo en cuenta que había estado ayudando a Miguel a colarse en sitios donde no se podía pasar, y que nadie lo había descubierto, decidió guardar silencio y prometió a su madre que no saldría de la biblioteca mientras los mayores seguían de fiesta en el casino del vagón contiguo.

La niña estaba sola allí, algo que ella no podía entender. No le entraba en la cabeza que la gente prefiriese dormir la siesta o jugar a las cartas y fumar puros a leer todos aquellos libros. No había demasiados, eso era cierto. En la biblioteca de su colegio había muchísimos más, estanterías que llegaban casi al techo y donde había incluso que subirse a una escalera para llegar a las baldas más altas. El vagón del tren era más pequeño, aunque había gran cantidad de libros para los pasajeros.

Además, aquella biblioteca era cien veces más bonita que cualquiera en la que hubiera estado. Las estanterías con topes en cada balda para que los libros no se cayeran con los movimientos bruscos del tren, eran de madera oscura, por lo que los lomos de los libros destacaban sobre ella, componiendo un maravilloso arcoíris. A lo largo del vagón, había varias mesas cuidadosamente desperdigadas, sobre las que la luz de las pequeñas lámparas creaba pequeños charcos que invitaban a los viajeros a leer en ellos. Uno de los libros captó su atención. Antiguo, desgastado, se titulaba *Los amos del mar. Leyendas de piratas en las costas gallegas*. En su interior, grabados de barcos piratas e historias sobre tesoros fabulosos que enseguida la atraparon y que empezó a devorar.

Aunque los asientos parecían cómodos, Alba prefirió la calidez de la moqueta. Sentada en ella, y tras una mesa, se sintió como en su propia casa, donde también escogía los rincones más inaccesibles para leer, a salvo de las miradas de los demás.

La puerta que daba a la cafetería se abrió. Alba asomó la cabeza entre las patas de una silla y vio al fondo a Castro, que entraba nervioso, mirando a través del cristal el vagón que había dejado atrás. Se quedó quieto junto a la puerta, como esperando algo. Al cabo de unos segundos, la puerta del otro extremo, que daba al casino, se abrió, dejando entrar el ruido de las animadas charlas y las risas, acompañadas de un intenso olor a humo. Un hombre entró, y Castro dio unos pasos al frente para reunirse con él. Alba no pudo ver de quién se trataba, al estar escondida tras el mantel de la mesa.

—No deberíamos hablar así a la vista. Nos puede ver cualquiera.

—Esto no es una novela de espías, Castro. Si alguien no levanta sospechas somos tú y yo. Vamos a sentarnos.

Los dos hombres se encaminaron hacia la mesa tras la que Alba se escondía. Esta, en lugar de ponerse en pie y descubrirse, se deslizó bajo el mantel. Aquella misma tarde había visto a Castro hablando en secreto con otra persona, puede que aquel hombre que acababa de entrar, y creyó que lo más prudente sería permanecer oculta y escuchar lo que tuvieran que decir.

Bueno, puede que no fuera lo más prudente, pero desde luego sí que era lo más interesante.

Los dos hombres se sentaron a la mesa. Alba, de rodillas, se encogió todo lo que pudo para que sus piernas no la rozaran.

—¿Se sabe algo del asesino? —preguntó el hombre en voz baja, lo que hacía que Alba no pudiera todavía reconocer la voz.

—Ni rastro. Hemos entrado en todos los compartimentos, preguntado a todos los pasajeros… Nadie sabe nada.

—Uno de ellos miente. Alguien le está ayudando a esconderse.

—Puede que eso lo esté haciendo él solo. Mi llave maestra ha desaparecido.

—¡¿Cómo?!

La sorpresa del hombre fue tal que una de sus piernas se movió inconscientemente hacia delante, rozando a Alba.

—Fue en el vagón restaurante. Me la tuve que quitar del

cuello porque se me había caído la sopa por encima. La dejé encima de la mesa, y cuando me quise dar cuenta, había desaparecido.

—¿Lo sabe Bouzas?

—Se lo he tenido que decir. No le ha sentado muy bien.

Hubo una pausa.

—También pudo haber escapado cuando el tren se detuvo —dijo el otro hombre.

—Pusimos gente en todas las salidas, y vigilando el exterior.

—Con esta tormenta apenas se puede ver a diez metros. Pudo haberse librado. ¿Algo más? Me están esperando ahí dentro.

Hubo una pausa, como si Castro no se atreviera a responder.

—Creo que lo mejor sería que canceláramos el plan.

—¿De qué estás hablando?

—Si seguimos adelante y nos descubren, nos cargarán también el asesinato de Alicia.

Alba sintió cómo un grito se le escapaba de entre los labios. Se tapó la boca con las dos manos, intentando retenerlo, y esperando que los dos hombres no lo oyeran. ¿Habían dicho «el asesinato de Alicia»? ¿Hablaban realmente de la secretaria de su padre? ¿Era por eso por lo que no la había visto en todo el viaje?

—Nadie nos va a descubrir.

—Lo que quieres hacer es demasiado grande. La chica muerta nos puede servir para lo mismo. ¿Por qué no la usamos a ella? Bastaría con filtrar la noticia a cualquiera de los periodistas que hay aquí, estaríamos obligados a parar en Oviedo y avisar a la policía. Las portadas de mañana serían las fotos del cadáver.

—Ya había pensado hacer eso. Si alguien ha puesto a esa pobre chica en nuestro camino, sería estúpido no utilizarla.

—Sabía que entrarías en razón… —Castro sonaba ya más relajado.

—Pero eso no quiere decir que vayamos a cancelar nada. El plan sigue como hasta ahora. Cuando paremos en Oviedo, colocarás ese cacharro donde acordamos. Y todo seguirá su curso. Lo de Alicia será… la guinda del pastel.

El hombre se levantó. Castro hizo lo mismo. Alba recogió la falda del mantel unos centímetros, lo justo para asomar la cabeza y poder ver a los dos hombres. Pero Castro estaba frente al otro, tapándolo por completo. Si se moviera un paso…

—Es un riesgo innecesario. Podría ser peligroso…

—Entonces habrá que asegurarse de que tú y yo nos ponemos a salvo.

Castro pareció escuchar la petición de Alba y dio un paso atrás, descubriendo a su interlocutor.

La niña pudo ver cómo Víctor Méndez sonreía a Castro y le daba un golpecito cómplice en el brazo, antes de abrir la puerta y volver a la fiesta. El jefe de expedición permaneció de pie un par de segundos, con gesto serio. Se dio la vuelta para volver sobre sus pasos y entonces vio el libro de piratas tirado en el suelo, junto a los pies de la mesa bajo la que se encontraba Alba.

La niña metió la cabeza rápidamente de nuevo bajo el mantel y él se agachó para recoger el libro. Lo miró extrañado y volvió la cabeza hacia la mesa. Al otro lado del mantel, la niña pudo sentir la mirada del hombre atravesando la tela. En tensión, intentó no moverse ni un milímetro, e incluso consiguió aguantar la respiración por si el aire hacía ruido al salir de su boca.

Los segundos se hicieron eternos, hasta que Castro se puso en pie y colocó el libro de nuevo en la estantería. Después, se encaminó hacia la puerta que conducía a la cafetería y desapareció tras ella.

Alba expulsó el aire de sus pulmones y decidió esperar unos segundos más antes de salir de su escondite. Cuando lo hizo, la puerta del casino se abrió de nuevo, asustándola.

—¿Se puede saber qué hacías ahí debajo? —preguntó su madre.

—Quería oír lo que decían…

—Lo que me faltaba —interrumpió Sandra—, que ahora andes por ahí escondida escuchando las conversaciones de los demás. No quiero que molestes a nadie, ¿me oyes?

—Pero, mamá…

—No hay más que hablar. Si no sabes comportarte, no sé ni para qué te hemos traído.

—Yo tampoco lo sé —farfulló Alba.

—Anda, vamos a la habitación, que me quiero echar un rato y no me apetece que estés por ahí sin nadie pendiente. Te vienes y lees allí, o juegas con algo o lo que sea.

—Tengo que ir a buscar mis cosas al vagón de equipajes. Me he dejado mi mochila y mis libros allí.

Sandra resopló, enfadada.

—No quiero ni saber qué hacen tus cosas donde están los

equipajes. Tienes un minuto para ir a buscarlas y volver aquí, o no sales del compartimento en toda la tarde, señorita.

Sandra le abrió la puerta y Alba echó a correr hacia el último vagón. Cruzó el casino rápidamente, sin mirar a la gente que tanto se estaba divirtiendo. Solo se permitió una mirada furtiva cuando pasó junto a una mesa en la que su padre jugaba a las cartas con otros hombres, entre los que se encontraba Víctor. El socio de su padre daba un trago a su copa mientras reía los chistes de sus acompañantes.

A Alba nunca le había gustado aquel hombre. En general, no le gustaba la gente que sonreía todo el tiempo, y Víctor siempre estaba así delante de ella. La niña no tenía muy claro qué significaba lo que había escuchado debajo de la mesa. Pero él y Castro habían hablado de que iba a pasar algo que podía ser peligroso, y a Víctor le daba igual. También le daba igual que alguien hubiera matado a Alicia, y eso era tal vez lo que más le molestaba.

Alba no sabía con quién lo podía hablar. Sus padres no la escucharían, igual que hacían siempre. Por experiencia propia, tenía claro que nadie escuchaba a los niños.

Mientras se preguntaba cuántos años más tendría que cumplir para que los mayores la tuviesen en cuenta, cruzó los siguientes vagones, los dos restaurantes, la cocina y el vagón con las habitaciones de los empleados.

Cuando llegó a la última puerta, ya casi había pasado el minuto de tiempo que le había dado su madre.

«Espero que me dé otro minuto más, corro todo lo que puedo». Sacó la llave y la giró en la cerradura. Al no haber ventanas, la oscuridad en el interior era absoluta. Pulsó el interruptor de luz y, nada más hacerlo, dio un respingo: tras la puerta había un hombre, empapado de pies a cabeza, con la ropa hecha jirones y pegado a la pared, escondiéndose.

Alba respiró tranquila cuando vio de quién se trataba.

—¡Miguel, me has asustado!

El chico suspiró, relajado, cuando vio a la niña. Estaba claro que él también tenía miedo.

—Lo siento, Alba, no sabía quién entraba.

—¿Qué te ha pasado? Estás hecho un asco…

—Lo he pasado un poco mal para seguir en el tren.

—Allí hay una percha con ropa colgada. Podrías tomarla prestada.

—No es mala idea. Con este aspecto no puedo ir a ningún lado… ¿Te encuentras bien?

Alba tenía la vista clavada en el suelo. Sin saber cómo, se le había formado un nudo en la garganta, y antes de que pudiera hacer nada para evitarlo, se echó en los brazos de su nuevo amigo, llorando. Miguel la abrazó, descolocado por la reacción de la niña.

—Eh, Alba…, ¿qué es lo que ha pasado? —le preguntó con dulzura.

—Han matado a la secretaria de mi padre.

—Lo sé —suspiró él—, es lo que estoy investigando…

De pronto, una idea terrible cruzó la mente de Alba, que se separó bruscamente de Miguel.

—¿Lo has hecho tú? ¿Te están buscando por eso?

—Claro que no… Si lo hubiera hecho yo, me habría ido de este tren hace tiempo. Pero estoy aquí para saber quién ha sido.

Alba miró desconfiada a los ojos de Miguel. Eran profundos y parecían decir la verdad. Además, él estaba serio, no intentaba convencerla con una sonrisa, y eso a ella le gustaba. Miguel le hablaba como si tuvieran la misma edad, algo que casi todos los mayores eran incapaces de hacer. Por otro lado, lo que le había dicho tenía sentido. Si él hubiera hecho algo malo, lo más normal habría sido salir pitando de allí, no quedarse para ver si lo atrapaban.

—¿Y sabes quién ha sido? —le preguntó ella, esperanzada.

Miguel negó con la cabeza. Sacó algo de un bolsillo.

—Todo lo que he encontrado es esto. Estaba en el compartimento de Alicia. ¿Tú se la has visto alguna vez?

Alba miró la llave, y antes de responder, se fijó en el llavero que la acompañaba.

—La llave no la he visto antes, pero este dibujo sí.

Miguel miró de nuevo el símbolo de la flor de lis que decoraba el llavero.

—¿Dónde?

Alba levantó el brazo y señaló al fondo del vagón.

—Allí, en una maleta pequeña de color negro.

Alba se acercó hasta su baúl, que había dejado cubierto con una tela para camuflarlo. Quitó la protección, lo abrió y sacó su mochila del interior. Entonces se quedó muy quieta y se volvió hacia Miguel.

—No le hablarás a nadie de esto, ¿verdad? Es mi escondite…

El chico sonrió y le ayudó a tapar de nuevo el baúl.

—Tienes mi palabra.

Alba caminó hasta la puerta, pero antes de marcharse se volvió por última vez.

—Hay una cosa más que te tengo que contar. Es algo gordo.

—¿De qué se trata?

—Es el socio de mi padre...

—¿Alba? —se oyó en el exterior.

—¡Es mi madre! —gritó la niña, en voz baja—. Después de que mi madre duerma la siesta, nos vemos otra vez, en una hora. En el primer vagón hay un armario con escobas que siempre está abierto. Quedamos ahí. ¡Ahora escóndete!

Miguel se refugió tras una estantería justo en el momento en el que Sandra abría la puerta.

—¿Se puede saber por qué estás tardando tanto?

—No encontraba mi mochila —Alba intentó poner toda la cara de inocencia que era capaz. Su madre volvió a suspirar y se apartó para que Alba saliera de allí—. Anda, pasa, que este no es un sitio para que andes jugando.

«Ninguno lo es», pensó la niña, contrariada.

XXII

Cuando la puerta se cerró, Miguel caminó hasta el fondo del vagón. El lugar estaba lleno de maletas, cajas y bolsas, todo distribuido en estanterías. Afortunadamente, el número de pasajeros era reducido, y la duración del viaje escasa, por lo que el equipaje personal no ocupaba demasiado espacio. En la estantería que Alba le había señalado, Miguel encontró varios maletines. Los fue sacando hasta que dio con el que buscaba, uno con una flor de lis grabada en la placa de metal junto al asa.

Introdujo la llave con el mismo símbolo en la pequeña cerradura y lo abrió.

En su interior, había una carpeta con documentos, que Miguel apoyó sobre el arcón de Alba para estudiarlos con cierta comodidad. Parecía algún tipo de estudio económico del Tren del Norte. Había tablas con cifras que Miguel no entendía, balances… Se preguntó por qué guardar bajo llave esos documentos cuando había visto otros papeles similares a simple vista, en el compartimento de la secretaria.

A medida que iba pasando las páginas, se fue dando cuenta de la diferencia que había entre los dos informes. Este que tenía en las manos incluía dos mapas, que Miguel extendió. El primero marcaba el trazado actual de la vía por donde discurría el tren. El segundo señalaba un trazado más corto y rápido, en línea recta. El recorrido que los técnicos del propio Docampo habían recomendado hacía varios años. Sin embargo, el presidente había optado por un trayecto más largo, incómodo y caro.

Miguel tenía que dedicarle más tiempo a aquel informe, y no lo podía hacer allí, donde antes o después entraría alguien del personal del tren. Volvió a meter la carpeta en el maletín, y entonces fue cuando reparó en que el forro del interior estaba ligeramente separado, como si estuviera rasgado. Lo separó un poco e introdujo la mano por la abertura. Del doble fondo sacó un puñado de cartas, escritas a mano. Todas empezaban de la misma forma: «Querida Alicia».

Y todas estaban firmadas por la misma persona. Ismael Docampo.

· ·

XXIII

Miguel siguió la recomendación de Alba y tomó prestado uno de los trajes que había colgados en una percha del vagón almacén. Recuperó de un bolsillo la caja metálica con la moneda, tiró en una esquina la ropa que llevaba, destrozada en el intento de volver a subirse al tren, y se aventuró a salir. Se lavó la cara en uno de los lavabos y comprobó que ninguna de sus heridas o magulladuras estaban a simple vista. No podía haber nada sospechoso en su aspecto, para volver al compartimento de Fernando sin llamar la atención y poder revisar con calma los documentos que había encontrado en el maletín.

Aunque estaba siendo buscado por todos los empleados, solo había una persona allí capaz de reconocerle: el detective. Si no se cruzaba con él, no tendría por qué haber ningún problema.

En los cuatro primeros vagones no se encontró con nadie, pero al atravesar el segundo vagón restaurante, se encontró en la sala del casino, llena todavía de pasajeros dispuestos a perder su dinero con tal de pasar un buen rato. Ninguno de ellos estaba al tanto de lo que en realidad ocurría en aquel tren. Algunas miradas se centraron en Miguel cuando empezó a cruzar el pasillo, pero a nadie le pareció fuera de lugar. Aquel chico era otro amigo de Docampo u otro potencial inversor al que había invitado a aquel viaje inaugural. El maletín, además, completaba el disfraz de hombre de negocios.

El joven atravesó el vagón aparentando tranquilidad. Aún le quedaban otros cuatro para llegar hasta el compartimento 13. A pesar de que no sabía si era o no creyente, le pareció un buen momento para pedir a Dios no encontrarse con el detective en su camino.

Pero Dios, posiblemente, tenía cosas mejores que hacer. Mientras cruzaba el pasillo del vagón biblioteca, vio en el otro extremo a Castro, caminando hacia él, al mismo tiempo que hablaba con Bouzas. El detective tenía la cabeza girada para poder dirigirse al jefe de expedición sin detenerse. Miguel se detuvo. Si se acercaba un par de metros más, acabaría por reconocerlo.

—No crea que me he olvidado de usted.

Miguel se volvió. El hombre que le hablaba estaba sentado a una mesa, de cara a la ventana. Se trataba del médico con el que había hablado un par de horas antes, el ocupante del compartimento 19. Rápidamente, se sentó a su lado, dando la espalda al pasillo, y dejó el maletín en el suelo, junto a sus pies.

—Sigo dándole vueltas a de qué nos podemos conocer. Antes o después me vendrá a la cabeza. Como uno de estos relámpagos.

El cuerpo de Miguel se tensó cuando Bouzas y Castro pasaron a su espalda. Pero el detective ni siquiera echó una mirada a los dos hombres que hablaban contemplando el paisaje.

—Los que piensan que Dios no existe, es que no han visto nunca un espectáculo como este —continuó el hombre, con la vista fija en la tempestad del exterior.

Miguel, ya sin el peligro de verse descubierto, se permitió un segundo para contemplar cómo el cielo se desplomaba sobre ellos. Desde que había despertado, había mirado aquel paisaje gris y desolador como si se tratara de una amenaza, de un enemigo más al que tenía que sobrevivir. Sin embargo, el médico le invitaba a verlo como un fascinante despliegue de efectos especiales creado por la naturaleza. La lluvia abalanzándose sobre el suelo, como un animal salvaje sobre su presa. El viento jugando violentamente con los árboles, doblándolos hasta casi partirlos por la mitad. Los relámpagos pintando las nubes grises de blanco, apareciendo y desapareciendo en distintos puntos del cielo, como si jugara al escondite. Era, realmente, algo mágico.

—¿Usted cree en Dios? —preguntó el hombre.

—No... no sabría decirle.

El médico asintió con la cabeza, como si aquella fuera la respuesta que esperaba.

—Yo nunca lo había hecho —confesó—, pero hay veces que uno se ve obligado a creer en que hay algo más ahí fuera.

—Habla como si hubiera presenciado un milagro...

—Ya le dije antes que soy médico. Y en medicina todo tiene una explicación, por muy extraña que parezca. No existen los milagros —hizo una pausa—. Por eso, cuando ocurren ciertas cosas…, cosas que la ciencia no puede explicar…, uno se da cuenta de lo pequeños que somos… y de lo poco que sabemos —el hombre hablaba sin mirar a Miguel en ningún momento. Este no pudo evitar mirar de reojo el maletín, que descansaba junto a su asiento.

—Supongo que por eso estamos aquí. Para averiguar el porqué de las cosas —dijo Miguel.

De nuevo, el aparato electrónico que el médico llevaba en el bolsillo de su chaqueta emitió un pitido. El doctor lo apagó y se puso en pie.

—Hay algunas cosas que no tienen un porqué. No pierda tiempo buscándolo.

Sonrió y se despidió con un movimiento de cabeza. Echó a andar hacia los vagones de los compartimentos. Miguel permaneció unos segundos sentado, observando al médico desaparecer por la puerta, extrañado tanto por la conversación que acababan de tener como por la enigmática actitud del hombre. Un trueno retumbó, y Miguel volvió en sí.

Agarró el maletín y siguió los pasos del médico, hacia los compartimentos. Pasó por delante de la puerta número 19 pensando en aquel hombre y en la extraña conversación que había mantenido con él. Continuó con su camino, hasta el siguiente vagón, donde se detuvo al llegar al compartimento 13. Llamó con los nudillos.

—¿Sí? —preguntó Fernando desde el interior. Miguel no se atrevía a hablar, así que volvió a llamar. Fernando se decidió a abrir y no pudo evitar un gesto de sorpresa al encontrarse al chico en el pasillo, vestido como un ejecutivo, como si poco antes no hubiera tenido que darse a la fuga saltando por la ventanilla.

Miguel entró rápidamente y Fernando cerró la puerta.

—Vale, vas a tener que explicarme qué demonios te ha pasado en la última hora.

· ·

XXIV

Miguel, sentado en la cama, terminó de leer la última carta y la dejó encima de las otras. En la silla frente al pequeño escritorio de su compartimento, Fernando repasaba los documentos de negocios que Alicia había guardado con tanto esmero en el maletín.

—Docampo y su secretaria eran amantes desde hace dos años —dijo Miguel.

—Un sospechoso menos.

—No estés tan seguro. Fíjate en esto.

Miguel metió la mano en el doble fondo del maletín y sacó un puñado de papeles.

—¿Más cartas?

Miguel negó con la cabeza.

—Son las mismas que acabo de leer. Fotocopiadas.

—Entiendo que la chica estuviera tan enamorada de su jefe que quisiera guardar las cartas que este le mandaba. Es jugarse el tipo, pero, bueno, lo entiendo. Lo que ya no me cuadra es que las fotocopie. Cuantas más pruebas haya de que esas cartas existen, más difícil iba a ser mantenerlas en secreto. A no ser que...

—A no ser que quisiera todo lo contrario: hacerlas públicas. Puede que quisiera chantajear a Docampo.

—Así que a él no le ha venido mal su muerte... y no lo digo únicamente por esas cartas. Fíjate en esto.

Le hizo un gesto para que se acercara a la mesa, donde Fernando había dispuesto los documentos, que incluían los dos mapas de la línea del Tren del Norte. Le mostró una página donde aparecía una lista de coordenadas, acompañadas de un valor en pesetas distinto.

—Esto de aquí, esto que pone A-1, C-5, D-8... son terrenos que se corresponden con las cuadrículas del mapa. Es el recorrido de este tren, tal y como se concibió hace unos cinco años. Cada coordenada tiene al lado una cifra, que es el dinero que se pagó por cada uno de los terrenos, para poder construir el trazado.

—¿Y cuál es el problema? —preguntó Miguel.

—Que en muchos de estos terrenos, no hay ni un solo metro de vía.

—¿Qué quieres decir, que Docampo compró terrenos para después no usarlos?

—Quiero decir que su sociedad compró al Estado terrenos a precios bajísimos con la condición de usarlos para el Tren del Norte. Pero poco después se modificó el trazado, y Docampo se ha quedado con esos terrenos, que ahora valen mucho más.

Miguel guardó silencio mientras miraba el mapa del trayecto. Había terrenos por todo el norte de España comprados a precio de saldo. Alicia había calculado cuánto se habían revalorizado esas tierras. En muchos casos, su valor actual multiplicaba por diez lo que se había pagado.

—¿Crees que Alicia amenazó a Docampo con hacer público esto?

—Lo que creo es que, si no lo quieres hacer público, no llevas estos papeles encima. Al contrario, lo que harías sería destruirlos.

Miguel comprendió lo que aquellas palabras querían decir: tenían un sospechoso del asesinato de Alicia.

Levantó la vista para encontrarse con la mirada de Fernando.

—Necesito que me hagas un favor.

XXV

Docampo acercó el mechero al cigarrillo con las dos manos, intentando así controlar los temblores. Llevaba varias horas haciendo creer al resto de los pasajeros que todo iba bien, cuando la realidad era muy distinta.

El temporal estaba castigando la máquina más de lo que esta podía resistir. Castro ya le había advertido de más de un fallo eléctrico debido a la lluvia que entraba en la cabina y que no podían detener. Además, la tempestad había provocado pequeños desprendimientos en las laderas de algunas montañas que tenían que atravesar. Hasta el momento, ninguno había sido lo suficientemente grande como para tener que detener el viaje de nuevo, pero sabían que aquel árbol cruzado sobre la vía no sería el último obstáculo para llegar a Oviedo.

Sin embargo, ese no era el problema que provocaba sus temblores. El cuerpo de Alicia se enfriaba en el compartimento diez, y él había ordenado que siguiera así. Después de todo lo que habían pasado juntos, todo lo que se habían dicho…, ella no era más que otra piedra en el camino, otro escollo que tenía que superar si quería que el Tren del Norte siguiera existiendo.

—No tienes buen aspecto.

Docampo se sobresaltó al escuchar la voz de Víctor, que sin esperar invitación se sentó a la mesa de su socio, en la cafetería. Otros pasajeros habían decidido tomarse también un respiro del casino y se relajaban tomando una copa.

Docampo dio un par de golpes a su cigarrillo sobre el cenicero de la mesa. Miró por la ventana, hacia la tempestad que no les daba ni un segundo de tregua.

—¿Alguna noticia más del Hortensia?

—Nos acaban de avisar por radio desde Oviedo —contestó Víctor—. Esto que vemos no es nada con lo que nos espera en Galicia. Por ahora, las montañas nos están haciendo de escudo, pero en la costa vamos a estar expuestos. La cola del huracán está dando de lleno allí. Hay vientos de hasta 140 kilómetros por hora. Desde luego, no es el mejor de los días para salir de casa. El resto del viaje puede ser un auténtico calvario.

—Sigues pensando que me he equivocado al no parar el tren.

—Sinceramente, el Hortensia me da lo mismo —a pesar de que nadie le podía oír, bajó la voz—. Pero tenemos un cadáver y a su asesino a bordo, eso es más peligroso que cualquier huracán.

—Bouzas y Castro lo están buscando.

—Pero no pueden hacerlo bien si tienen que estar más preocupados de no llamar la atención entre los pasajeros.

—Solo es un hombre encerrado en un tren.

—Podría tener la llave maestra de Castro. Eso le permitiría esconderse en cualquier sitio.

—Aun así, encontrarlo no tiene que ser tan difícil.

Docampo se levantó.

—No lo sería si pudiéramos hacer bajar a todos y poner el tren patas arriba.

—Víctor, si uno solo de los pasajeros tiene la más mínima sospecha de lo que ha pasado aquí, será el fin. Verónica Robledo no para de buscarme las cosquillas, está buscando cualquier excusa para publicar que el Tren del Norte es un fracaso.

Un hombre de mediana edad que se encontraba al otro lado del vagón se levantó y echó a andar hacia ellos. Caminaba encorvado, como si el peso de los años fuera demasiado para él, y con un pañuelo frente a la cara para paliar un repentino ataque de tos. Víctor intentó retener a su socio.

—Ismael, sé lo importante que era Alicia para ti… —Docampo se puso en guardia—. Pero creo que lo que le ha pasado te está nublando el juicio. Tienes que pensar con objetividad, por el bien de…

Cuando el hombre pasó al lado de Docampo, dio un pequeño traspiés y chocó con él.

—Lo siento... —se disculpó el hombre.

—No se preocupe.

El hombre guardó el pañuelo en el mismo momento en que salía del vagón, por lo que Docampo no le llegó a ver la cara. Víctor se levantó también.

—Llevamos juntos en esto más de cinco años. Este tren es tan importante para ti como lo es para mí. Pero hay cosas más valiosas que estos vagones y Alicia era una de ellas.

Víctor dejó solo a su socio, que pareció vencido tras el último comentario. En el fondo, sabía que Víctor tenía razón. Lo más sensato sería llegar a Oviedo y avisar a la policía. El viaje se cancelaría, y todo el mundo sabría la causa. Puede que incluso alguna de las personas que sabía de la existencia del cadáver terminara confesando que Docampo lo había mandado tapar. Entonces ya no se estaría enfrentando a pérdidas millonarias, sino a varios años en prisión.

Guardó el paquete de tabaco en el bolsillo de su chaqueta y se extrañó cuando sus dedos palparon algo que no tendría que estar allí. Un papel doblado, con un mensaje escrito a mano. Docampo palideció al leer la nota. Miró a su alrededor, como si tuviera miedo de que, a pesar de que estaba solo, alguien la hubiera leído también. Después se volvió hacia la puerta, por la que había desaparecido el hombre que había chocado con él hacía un minuto, y que había aprovechado el momento para deslizar la nota en su bolsillo.

Volvió a leer el mensaje, aterrado.

«Compartimento 3, en diez minutos. Me explicará por qué ha matado a su amante».

. . . .

XXVI

Alberto salió de su compartimento, se aseguró de que el pasillo estaba despejado y encaminó sus pasos hacia el vagón de equipajes.

Una vez allí, comprobó que la puerta estaba cerrada y del bolsillo interior de su chaqueta sacó un pequeño estuche de cuero. Descorrió la cremallera y sacó del interior dos piezas de metal, semejantes a unos alambres, uno de los cuales terminaba en una especie de gancho. Los introdujo en la cerradura y, tras manipularlos con suma delicadeza durante unos quince segundos, la puerta se abrió.

Echó una mirada rápida a su espalda para asegurarse de que no le había visto nadie y entró. Sin encender la luz, se dirigió hacia un cajetín que había junto a la entrada y sacó una linterna. Su luz era lo único que iluminaba el almacén. La enfocó a las distintas estanterías, marcadas todas con un número en una placa de metal que tenían en los laterales.

Avanzó sin hacer ruido, cosa no demasiado difícil, ya que el golpeteo furioso de la lluvia en el techo disimulaba el sonido de sus pasos. Dio finalmente con la estantería que buscaba y dirigió el haz de la linterna sobre las maletas que allí descansaban.

No pudo evitar soltar una maldición en voz baja cuando comprobó que había un hueco entre los equipajes. Un hueco que antes había ocupado el maletín de la flor de lis.

· · · · · · · · · · · · · · · · · · · ·

XXVII

Docampo miró a un lado y a otro antes de llamar a la puerta número 3. Lo hizo con suavidad, intentando hacer el mínimo ruido posible. El compartimento contiguo era el de Víctor, y en el primero de todos debían de estar su mujer y su hija. Y no quería que ninguno de ellos le viera y descubriera lo que había ido a hacer allí.

Nervioso por si alguien lo sorprendía en el pasillo, estaba a punto de volver a llamar cuando la puerta se abrió, como por arte de magia. Docampo se asomó. El interior estaba en penumbra, y parecía vacío. Se apresuró a entrar, y antes de que lo hiciera él, alguien más cerró la puerta a su paso. Docampo se volvió, asustado. Sintió el contacto del cañón de un arma contra su estómago.

—No quiero que haga ni un solo ruido —dijo Miguel en un susurro—. Siéntese.

Docampo obedeció y se sentó al escritorio. El joven no dejaba de apuntarle en ningún momento.

—¿Le importa que encendamos la luz? Me gustaría saber

con quién hablo. Y ya de paso, baje el arma. No pienso hacer nada.

—Lo siento, pero en las últimas horas me ha parecido de gran ayuda el hecho de que casi nadie en este tren me pueda reconocer. Me gustaría que siguiera así. Ahora, tome el maletín que hay bajo la mesa y ábralo.

Docampo se inclinó y descubrió el objeto. Extrañado, lo dejó sobre el escritorio y lo abrió.

—Puede dar la luz de ese flexo —le permitió Miguel.

Este, sin embargo, permaneció en la oscuridad, a espaldas de Docampo. Cuando la débil luz de la lámpara iluminó el contenido del maletín, el empresario sintió un dolor sordo en la boca del estómago al reconocer las cartas que él le había escrito a Alicia. Le extrañó, sin embargo, comprobar que aquellos papeles que tenía en la mano eran unas fotocopias de esas cartas. Recordaba cada una de ellas, incluso las podría recitar de memoria. A medida que las iba pasando, un temblor se apoderaba de sus manos. Sintió de nuevo un nudo en la garganta.

—¿Qué es todo esto? —preguntó con un hilo de voz.

—Aún hay más.

Docampo apartó las cartas y revisó el resto de los papeles que había en el interior del maletín.

Eran las cifras del proyecto del Tren del Norte.

—¿Por qué me enseña esto?

—Siga leyendo, todavía no ha llegado a la mejor parte.

—No necesito seguir con nada, me conozco estas cifras de primera…

De pronto, se detuvo. Había llegado a los mapas. Con gesto de no entender nada, los desplegó sobre la mesa. Miguel le habló como si necesitara una explicación a lo que estaba viendo.

—En esos papeles queda claro que usted compró terrenos al Estado a precios de chiste, con la condición de que fueran usados para el tren. Pero después modificó el trayecto, y se quedó con los terrenos, que ahora valen mucho más con el tren revalorizando cada zona por la que pasa.

—¿Por qué..., por qué tiene usted todo esto? —Docampo era incapaz de apartar su vista de los documentos que confirmaban lo que Miguel le estaba diciendo.

—Porque su secretaria lo fue guardando todo sin que usted lo supiera. Le había chantajeado con hacer públicos sus trapos sucios y su relación con ella. Su negocio y su familia corrían peligro, así que usted no tuvo más remedio que quitarla de en medio. La mató y después buscó un cabeza de turco para que cargara con las culpas. Tengo que decirle que la jugada le ha salido mal.

Docampo permaneció unos segundos mirando los documentos esparcidos sobre la mesa. La sorpresa y el miedo iniciales habían desaparecido de su rostro. Ahora solo parecía un hombre abatido tras ser descubierto. Miguel se adelantó para apagar el flexo. La única luz que entraba ahora era la que se filtraba a través de una estrecha rendija entre las cortinas.

—Todo había empezado como una simple aventura, pero poco a poco me fui enamorando de ella. Y pensaba que ella de mí, también.

—Estaba claro que se equivocaba...

—Tiene gracia... Si Alicia me hubiera chantajeado con

estas cartas, yo le habría dado lo que me hubiera pedido, con tal de proteger mi matrimonio y mi reputación. Le habría dado todo... sin saber que mi mujer ya estaba al tanto de lo nuestro. ¿Qué le parece? Yo habría cedido a un chantaje para ocultar algo que Sandra ya sabía.

—Así que imagino que usted descubrió que Alicia iba a chantajearle y la mató antes de que hiciera nada.

Docampo negó con la cabeza.

—Le aseguro que yo no he tenido nada que ver con su muerte.

—¿Por qué tendría que creerle?

—Yo no he sabido nada de esto hasta que usted me lo ha dicho. No sabía que guardaba mis cartas para usarlas en contra de mí, y, desde luego, no sabía de la existencia de estas cuentas del Tren del Norte.

—¿Cómo que no sabía nada de las cuentas? Su empresa compró esos terrenos...

—Usted lo ha dicho. Mi empresa. Pero le recuerdo que no soy la única persona capaz de hacer este tipo de negocios usando el nombre de la compañía.

Miguel bajó el arma lentamente, como si ya no le considerara una amenaza.

—Así que su socio ha estado firmando algunos papeles sin que usted lo supiera.

Docampo dejó los documentos sobre la cama. Se negaba a creer que su socio y amigo le pudiera haber traicionado durante tantos años.

—Es pronto para suponer nada. Seguro que tiene una explicación perfectamente razonable para esto.

—Y seguro que también la tiene para el asesinato de Alicia —apuntó Miguel.

—Por lo que yo sé, usted es el único que estaba junto al cadáver, y el único fugitivo que hay en el tren.

—Alguien me ha tendido una trampa.

Docampo miró con extrañeza a la sombra que le apuntaba desde la oscuridad.

—¿Quién es usted, para empezar?

—Esa es una buena pregunta. Tal vez su socio nos la pueda responder.

....

XXVIII

En su compartimento, Bouzas terminó su café de un trago. Era el cuarto que tomaba aquel día, y desde luego que no sería el último. Habían pasado casi tres horas desde que el asesino de Alicia le había sorprendido en el compartimento donde estaba su cadáver. Y en todo ese tiempo, habían sido incapaces de encontrarle. De los veinte empleados del tren, dos eran de seguridad, y del resto apenas podía contar con cinco para buscar al fugitivo, ya que los esfuerzos de todos se concentraban en atender a los pasajeros y en realizar tareas de mantenimiento del propio tren. Esto era algo fundamental, ya que la tormenta estaba castigando con dureza los vagones y había causado ya algún que otro destrozo que debía ser reparado. Pero el mayor obstáculo para encontrar al criminal era sin duda la estúpida orden de Docampo de mantener la búsqueda en secreto. Con su idea de no importunar a los pasajeros, no había manera de saber cuál de ellos estaba ayudando al asesino a esconderse.

El hecho de que pudiera tener en su poder la llave maestra

que Castro había perdido no suponía ninguna diferencia. En un espacio tan reducido como era el tren, y con tan pocos pasajeros a bordo, nadie podía pasar inadvertido sin contar con la ayuda de otra persona.

Miró la lista de pasajeros una vez más. Todos sus compartimentos habían sido revisados sin éxito. Pero Bouzas tenía claro que uno de ellos era cómplice de asesinato.

Tomó aire y se recostó sobre el respaldo de la silla, con las manos entrelazadas detrás de su cabeza. Cerró los ojos y expulsó el aire lentamente. Dejó que el sonido de la lluvia se fuera apagando en su mente, y que el traqueteo del tren se confundiera con los latidos de su corazón. Y cuando se dejó rodear por la calma más absoluta, volvió a abrir los ojos.

Se fijó entonces en las fichas de los empleados, y observó por un momento la fotografía que acompañaba a cada nombre. En ningún momento había sospechado que alguien del tren pudiera estar implicado en aquello. Todos los trabajadores habían pasado por un examen exhaustivo, y todos gozaban de la confianza de la empresa.

Sin embargo, ellos eran quienes mejor conocían el tren. Sabían de todos los rincones donde alguien se podría esconder, conocían los turnos y podían trasladar al asesino de un lugar seguro a otro mientras se registraba el tren.

Tomó las fichas y salió de su compartimento para buscar a Castro. Lo encontró en el vagón contiguo, dando instrucciones a un hombre de limpieza. Bouzas le hizo un gesto desde la puerta para que se acercara a él.

Al cabo de un minuto, ya le había confiado sus sospechas. Castro miraba las fichas de los empleados con gesto de sorpresa.

—No pensarás en serio que uno de ellos es el cómplice del tipo ese...

—Pienso que no sabemos quién es ese tipo, ni cómo ha conseguido subirse al tren. Cualquiera aquí puede estar ayudándole.

—Ninguno de mis hombres. Respondo por todos ellos.

—¿Los conoces personalmente?

—Llevo más de cinco años trabajando con la mayoría —respondió Castro, pasando las fichas—. Bueno, Manuel lleva conmigo un año, pero es buen chico, conozco a su familia. Martínez también lleva poco, pero sé que su padre es amigo de Docampo, nunca haría nada en contra de su jefe. Este chico, Alberto, es el que menos lleva en la empresa, pero es muy trabajador.

—Eso no le convierte en buena persona. ¿Le contrataste tú?

Castro negó con la cabeza.

—Entró recomendado por Docampo. En un principio no iba a estar, pero otro de mis chicos cayó enfermo ayer mismo y tuvimos que llamarlo.

—¿Te habló Docampo en persona de él?

Castro hizo memoria.

—No…, fue Alicia. Ella me dijo que lo metiera en el equipo.

Bouzas ojeó las fichas y se quedó mirando la del chico, Alberto Jiménez. Le recordaba por haber atendido el bar al inicio del viaje. Era muy callado y apenas miraba a los ojos cuando le hablabas. En un principio, Bouzas había pensado que se debía a que no le gustaba que la gente mirara la cicatriz de su cara.

Pero ahora que buscaba un cómplice para el asesino de Alicia, se le pasó por la cabeza que otro motivo que alguien tendría para no mirar a los ojos de la gente es que estuviera guardando un secreto.

Sin embargo, lo que no tenía sentido era que la propia Alicia lo hubiese recomendado personalmente. «Primero lo mete en el tren… y después muere a sus manos…, es absurdo». Pero toda aquella historia lo era.

Lo único que podía tener claro era que Alberto había sido el último en subir al tren gracias a la oportuna enfermedad de un compañero. Demasiada casualidad…, o tal vez no. Tal vez solo fuera la cabeza del detective intentando encontrar una salida al jaleo en el que se veía envuelto.

«Esto empieza a venirte grande, reconócelo», pensó. Aun así, le pareció que valía la pena la molestia.

—Necesito hablar con él.

· ·

XXIX

Verónica llevaba ya más de un cuarto de hora apoyada sobre el pasamanos del pasillo de su vagón, fingiendo mirar el paisaje azotado por el ciclón.

En esos quince minutos, había visto pasar a los mismos empleados una y otra vez. Cuando dos de ellos se cruzaban, intercambiaban unas palabras en voz baja y continuaban su camino. Además, el detective que trabajaba para Docampo, Bouzas, no dejaba de hablar en apartes con los dos socios de la compañía y con el jefe de expedición.

Y también, estaba aquel repentino parón que había sufrido el tren.

A Verónica le daba igual que hubiera sido por un árbol caído. Lo que le había llamado la atención era el número de empleados que parecían montar guardia en el exterior del tren, vigilando las puertas como si temieran que alguien pudiera salir. Demasiadas precauciones por un árbol atravesado en mitad de la vía.

Tenía claro que en aquel tren estaba ocurriendo algo. Y

aunque no quería reconocerlo, sabía que tenía que ver con aquel chico.

Desde que se había cruzado con él, se sentía intranquila, como los animales que presienten un terremoto y no hacen más que gemir y caminar de un lado a otro, inquietos ante la inminencia de la catástrofe.

Verónica sabía que el terremoto no tardaría demasiado en producirse. Lo supo en cuanto vio el nombre que su mano había escrito mecánicamente decenas de veces.

«Quiroga».

No podía ser una casualidad. Volver a encontrarse con ese nombre, diez años después, en aquel tren, bajo aquella tempestad... y encerrada con aquel joven desconocido que le provocaba escalofríos.

Volvió a mirar por el cristal, y rezó por que las ruedas giraran a más velocidad y le permitieran llegar antes a su destino.

De pronto, las paredes de aquel tren de ensueño parecían cerrarse sobre ella. Empezaba a sentir que los cálidos y confortables sillones, las alfombras mullidas y las luces suaves e hipnóticas no eran sino una ilusión óptica, un reclamo para los inocentes pasajeros que no podían intuir la trampa en la que habían caído. Durante un segundo, sintió que el Tren del Norte era como los fluorescentes que atraen a los insectos para aniquilarlos después con un ligero roce.

Y fue precisamente un ligero roce lo que la sacó de su ensueño. Alba, que caminaba mirando hacia atrás, pendiente de que no la siguieran, chocó con ella.

—Perdone —se disculpó.

—No te preocupes... Tú eres la hija de Docampo, ¿verdad?

—Alba —asintió, con una tímida sonrisa.

—Pues, Alba…, me encanta tu tren —la sonrisa de la niña se ensanchó—, aunque todo el mundo parece muy nervioso. La gente no deja de pasar corriendo de acá para allá. Tú no sabrás si pasa algo…

—¿Qué puede pasar? Solo estamos de viaje…

Verónica se agachó un poco para ponerse a la altura de la pequeña. Había algo en ella que le resultaba tranquilizador. Le gustaba la forma en la que le mantenía la mirada, algo poco común en los niños de su edad.

—En los viajes es donde pasan las cosas más increíbles —dijo la mujer, sonriendo.

De pronto, Verónica se perdió en los ojos color miel de Alba, como si fueran capaces de ver lo que había más allá de ellos. Y al hacerlo, la sonrisa de la periodista se fue desdibujando, hasta desaparecer por completo. Una sombra de tristeza oscureció su rostro.

—¿Se encuentra bien? —le preguntó la pequeña, extrañada.

La mujer pareció volver en sí.

—No eres como el resto de las niñas de tu edad —comentó. Parecía casi impresionada al decir esto. Alba, sin comprender, se encogió de hombros.

—Ahora me tengo que ir. Voy a ver a un amigo.

—Claro… —la periodista se incorporó—. Nos veremos por aquí.

La niña sonrió y siguió su camino. Verónica la vio alejarse, mientras intentaba sacudirse la sensación de amargura que la había invadido al leer en sus ojos.

—Que tengas suerte, pequeña… —murmuró, para sí.

XXX

Víctor dejó pasar a su socio mientras se abrochaba el albornoz.

—¿Ibas a darte una ducha a estas horas?

—Quería estar despejado para el resto del viaje. ¿Alguna novedad con la búsqueda?

Víctor cerró la puerta del cuarto de baño.

—Nada todavía —Docampo parecía extrañamente tranquilo, y no apartaba la mirada de él.

—Tal vez saliera del tren cuando paramos por culpa del árbol. Eso si hemos tenido suerte. Si sigue a bordo…, nadie nos asegura que no vaya a repetir lo que le hizo a Alicia.

—Yo, en tu lugar, me empezaría a preocupar por otras cosas.

Docampo sacó unos papeles del bolsillo interior de su chaqueta. Los desdobló y los dejó caer sobre la cama. Víctor consiguió controlar su gesto de sorpresa, pero no pudo evitar que su piel palideciera y que su nuez se moviera arriba y abajo al tragar saliva.

—¿Qué... qué es esto? —preguntó, tomando los documentos.

—Dímelo tú. Ha sido cosa tuya.

—¿De dónde lo has...?

—Los tenía Alicia —se apresuró a contestar Docampo—. No sé cómo los consiguió, imagino que te habrías tomado muchas molestias en ocultarlo: ni siquiera yo sabía lo que habías hecho.

Víctor suspiró profundamente, intentando ganar algo de tiempo mientras buscaba las palabras adecuadas.

—Entiendo que te pueda parecer extraño...

—¿Qué ibas a hacer con todos esos terrenos, Víctor? ¿Venderlos en unos años y hacerte millonario? Supongo que el dinero que estás ganando con nuestra empresa no es suficiente para ti.

—Todavía no he ganado nada —le reprochó Víctor, seco—. A día de hoy, lo único que hemos tenido han sido pérdidas.

Docampo se sorprendió por el repentino cambio de actitud de su socio.

—La inversión se ha multiplicado desde el primer momento en que pusimos todo esto en marcha —continuó Víctor—. Fue poner la primera traviesa de la vía y ya debíamos dinero a un montón de bancos.

—¡Sabías que era una inversión arriesgada!

—¡Arriesgada, no suicida! Han pasado cinco años ya, y todavía seguimos buscando inversores. ¿Y sabes qué? Llenando el tren de tipos ricos y ofreciéndoles la mejor de tus sonrisas no vas a conseguir tapar todos los agujeros que tenemos.

—¿Y tú esperabas hacerlo con esto? —Docampo agitó los papeles en alto.

—¿Crees en serio que los negocios de verdad se hacen contando un par de chistes y dando unas palmaditas en la espalda? ¡Este es el mundo real, Ismael! Deberías conocerlo si de verdad quieres vivir en él.

—Tú lo conoces demasiado bien…

—Lo único que quería era hacer realidad nuestro sueño. Y para eso necesitaba encontrar fondos por otro lado.

—Fondos que irán a parar a tu bolsillo…

—Ismael, sabes que nunca te ocultaría algo así. Solo estaba esperando a que las operaciones se confirmaran para contártelo todo.

—¿Para contarme que estabas haciendo algo ilegal?

—¡No es nada ilegal! He aprovechado nuestra situación para hacerme con unos terrenos que podremos vender para salir adelante, nada más. No te lo conté porque sabía que no lo aprobarías de salida, pero confiaba en que lo hicieras cuando vieras los resultados.

Docampo le miró con desconfianza. Sin embargo, Víctor tenía la sensación de que sus defensas se estaban debilitando.

—¿Tú sabías que Alicia tenía estos documentos? —preguntó Docampo.

—Claro que no, de haberlo sabido habría…

Víctor miró a los ojos de su socio y comprendió por qué le había hecho aquella pregunta.

Dio un paso atrás, sorprendido por lo que sus palabras implicaban.

—¿Estás diciendo lo que yo pienso?

—No lo sé. Dímelo tú.

—¿Crees de veras que yo tengo algo que ver en su muerte? ¿Crees que la he matado yo por estos papeles?

Docampo no parecía impresionado por la actitud ofendida de Víctor. Mantuvo el semblante serio.

—No digo que hayas cometido ningún crimen. Solo digo que sería un buen motivo para hacerlo.

—Nos conocemos desde hace muchos años, Ismael... Siempre te he considerado mi mejor amigo. Pero si piensas que soy capaz de hacer algo así, es que he estado muy equivocado.

Los dos hombres guardaron silencio un par de segundos. Docampo se dio la vuelta para abrir la puerta.

—Cuando lleguemos a Ferrol, investigaré personalmente la compra de esos terrenos.

—Si así te quedas más tranquilo, hazlo. No he hecho nada de lo que avergonzarme.

Docampo salió del compartimento. Víctor se pasó la mano por la cabeza y resopló. No contaba con aquello. Pero el hecho de que Ismael hubiera descubierto la información no le preocupaba. Lo que le había puesto nervioso era que Alicia hubiera dado con ella y no hubiera hecho nada. O tal vez la muerte la sorprendió antes de que pudiera chantajearlos.

De pronto, le asaltó una duda. Su cabeza empezó a formularse una pregunta que temía responder. Si Alicia había descubierto aquella información..., ¿habría dado también con el resto? ¿Sabía del plan que había hablado con Castro? Si era así, Ismael también podría dar con él y echarlo todo por tierra.

Aunque así fuera, ahora no podía echarse atrás. Es más,

cuanto antes se pusiera todo en marcha, mejor. Pero todavía era pronto. Hasta que no llegaran a Oviedo no podrían dar el siguiente paso.

Apartó la cortina y contempló el temporal, que descargaba su furia sin descanso. Los truenos se habían tomado un pequeño respiro, pero la lluvia y el viento atacaban el tren con más violencia si cabe. Y los últimos partes de meteorología auguraban que lo peor aún estaba por llegar. Pero era importante que el Hortensia les permitiese continuar su camino. Tenían que llegar a Oviedo.

—Así que no has hecho nada de lo que avergonzarte.

La voz de la mujer le apartó de sus pensamientos sobre el huracán. Se dio la vuelta, un tanto sorprendido. La conversación que había tenido con Ismael le había hecho olvidarse de ella. Salía del cuarto de baño con una toalla alrededor de su cuerpo desnudo. Su pelo aún estaba mojado por la ducha que había tomado antes de que su marido llegara por sorpresa.

—Y lo sigo manteniendo —respondió Víctor. Se acercó a Sandra y, tras rodearla con suavidad por la cintura, la atrajo hacia sí y la besó en los labios. Ella se apartó, con una ligera sonrisa.

—¿Qué habría pasado si hubiera cruzado la puerta del baño y me hubiera visto?

—Que me habría dado un puñetazo, y yo no se lo habría devuelto.

—Muy galante... ¿Crees que eso arreglaría el hecho de que te estés acostando con la mujer de tu socio?

—Solo se arreglan las cosas que están estropeadas. Y lo nuestro está perfecto tal y como está.

—Salvo por un pequeño detalle... Ismael ha descubierto lo de los terrenos.

—Un pequeño revés...

—Pensaba que habías tomado precauciones. ¿Cómo tenía Alicia esos papeles?

—No lo sé, pero te aseguro que no será un problema. Tu marido confía en mí. Quiere hacerlo. Creerá cualquier cosa que le diga porque la idea de que su mejor amigo le engañe no le entra en la cabeza.

—Es uno de sus pequeños defectos: confía demasiado en las personas a las que quiere.

Con un gesto imperceptible, Víctor soltó la toalla que rodeaba a Sandra, haciendo que cayera al suelo. Sus labios se acercaron de nuevo y decidieron no separarse.

· · · · · · · · · · · · · · · · · · · ·

XXXI

Miguel abrió la puerta que daba al vagón de servicio, el único que separaba a los viajeros de la máquina. Se encontró en un nuevo pasillo con varias puertas a ambos lados. Llegó hasta la que estaba marcada con una placa donde se leía «LIMPIE-ZA» y giró el pomo para pasar al interior. Estaba muy oscuro.

—¿Alba? —susurró.

Alguien cerró la puerta tras él.

—Has tardado un poco, llevo aquí un rato. ¿Te ha visto alguien? —preguntó Alba.

—Creo que no. Oye, hablar aquí es un poco peligroso, este sitio lo tienen que usar todo el tiempo.

—Ya lo sé —dijo la niña. Acto seguido, se acercó a una pared y movió un carro de limpieza, dejando al descubierto una pequeña puerta corredera que cruzó—. Creo que esto es para guardar el carro, pero siempre está vacío.

Miguel se tuvo que poner en cuclillas para poder seguirla. El espacio era escaso. Alba podía sentarse sin problemas, pero a Miguel le resultaba difícil incluso permanecer en esa postura, ya que su cabeza rozaba con el techo de la cabina. Alba, desde dentro, volvió a mover el carro para tapar el hueco y cerró la compuerta. Todo quedó en la más absoluta oscuridad.

—Tendríamos que haber traído una linter... —empezó a decir Miguel.

De pronto, la llama de una cerilla apareció ante sus ojos, y encendió una vela.

—Ten —dijo Alba.

Se la dio y encendió otra. Cada uno de ellos sostenía una vela encendida, más que suficiente para iluminar su escondite.

—Vienes muy bien preparada... ¿Cómo es que te conoces tan bien este tren?

—Me gusta explorar. ¿Has descubierto algo sobre Alicia?

Desde luego que lo había hecho, pero a Miguel ni se le pasaba por la cabeza la idea de mencionarle nada a la niña sobre la implicación de su padre.

—Aún nada. ¿Qué era eso tan importante que tenías que decirme?

—Antes oí al socio de mi padre y a Castro hablando en la biblioteca. Yo estaba debajo de la mesa, así que no me vieron. Hablaban de un plan, y de que podía ser peligroso, y de que ellos tendrían que ponerse a salvo.

—Espera, espera, espera... —le apremió Miguel—. Más despacio. ¿Qué es ese plan?

—Lo único que sé es que Víctor le dijo a Castro que tenía que poner un cacharro en el tren.

—¿Qué clase de cacharro?

—No lo sé. Dijo que lo tenía que hacer al llegar a Oviedo. Hablaban como en secreto, para que nadie los oyera.

—¿Por qué no se lo has contado a tu padre?

—Él nunca me escucha. Pero tú eres diferente. Sé que tú me tomas en serio, es como si fuéramos amigos desde hace tiempo.

Miguel miró a la niña con extrañeza. Allí, iluminados exclusivamente por la luz de dos velas, los ojos de Alba le resultaban profundos, acogedores. Ya no tuvo la sensación, sino la certeza de que, antes de subirse al tren, no solo había visto antes a la niña, sino que además los dos se conocían bien. Pero enseguida desechó la idea. Si ya se habían conocido antes, ¿por qué ella no se lo había dicho?

—¿Sigues sin recordar nada de antes del viaje? —le preguntó Alba, como si le estuviera leyendo el pensamiento.

Miguel negó con la cabeza.

—Ni siquiera recuerdo haberme subido al tren.

Alba arrugó la nariz, sopesando una posible explicación.

—Igual no lo hiciste.

—¿El qué?

—Eso. Subirte al tren.

—¿Entonces qué hago aquí?

—Quizás alguien te hizo aparecer. Los magos lo hacen todo el rato. Y también son capaces de borrarte la cabeza. Pueden obligarte a olvidar las cosas y luego hacer que las recuerdes todas de golpe.

—Podría ser… —Miguel no pudo evitar sonreír ante la ocurrencia, pero decidió seguirle el juego.

La niña lo miró con gesto desconfiado.

—Lo que no entiendo es por qué te borraría un mago la memoria, pero dejaría que te acordaras de otras cosas, como tu nombre.

—Lo cierto es que no me acuerdo. Te dije que me llamo Miguel porque, al parecer, es el nombre de este ángel.

Miguel se remangó la camisa y descubrió los tatuajes que decoraban sus antebrazos, y que juntos formaban una única imagen. Alba le acercó la vela para contemplarlos al detalle.

—Te tiene que gustar mucho la pintura para hacerte un cuadro en la piel.

—Supongo…

—¿No tienes otra cosa que te ayude a saber quién eres?

Miguel sacó de su bolsillo la cajita metálica con la moneda y se la entregó a la niña.

—Solo esto, pero ya la he mirado bien. No tiene nada especial.

La pequeña acercó la vela a la moneda para verla con detenimiento.

—Te gustan las monedas viejas, ya sabemos algo más.

Miguel sonrió. La atención de Alba se desvió entonces a la cajita que la protegía. Extrañada, raspó la protección de espuma del interior y la despegó, dejando a la vista un diminuto papel doblado. Miguel se inclinó sobre él, sorprendido.

—¿Qué es eso?

Alba lo abrió y le mostró lo que había escrito. Dos letras y dos números escritos a bolígrafo.

AP31.

Escucharon unas voces apagadas en el pasillo del vagón. No se apreciaba la conversación, pero el sonido fue suficiente para devolver a los dos a la realidad. Miguel guardó el papel y la moneda en su bolsillo y entreabrió la puerta para dejar pasar un poco de luz.

—Tendrías que volver con tus padres —dijo Miguel—. Si vuelven a perderte de vista, pondrán a todo el mundo a buscarte por el tren. Y entonces los dos estaremos en un lío.

—Pero tenemos que hacer algo con eso que he oído al socio de mi padre.

—Yo me encargaré.

—¿Lo prometes?

Alba le extendió la mano. Miguel sonrió y asintió con la cabeza, estrechándosela.

—Lo prometo.

• •

XXXII

Miguel esperó un par de minutos después de que Alba saliera del cuarto. Antes de aventurarse él por el pasillo, observó que en una de las estanterías había varios uniformes para el personal de limpieza. Escogió una chaqueta y se la puso por encima. Después de entregarle las pruebas que acusaban a su socio, Docampo le había dejado marchar del compartimento sin dar la alarma, pero aquello había sido una tregua momentánea.

—Sabes que no puedo dejarte marchar así como así —le había dicho—. Antes o después tendrás que dar explicaciones a la policía.

—No seré el único.

Miguel se había marchado consciente de que Docampo y Bouzas seguirían intentando atraparle. Por lo menos, contaba con una ventaja. Miguel estaba convencido de que Docampo no quería llamar la atención sobre el crimen, o de otro modo habría detenido el tren en cualquier parte y habría avisado a la policía para realizar un registro completo. Estaba claro que, para proteger su negocio, intentaba llevar aquella investigación discretamente, y eso era algo que Miguel tenía que aprovechar. Lo único que necesitaba era variar un poco su aspecto para que nadie le reconociera. Docampo y Bouzas buscarían a un pasajero, así que era buena idea que ahora se hiciera pasar por alguien del personal.

De nuevo en el pasillo, encaminó sus pasos hacia el compartimento de Fernando.

Necesitaba su consejo y algo de tiempo para pensar qué hacer con toda la información que tenía ahora. Aunque lo había negado todo, Docampo seguía siendo sospechoso del asesinato de Alicia. La relación que tenía con ella y el posible chantaje de esta lo señalaban más que a nadie.

Pero él había acusado indirectamente a su socio, Víctor Méndez, que al parecer era el responsable de los negocios sucios de la empresa. Y además, estaba ese misterioso plan que aquel y Castro iban a llevar a cabo… ¿Tendrían ellos algo que ver con la muerte de Alicia? ¿Era el socio de Docampo el verdadero asesino?

Miguel iba tan concentrado en sus pensamientos que no vio al empleado del tren que fumaba en el espacio entre vagones.

—Se te ha acabado la suerte.

Miguel se quedó paralizado. Volvió la cabeza y vio al hombre, mirándole fijamente con gesto serio, confiado, mientras daba una calada a su cigarrillo. Lo primero que se le pasó por la cabeza fue echar a correr, pero no ganaría distancia suficiente para poder esconderse sin que lo vieran. Lo único que podía hacer antes de que el hombre diera la voz de alarma era cargar contra él y dejarlo inconsciente.

—También te han sacado de la siesta para buscar a ese tipo, ¿verdad?

El hombre se apoyó en la pared y soltó el humo, con aire cansado. Miguel se secó las gotas de sudor que habían aparecido en su frente y dejó escapar una risa nerviosa. No se acordaba de que llevaba puesto un uniforme de empleado de limpieza. Había faltado poco para echarlo todo por la borda.

—Sí..., me han despertado hace un rato.

—Yo ni siquiera creo que ese tipo esté en el tren. Si estuviera aquí, ya lo habríamos encontrado. O él es muy listo..., o los demás somos muy tontos, ¿no crees?

—Totalmente de acuerdo.

Miguel se despidió con una sonrisa y se metió en el siguiente vagón, caminando con calma y esperando que al hombre no le llamara nada la atención y saliera en su búsqueda.

En los dos vagones que lo separaban del de Fernando, se cruzó con otro empleado más, con el que intercambió un rápido saludo con la cabeza, sin detenerse. Sintió cómo aquel hombre se daba la vuelta para echarle otro vistazo, pero reanudó su camino sin darle más importancia.

Miguel abrió la puerta del vagón donde estaban los compartimentos 13 a 16. Al fondo del pasillo, un empleado de pelo rubio salía por la otra puerta. Miguel esperó a que desapareciera antes de llamar a la puerta de la habitación de Fernando.

No hubo respuesta. Volvió a llamar.

Tal vez había salido. Puede que lo encontrara en el vagón cafetería o en alguno de los otros salones. Pero para Miguel era demasiado arriesgado aventurarse por el tren. Sacó la llave maestra de su bolsillo y la hizo girar en la cerradura.

De alguna manera, su mente vio el cuerpo de Fernando medio segundo antes de que sus ojos lo hicieran. Estaba tirado en el suelo, boca abajo, con una pequeña mancha roja en la sien.

—¡Fernando!

Miguel se agachó junto al cuerpo y palpó su cuello. Estaba caliente, y notaba el pulso. Su espalda parecía moverse arriba y abajo. Estaba respirando. Con cuidado, le dio la vuelta. Su nariz sangraba también, y tenía un corte en el labio. Sus ojos, entornados, luchaban por abrirse.

—¿Qué ha pasado?

Lentamente, Fernando se llevó una mano a la sien, mientras con la otra intentaba incorporarse. Miguel lo ayudó y repitió la pregunta.

—Fernando, ¿qué ha pasado?

—Me pilló por sorpresa. Llamó a la puerta. Nada más abrir, me soltó un puñetazo. Después me preguntó por el maletín. Yo le dije que no sabía de qué me hablaba y me golpeó la cara contra la mesa. Registró el compartimento y lo encontró —Fernando se sentó en la cama y tomó aliento—. Si me hubiera cogido en la época de Grafenwöhr, le habría pateado el culo con una sola mano…

—¿Pero quién? ¿Quién lo hizo?

—Alberto. El barman… donde nos conocimos…

Miguel recordó su cara. Tenía una cicatriz que le cruzaba el ojo y el pelo rubio.

—Acabo de verlo. ¡Estaba saliendo del vagón!

Antes de que Fernando pudiera decir nada para detenerlo, Miguel ya estaba en el pasillo, siguiendo los pasos del camarero, al que había visto un minuto antes dirigiéndose al vagón cafetería. Miguel corría el riesgo de ser descubierto de inmediato, pero aquel maletín contenía las únicas pruebas que había conseguido hasta el momento y que demostraban que otras personas habían salido beneficiadas con el asesinato de Alicia, así que tenía que recuperarlo como fuera.

En el vagón cafetería, no reconoció a Alberto entre los pasajeros. Se acercó al camarero que atendía en la barra y preguntó con total naturalidad.

—Perdona, ¿has visto pasar a Alberto? Le llevo buscando un buen rato...

—Ha pasado hace nada para los vagones de cola.

Miguel sonrió y dio una palmada en el hombro al camarero, que aunque no conocía a aquel nuevo compañero, no veía nada de sospechoso en su actitud.

En realidad, el único peligro para Miguel era encontrarse con el detective, ya que era el único que había visto su cara a plena luz y que le podría identificar. Pero si mantenía una actitud tranquila y confiada, podría pasar desapercibido entre el resto del personal como uno más. Por lo menos, hasta que encontrara de nuevo el maletín.

Aquel robo le había dejado algo claro: Alberto actuaba por su cuenta. De haber sido enviado por Docampo o por el detective, no se habría dado a la fuga, sino que habría acudido al compartimento de Fernando con más hombres para detenerlo. No, Alberto trabajaba solo, y además, había una explicación para el hecho de que supiera de la existencia de ese maletín: él era cómplice de Alicia en el chantaje.

En los siguientes vagones, Miguel siguió sin encontrar rastro del chico, que le seguía llevando una considerable ventaja. Dado que no había ningún lugar donde esconderse, era lógico pensar que había continuado su camino. El primer vagón que ofrecía algún escondite en potencia era la cocina. No había nadie trabajando en ella y tenía varios armarios de gran tamaño que podían dar cobijo a una persona.

Miguel estuvo tentado de ir abriendo todas las puertas una por una, pero entonces pensó que el objetivo de Alberto sería poner el maletín a salvo. No sabía que lo estaban siguiendo, así que no tenía por qué recurrir a un escondite de emergencia, como podía ser la cocina. Y tampoco podría ser su propio compartimento, ya que si Fernando alertaba a la seguridad del tren, podrían registrarlo y encontrar allí la prueba.

Alberto necesitaba esconder el maletín, y para eso solo había un lugar adecuado.

Miguel atravesó el resto de los vagones intentando no cruzar miradas con ninguna de las personas con las que se encontraba.

Cuando llegó al vagón donde estaban las habitaciones del personal, descubrió todas las puertas cerradas, y rezó para que sus sospechas sobre el paradero de Alberto fueran ciertas. Pasó por delante de los compartimentos, que permanecían en silencio, a excepción de uno. Al pasar frente a la puerta, le pareció escuchar unas voces apagadas. Varias personas tenían una conversación que él no alcanzaba a escuchar, pero que tampoco le interesaba.

Cuando pasó de largo, escuchó el sonido de la puerta al abrirse y no pudo evitar volver la cabeza para mirar a las personas que salían al pasillo. Su mirada se encontró con la de

Bouzas, que hablaba con Castro y otro hombre más, y enseguida comprendió lo estúpido que había sido al no seguir caminando sin más.

—¡Es él! —gritó Bouzas, al mismo tiempo que echaba a correr. Miguel hizo lo mismo, cruzando como una exhalación el acceso al siguiente vagón, donde se encontró con la puerta cerrada del almacén de equipajes. O Alberto había echado el cerrojo tras refugiarse en el interior, o no se encontraba allí. Miguel no tenía tiempo para calcular las posibilidades. Sacó la llave maestra de su bolsillo, la introdujo con mano nerviosa en la cerradura y pasó al almacén. Acto seguido, se abalanzó sobre la puerta para cerrarla, justo en el momento en el que el detective hacía lo propio desde el otro lado.

Durante un segundo, Miguel se vio lanzado hacia atrás, pero consiguió fijar sus pies y soportar la embestida de Bouzas. Pasado el fuerte empujón inicial, el detective tuvo que relajar su acometida para coger impulso de nuevo, momento que Miguel aprovechó para lanzarse otra vez contra la puerta y cerrarla. Después, metió la llave en la cerradura, la giró y la dejó allí para evitar que nadie pudiera usar otra para entrar.

Bouzas se lanzó de nuevo contra la puerta, pero todo lo que consiguió fue hacerla retumbar. Miguel respiró tranquilo.

Escuchó el sonido de una llave al intentar meterse en la cerradura, y después un golpe en la puerta al comprobar que no servía para nada.

Miguel apoyó la espalda contra ella para tomar aliento. Y entonces sintió cómo esa tarea se hacía imposible cuando un puñetazo en el estómago le cortó la respiración. Se dobló hacia delante, y se encontró con un puño que trazaba una curva perfecta de abajo arriba y le acertaba en la boca. Un hilo de sangre salió despedido de sus labios mientras perdía el equilibrio y caía sentado al suelo. Pero unas manos le agarraron por las solapas de la chaqueta y le obligaron a ponerse en pie.

—Así que tú la mataste…

Antes de poder responder, un nuevo puñetazo, esta vez en la mejilla, le lanzó contra unas cajas de cartón que cedieron al sentir su peso. Se escuchó un ruido de cristales rotos en el interior, y Miguel confirmó que la mercancía de las cajas era delicada cuando varios cristales se le clavaron en la espalda.

Cayó al suelo de rodillas. Levantó la vista y vio a Alberto, acercándose a él a grandes pasos, amenazante. No había rastro del hombre seco pero amable que le había atendido en el bar esa mañana. Lo único que tenía delante era un animal rabioso que se abalanzaba sobre él.

—Yo no he hecho nada… —masculló Miguel.

—Te he visto escabulléndote por los pasillos, hablando a escondidas con tu amigo el del bar. Sabía que estabais detrás de algo desde que os vi juntos la primera vez.

Alberto lo levantó por el cuello y lo lanzó de nuevo contra unas cajas, hacia el fondo del vagón. Miguel pasó por encima de ellas y cayó al suelo, castigándose el costado de nuevo. Aquella herida amenazaba con no cerrarse en la vida. Lo único positivo del golpe fue que los pequeños cristales que se le habían clavado en la espalda salieron despedidos. Alberto no era más corpulento que él, pero sí mucho más rápido y más fuerte. Aunque no hubiera sorprendido a Miguel, este no habría tenido muchas opciones en una pelea limpia contra él.

Sintió los pasos de su atacante al acercarse de nuevo. Intentó ponerse en pie, pero sus piernas no respondían bien. Por si fuera poco, un movimiento brusco del vagón le hizo perder el equilibrio, por lo que Alberto se limitó a empujarlo para que diera con su espalda contra la pared del fondo del vagón. Le agarró con fuerza por el cuello, ahogándolo, mientras susurraba a su oído.

—Vas a correr su misma suerte.

Le dejó caer al suelo y abrió la puerta que daba al exterior. Un brutal golpe de viento la empujó hacia atrás, y una nube de agua se abalanzó sobre ellos, con la misma rapidez y violencia con que un depredador ataca a su presa. El tren ascendía en ese momento por la ladera de una montaña. A un lado, la pared de roca los protegía del temporal y se perdía entre las nubes. Al otro, el abismo cuyo fondo no se podía siquiera adivinar.

Miguel necesitaba ganar algo de tiempo. El ataque por sorpresa le había dejado sin fuerzas, y ahora se encontraba a unos segundos de ser arrojado a una muerte segura.

—Alicia y tú… ibais a chantajear a Docampo antes de llegar a Ferrol, ¿verdad? Por eso estaba ella en el compartimento diez. Le escribiste la nota para reunirte con ella y hablar de cómo hacerlo.

Alberto guardó silencio, sin mirar siquiera a Miguel, centrado seguramente en el recuerdo de Alicia.

—No necesitaba escribirle ninguna nota. Ella hizo que se quedara libre el compartimento diez para que fuera nuestro lugar de encuentro. Había quedado con ella allí a las once esta mañana. La estuve esperando, pero no apareció.

Miguel recordó entonces el reloj atrasado en la muñeca de Alicia.

—Alguien de este tren la citó en el mismo compartimento donde ella se iba a ver contigo, justo después de que te cansaras de esperar. Le había dejado una nota en su habitación y ella la quemó en el cenicero pensando que era tuya.

Alberto le dio un nuevo puñetazo y lo levantó para acercarlo a la puerta.

—Los ceniceros únicamente están en los compartimentos de fumadores. Y Alicia no fumaba.

Alberto hizo el comentario sin darle mayor importancia, como si quisiera puntualizar un detalle de la historia de Miguel antes de lanzarlo a su muerte.

Este no tuvo tiempo de decir nada más, ya que se vio empujado hacia el exterior. Se golpeó contra la barandilla de seguridad con tanta fuerza que saltó por encima de ella, aunque tuvo los reflejos suficientes para agarrarse y evitar salir despedido. Su cuerpo quedó colgando mientras sujetaba la barra con tanta fuerza que sus manos parecían fundirse con el metal. Miró al suelo. Lo único que podía ver a través del manto de lluvia eran las traviesas de las vías, que se sucedían a una velocidad de vértigo bajo sus pies, y las piedras que se desprendían del camino y que se precipitaban al vacío. Él estaba a punto de seguir sus pasos.

Alberto se asomó a la puerta, sujetándose a los marcos laterales con ambas manos. Levantó una pierna y golpeó la mano de Miguel, que sintió crujir sus dedos y soltó la barandilla. Su cuerpo se sacudió cuando su mano izquierda, que aún sujetaba la barra con fuerza, se convirtió en lo único que lo separaba de una caída de varios cientos de metros.

Vio a Alberto tomar impulso para pisarle de nuevo y obligarlo a soltarse. Miguel no podía hacer nada más que cerrar los ojos y esperar que todo pasara con rapidez.

De pronto, le pareció escuchar un trueno. Esperó sentir el dolor en la mano, pero este no llegó. Abrió los ojos. Alberto se acercaba a él, tambaleando. Tal vez quisiera obligarle a soltarse con sus propias manos. Pero cuando salió a la plataforma, Miguel pudo ver que un fino hilo de sangre salía de sus labios. Se golpeó contra la barandilla y su cuerpo se venció hacia delante. Cayó a la vía, rebotando varias veces contra las traviesas antes de desaparecer entre las nubes que ocultaban la ladera de la montaña.

Bouzas se acercó desde el interior, guardando su arma en la cartuchera. Le extendió el brazo y Miguel no dudó en aceptarlo. De un fuerte tirón, consiguió pasar medio cuerpo por encima de la barandilla, y después el detective le agarró por la camisa para hacerlo pasar al vagón, donde cayó de rodillas, jadeando. Por un instante, el suelo de madera le pareció un buen lugar para tumbarse y descansar. Estaba a punto de echarse cuando levantó la cabeza y vio también al jefe de expedición delante de él. Entonces sintió que Bouzas, que había cerrado la puerta del exterior, le ayudaba a ponerse en pie y le agarraba por las muñecas.

—Gracias…, gracias por… —intentó decir. Pero entonces escuchó un sonido metálico. El detective le estaba esposando.

—Llévalo al compartimento de Alberto. No quiero que los pasajeros lo vean.

Castro asintió y, sujetándole por los brazos, hizo ademán de conducirlo hacia la puerta. Miguel se resistió.

—¡Espere un momento! ¡Se está equivocando!

—¿Eso es todo lo que tienes que decir? —preguntó Castro—. Qué poco original…

Bouzas se acercó a su detenido y lo miró con desprecio.

—Ya he escuchado una vez el cuento de que tú no mataste a Alicia, y no lo pienso hacer una segunda. Guarda el aliento para la policía. Te estarán esperando en Oviedo.

Castro empezó a arrastrarlo lejos de allí. Aun así, Miguel intentaba retrasar la marcha.

—¡El tipo al que acaba de matar era el cómplice de Alicia! ¡Iban a chantajear a Docampo!

Bouzas se pasó una mano por la cabeza y le dio la espalda, dándole a entender que no iba a prestarle atención.

—¡No había cenicero en el compartimento de Alicia! ¡El asesino lo dejó allí después de matarla para inculparme a mí!

—Mejor le tapo la boca. No quiero que sus gritos alerten a los pasajeros —dijo Castro.

Se detuvo para buscar en sus bolsillos algo con que amordazar a Miguel. Este aprovechó para dirigirse a Bouzas una vez más.

—¡El reloj de Alicia estaba atrasado! ¡Por eso llegó tarde a la cita con Alberto! ¡Ella no tenía que haber estado allí en aquel momento! ¡Por eso la mataron, porque se encontró con el asesino!

—Quieres decir que se encontró contigo —corrigió Bouzas.

Castro encontró un pañuelo en su bolsillo. Miguel tuvo tiempo de decir unas últimas frases antes de que le hiciera callar.

—No soy el asesino…, soy la víctima. Creo que el asesino

me estaba esperando a mí, no a Alicia. ¡Es a mí a quien iban a matar!

Castro le amordazó con el pañuelo y salieron del vagón.

Miguel tuvo tiempo de apreciar el gesto de desconcierto de Bouzas, como si la duda se hubiera empezado a abrir paso en su interior.

....

XXXIII

Miguel se rindió al tercer tirón. La barra de seguridad de la ducha estaba fuertemente atornillada a la pared, así que no tenía manera de salir de aquel compartimento. Docampo lo entregaría a la policía de Oviedo nada más llegar a la estación, y teniendo en cuenta que se había despertado en la escena del crimen, que sus huellas estaban en el arma, que había atacado al jefe de seguridad de Docampo y hecho cómplice a su hija de nueve años, no había nada que pudiera hacer en su defensa.

Sin embargo, la conversación que había mantenido con Alberto justo antes de verlo morir le había revelado algo que hasta el momento ni siquiera había imaginado. En su mente iba teniendo cada vez más claro que Alicia había muerto porque estaba en el lugar equivocado y en el momento equivocado. Él era el verdadero objetivo.

Pero, en ese caso, ¿qué era lo que había pasado? ¿Había entrado en el compartimento, se había echado sin ver el cadáver y se había despertado sin memoria? O tal vez Alba tenía razón, y había aparecido junto al cadáver por arte de magia.

En cualquier caso, su única esperanza de encontrar respuestas pasaba por hallar antes al verdadero asesino de Alicia, y eso era algo que no podía hacer esposado a la barra de la ducha. Sus ojos amenazaron con cerrarse. Sentado en el suelo, estuvo tentado de recostar la cabeza contra la pared. No era la postura más cómoda para descansar, pero estaba tan agotado y su cuerpo tan dolorido que se habría quedado dormido en la cama de un faquir.

Y entonces se dio cuenta de que no era sueño lo que tenía. Vio cómo la luz del compartimento se atenuaba. El traqueteo del tren era poco más que un susurro. Intentó ponerse en pie, pero sus piernas no respondían a las órdenes de su cerebro. Sus párpados se relajaron, pero se resistieron a cerrarse del todo cuando él apareció.

Estaba de pie, frente al lavabo del cuarto de baño, mirando a Miguel con gesto ausente, como si estuviera mirando a través de él. Su piel, grisácea, recordaba a la del cadáver de Alicia, al igual que sus ojos, fijos y cristalizados. Aunque la mente de Miguel apenas era consciente de lo que ocurría a su alrededor, sí supo que era Alberto el que se encontraba frente a él. Y supo que estaba muerto.

Si la bala de Bouzas no lo había matado, la caída montaña abajo lo habría hecho. Y desde entonces había pasado un cuarto de hora, un tiempo en el que el tren ni siquiera había aminorado la marcha, así que su cadáver había quedado unos veinte kilómetros atrás.

Y sin embargo, allí estaba.

Igual que Alicia en el compartimento de Fernando poco antes.

Miguel sintió el grito nacer en su garganta y luchar por salir entre sus labios, aunque murió antes de que estos pudieran separarse siquiera. El horror del descubrimiento le dejó sin aire en los pulmones y paralizó su corazón durante un instante.

Después, sus ojos se cerraron y su cuerpo pareció desconectarse, con el brazo esposado en alto, como una marioneta a la que hubieran cortado todos los hilos a excepción de uno. En su mente, resonaba el eco de las últimas palabras que pudo hilar antes de desmayarse.

Era capaz de ver a los muertos.

•••••••••••••••••••••

XXXIV

Miguel no veía nada más que oscuridad. No sabía si tenía los ojos abiertos o cerrados, si estaba dormido o despierto. Lo único que veía era una negrura espesa, casi líquida, que lo envolvía. Tenía la sensación de que había alguien más allí con él, pero no podía ver quién. Era un presentimiento que se confirmó cuando a sus oídos llegó una melodía infantil, muy débil.

—Dos galeones hunde el corsario...

Aquella tonada no le resultó del todo extraña. Intentó volverse para ver de dónde procedía la voz, pero no tenía forma de orientarse en aquella oscuridad.

—... camina hacia el frente con pata de palo.

De pronto, la voz se dejó de oír. Miguel abrió los ojos cuando escuchó unos débiles golpes en la puerta. Notó un dolor sordo en la base del cráneo y también en su brazo, esposado aún a la barra de la ducha. Recordó lo que había visto antes de desmayarse y estiró el cuello para comprobar que estaba solo en el compartimento. Escuchó de nuevo los golpes y permaneció inmóvil, sin saber si también aquellos sonidos eran fruto de su imaginación. La llamada se repitió.

—Miguel… —susurró una voz. Él se puso en pie, alerta. Tal vez era su mente jugándole de nuevo una mala pasada—. Miguel, ¿estás ahí?

De pronto, cayó en la cuenta. Conocía aquella voz muy bien.

—¿Alba? ¿Eres tú?

—He oído a dos hombres diciendo que te habían encerrado aquí. ¿Qué ha pasado?

—El detective de tu padre cree que yo maté a Alicia. Me han esposado.

—¿Le has dicho que tú no has sido?

A pesar de lo desesperado de su situación, Miguel no tuvo más remedio que sonreír por la ocurrencia de la niña.

—Escúchame, Alba. Necesito que me ayudes.

—Claro. ¿Qué tengo que hacer?

—Encontrar a un amigo mío que viaja en este tren.

••••••••••••••••••••••••

XXXV

Desde la máquina, la tormenta parecía todavía más amenazante, ya que daba la sensación de que el tren se dirigía sin remisión hacia un abismo. Docampo rezó por que los seis periodistas que lo habían acompañado hasta los controles no tuvieran la misma impresión que él.

—Como pueden ver en los *dossiers* que les hemos entregado al principio del viaje —dijo, dirigiéndose a sus acompañantes—, la 1600 fue construida por MTM hace dos años. Solo hay catorce máquinas más como esta, y les aseguro que este modelo ha supuesto una auténtica revolución para la vía estrecha. La velocidad máxima es de setenta kilómetros por hora, pero ya me han oído decir más veces hoy que en el Tren del Norte lo importante es el viaje, no el destino.

Cada vez que intentaba hablar, las palabras amenazaban con quedarse atrapadas en su garganta, sin salir. Ejercer de anfitrión después de todo lo que estaba pasando se hacía más difícil por momentos. Pero Docampo tenía que encontrar la forma de llegar al final del día. Y tenía que hacerlo con la mejor de las sonrisas en su rostro, transmitiendo a todo el mundo una confianza que ya no sentía.

Todo lo que Víctor le había dicho antes era cierto. El Tren del Norte había sido un agujero negro que había ido devorando millones desde el día en que nació. Y ahora, su primer viaje podría ser también el último. Por lo menos, Víctor había tomado la iniciativa y había hecho algo para evitarlo. De forma legal o no, había dado un paso al frente, mientras que todo lo que Docampo podía hacer era sonreír a sus invitados y rezar para que unos les dejaran su dinero y otros les hicieran buena publicidad en la prensa del día siguiente.

Docampo vio a Castro asomándose detrás de los periodistas, llamando su atención.

—Estoy seguro de que nuestro maquinista les podrá dar más detalles sobre esta joya de la ingeniería.

Docampo cedió la palabra a su empleado, un hombre de mediana edad y con una piel tan curtida que parecía cuero viejo. Con gesto cansado, como si no se encontrara cómodo ejerciendo de anfitrión, tomó el relevo mientras su jefe se dirigía discretamente hacia la puerta, donde Castro esperaba.

—Estamos llegando a Oviedo —señaló el jefe de expedición.

—Si has venido a decirme que nos tenemos que dar la vuelta como en Santander, te tiro a las vías.

—No, señor. La estación está bien.

—El alcalde…

—También está. Los discursos del acto de presentación se darán en el recibidor de la estación en lugar de en el andén, pero, salvo eso, todo marcha según lo previsto. Aprovecharemos los tres cuartos de hora de parada para hacer algunas reparaciones rápidas. Hay algunos compartimentos del personal que tienen filtraciones de agua, y algunos acoples necesitan una revisión.

—¿El chico ha dado problemas?

Castro negó con la cabeza.

—Y no los va a dar hasta que lleguemos a Ferrol.

—¿Se sabe ya algo más de ese otro..., el que trabajaba aquí?

—Alberto Jiménez. Al parecer, Alicia le había metido en la lista de empleados, no sabemos si ha tenido algo que ver en su muerte. Bouzas está ahora echando un vistazo a su equipaje, para ver si encuentra algo. Cuando lleguemos a Ferrol...

—... avisaremos a la policía para que busquen su cuerpo —Docampo se apresuró a completar la frase, como si la sola mención del hecho le molestase—. Buen trabajo.

Dio una palmada en el hombro a Castro y se volvió hacia los periodistas, recuperando la misma sonrisa que tanto se había esforzado por no perder.

....

XXXVI

Verónica llevaba diez años dedicada al periodismo, y le encantaba su trabajo. Tenía un instinto especial para saber dónde había una noticia, y un talento innato para conseguir que sus entrevistados le dieran siempre un titular.

Sin embargo, en el Tren del Norte su instinto le había abandonado. Para empezar, no había conseguido ni un solo titular decente de Ismael Docampo, a no ser que decidiera abrir el reportaje con sus frases de autoalabanza o de exaltación del ferrocarril, algo que, desde luego, Verónica no había ido a buscar. «Si no hay conflicto, no hay noticia», es lo que le habían enseñado sus profesores. Y en las entrevistas que había hecho a Docampo y a su socio Víctor Méndez no había el más mínimo.

Pero aquello no era lo que más le molestaba. Docampo y Méndez eran dos tipos curtidos que sabían esquivar las preguntas molestas. Sin embargo, el resto de su personal no lo era, y aun así, no había conseguido que ninguno de los trabajadores del tren le confesara lo que estaba ocurriendo a bordo del convoy.

Verónica llevaba ya dos horas hablando con camareros, personal de limpieza y gente de mantenimiento, y todo lo que recibía eran negaciones de cabeza y hombros encogidos. O Docampo había aleccionado muy bien a sus empleados para que no soltaran prenda sobre el motivo de sus continuos y sospechosos movimientos en el tren, o era cierto que no sabían nada de lo que estaba pasando allí.

La periodista se lamentaba de su falta de garra tomando una copa en una mesa del vagón bar, al mismo tiempo que revisaba su cuaderno de notas y preparaba el borrador de su reportaje. De vez en cuando echaba una rápida mirada a través de la ventanilla, aunque no había nada que ver. La lluvia caía con tanta violencia que daba la sensación de que ni siquiera cabía aire entre las gotas. De ahí que todo el paisaje se redujera a una cortina gris que no dejaba ver más allá de un metro.

Verónica había estado en Oviedo varias veces, y lamentó no poder disfrutar de la entrada en la ciudad. Clarín le había puesto el sobrenombre de «Vetusta», pero a la periodista no le terminaba de gustar el adjetivo. En efecto, Oviedo era antigua y sabia. Las piedras de algunas de sus calles parecían existir desde antes incluso de que el hombre las pisara. Pero «Vetusta» tenía una connotación negativa que no hacía justicia, como si la ciudad fuera algo viejo y enmohecido, totalmente fuera de época.

Era una ciudad de rincones, de calles estrechas e inadvertidas, de tesoros por descubrir.

«Y de misterios por resolver», pensó.

De alguna manera, supo que Oviedo traería la respuesta de algunas preguntas. Tuvo la sensación de que había algo latiendo entre las calles que podría arrojar un poco de luz sobre toda la oscuridad que se estaba adueñando del Tren del Norte, y que confiaba en que no tuviera nada que ver con aquel nombre maldito al que su cabeza acudía una y otra vez a pesar de sus esfuerzos por olvidarlo.

De pronto, algo captó su atención en el cristal. Acercó un poco la cabeza y comprobó que una de las gotas de lluvia que resbalaba por el exterior tenía un curioso color rojo. En otro punto de la ventana, otra gota roja se deslizaba lentamente. Parecía además un poco más densa que las otras, más espesa. Se echó hacia atrás, y comprobó que la lluvia que golpeaba el cristal lo estaba tiñendo de carmesí.

Volvió la cabeza. Los dos hombres que charlaban en la mesa de al lado no se habían dado cuenta, a pesar de que la ventanilla junto a la que se encontraban ellos también se estaba oscureciendo con el mismo tono encarnado.

Una gota apareció como por arte de magia en la cara interior de la ventanilla de Verónica. Solitaria y lenta, se dejaba caer trazando un camino irregular. La periodista acercó su dedo índice y la detuvo, extendiéndola por el cristal. Después, se pasó el pulgar por la yema, comprobando la densidad del líquido. Y confirmó que no era agua de lluvia lo que estaba bañando el tren. Era sangre.

Se puso en pie. Y observó, horrorizada, cómo el resto de las ventanillas se cubrían con aquel líquido viscoso, que oscurecía el interior a medida que descendía por los cristales, como el telón de una obra de teatro. Y a nadie más allí parecía importarle que todo el vagón se estuviera cubriendo de sangre.

Y entonces, Alba pasó a su lado, indiferente también a lo

que ocurría en el exterior. Caminaba a paso ligero, con la vista fija en un punto al otro lado del vagón. De pronto, la sangre desapareció de las ventanas. La lluvia recuperó su transparencia habitual y el vagón volvió a estar iluminado por la luz gris del exterior y los cálidos destellos de las lámparas del interior. Durante un par de segundos, Verónica permaneció de pie, inmóvil. Miró la yema de su dedo índice, limpia. Tomó aire y consiguió tranquilizarse, aunque sabía que las señales eran claras.

Sin embargo, también había comprobado que su angustia había desaparecido cuando la niña había pasado por su lado, confirmando lo que Verónica había sentido en ella al verla por primera vez: aquella niña era diferente a todas las demás. Tal vez por eso, lamentó que su futuro fuera tan sombrío.

Alba seguía caminando por el pasillo, hacia el final del vagón. Había algo en su actitud que a Verónica le resultaba extraño. Cada vez que se cruzaba con alguien del personal, desviaba la mirada y aceleraba un poco el paso. Daba la sensación de querer pasar inadvertida por estar a punto de hacer algo que sus padres no aprobarían. Pero la expresión de su rostro dejaba entrever que no se trataba de la clásica travesura de una niña de su edad.

Verónica decidió seguirla. Puede que Alba supiera algo de lo que estaba ocurriendo allí, o que por lo menos le pudiera guiar hasta la fuente del problema. En cualquier caso, Verónica estaba deseando salir de aquel vagón, y seguir a la niña era una excusa tan buena para hacerlo como otra cualquiera.

La hija de Docampo atravesaba los distintos coches, evitando siempre cruzar la mirada con todos. Atravesó los vagones de pasajeros y llegó hasta el primero, el dedicado al almacenaje de los productos de mantenimiento y limpieza. Verónica decidió no entrar al pasillo y observó a la niña a través del cristal. Alba se había detenido frente a una puerta. La mujer se agachó cuando la pequeña miró a ambos lados para asegurarse de que no la seguía nadie. Después, abrió la puerta y pasó al cuarto.

Segundos más tarde, la niña apareció y cerró la puerta tras ella. Verónica volvió a agacharse cuando vio que Alba caminaba en su dirección. Estaba apoyada contra la pared, justo al lado del cuarto de baño, así que entró en él para esconderse. Dejó la puerta entreabierta y vio a la pequeña pasar frente a ella. Llevaba algo en la mano que intentaba ocultar bajo la manga de su jersey. Verónica no pudo distinguir el objeto, pero sí le pareció adivinar un brillo metálico. Esperó a que avanzara unos metros y salió del cuarto de baño tras ella. Ahora ya no seguía a Alba únicamente por curiosidad. La periodista tuvo que admitir que la hija de Docampo había captado toda su atención.

Volvieron sobre sus pasos y atravesaron los vagones de los compartimentos de pasajeros y los salones. El ritmo de la niña era todavía más ligero que a la ida, no miraba a nadie, y ni siquiera se detenía a saludar a la gente que le dirigía unas palabras amables cuando se cruzaban con ella.

Atravesaron la cocina y llegaron al vagón donde se alojaba el personal. Alba se estaba acercando al final del pasillo y Verónica entró en él para no perderla de vista. Justo al hacerlo, la pequeña se detuvo. La periodista no podía volver a salir por la misma puerta o llamaría su atención, así que decidió continuar caminando. Alba reparó en ella y se quedó mirando el paisaje a través de la ventanilla, disimulando mientras la mujer atravesaba el pasillo. Verónica llegó hasta ella y la niña la miró de reojo.

—Hola otra vez —saludó la periodista, sin detenerse—. Menuda tormenta…

—¿Se ha perdido?

—¿Por qué lo dices?

—Porque detrás de esa puerta nada más está el vagón de equipajes.

—Tengo… una maleta ahí dentro. Necesito buscar algo en ella.

—Pero los pasajeros no pueden entrar solos.

Verónica se dio cuenta de que la niña mantenía en todo momento las manos a la espalda, protegiendo seguramente el objeto que llevaba oculto bajo la manga de su jersey.

—El jefe de expedición me va a mandar a alguien para que me acompañe. Tengo que esperarlo allí.

Alba se encogió de hombros, dando a entender que su explicación, cierta o no, le daba igual, porque lo que en realidad quería era estar sola. Volvió la cabeza hacia el paisaje, dejando claro que la charla había acabado y que Verónica podía continuar su camino.

La periodista hizo esto último y cruzó la puerta. Al hacerlo, se dio la vuelta para mirarla por el cristal. Alba la observaba a su vez, asegurándose de que no se iba a quedar por allí vigilándola. Verónica abrió la siguiente puerta, que conducía al vagón de equipajes, y se quedó allí unos segundos, haciendo algo de tiempo para que la niña se olvidase de ella.

Después, volvió al espacio entre vagones y se asomó al cristal de la puerta que daba a las habitaciones del personal. Alba ya no estaba allí.

Extrañada, pasó al interior y se quedó mirando a su alrededor. Todas las puertas estaban cerradas y no se oía ningún ruido que no fuera el de la lluvia.

Entonces, escuchó un sonido apagado, como si algo se arrastrase sobre una superficie de metal. Rápidamente, se escondió tras la puerta y se asomó lo justo para ver cómo unos pequeños pies salían de una trampilla que se abría en la pared, junto a la última puerta. Los pies tocaron el suelo y unas piernas se arrastraron hasta el pasillo. Alba apareció tras ellas y, después de mirar a un lado y a otro, cerró la trampilla y echó a andar de vuelta a los vagones salón.

Verónica, al otro lado del cristal, estaba convencida de que ya no tenía en sus manos el objeto metálico que llevaba escondido poco antes.

· ·

XXXVII

Bouzas no terminaba de acostumbrarse al circo de las relaciones públicas. En el recibidor de la estación, Docampo, Méndez y el alcalde de Oviedo se habían fundido en un sincero abrazo delante de los periodistas locales y de todos los que viajaban en el Tren del Norte. Unas cien personas, entre personalidades de la ciudad y los invitados al viaje, asistían al discurso de bienvenida del alcalde y a las palabras de agradecimiento de los dos empresarios que habían llevado el tren más lujoso de Europa Occidental hasta allí.

Todo eran aplausos, risas y *flashes* de cámaras. Como si el huracán Hortensia, debilitado pero devastador, no estuviese anticipando el fin del mundo al otro lado de las paredes de la estación. Desde el recibidor se podía ver perfectamente cómo el viento doblaba los árboles y balanceaba farolas y semáforos. Un trueno retumbó, pero solo Bouzas, que se estremecía ligeramente con cada rugido de la tormenta, parecía darse cuenta del peligro que suponía aquel ciclón.

Todos los demás estaban asombrados de que el Tren del

Norte hubiera recibido autorización para viajar, y maravillados al ver que, en los casi trescientos kilómetros que separaban Bilbao de Oviedo, el convoy no había sufrido ningún tipo de percance.

El detective se preguntó cómo de maravillados se quedarían todos al descubrir que en esos trescientos kilómetros de trayecto habían muerto ya dos personas a bordo.

Miró inquieto hacia el andén. Bajo su techo, a resguardo de la lluvia, el Tren del Norte parecía un animal acorralado al que su cazador le hubiera dado unos momentos de tregua para tomar aliento.

Bouzas pensó en las últimas palabras que Miguel le había dicho antes de que se lo llevaran detenido. Según él, Alicia había muerto por estar en el lugar equivocado en el momento equivocado. A quien había querido matar realmente el asesino era al propio Miguel.

El detective no le habría dedicado ni cinco segundos a aquella idea de no ser porque, justo después de hablar con Miguel, entró en el compartimento diez y confirmó que el reloj de Alicia atrasaba media hora. La historia del chico podía ser cierta. Ella pudo haber llegado tarde a su cita y haberse encontrado con alguien que esperaba a su verdadera víctima.

Pero no. Ya tenían al culpable. Estaba esposado y encerrado en uno de los compartimentos. Cuando llegaran a Ferrol, lo dejarían en manos de la policía y dejaría de ser un problema suyo.

Fin de la historia.

Sin embargo, una voz en su cabeza no dejaba de hacerle preguntas que no se atrevía a responder. ¿Y si aquel chico estaba en lo cierto? ¿Y si él era inocente y el verdadero asesino seguía en libertad por el tren? Si hubiera un nuevo crimen durante el viaje, sería exclusivamente culpa suya. Su carrera habría acabado por segunda vez y ya no habría posibilidad de redención.

Bouzas resopló y se escabulló hacia la salida del andén. Un golpe de viento le sorprendió nada más poner un pie en el exterior y le obligó a inclinarse hacia delante para mantener el equilibrio. Con la cabeza baja caminó por el andén hasta llegar al penúltimo vagón. En la puerta se chocó con Castro, que bajaba del tren.

—Pensaba que estabas con Docampo —parecía sorprendido de encontrarse allí con el detective.

—Quiero hablar con el chico antes de que sigamos el camino.

—Claro, claro… —Castro bajó las escalerillas apresuradamente y le dejó paso.

Bouzas le dedicó una breve mirada mientras el jefe de expedición se alejaba a paso ligero por el andén, lanzando rápidas miradas a su alrededor.

Bouzas agradeció el calor del interior del vagón y caminó hasta llegar a la puerta del compartimento de Alberto, el cómplice de Alicia al que él mismo había matado para salvar precisamente la vida de Miguel.

Dejó escapar un suspiro de cansancio mientras buscaba en su bolsillo la llave del cuarto. Si todo aquel asunto acababa en un tribunal, sería imposible explicar a un juez aquella historia enrevesada y sin sentido.

Introdujo la llave en la cerradura y la giró.

Volvió a resoplar. Aquella historia no dejaba de complicarse.

Echó mano del *walkie-talkie* para avisar a Castro de que diera la voz de alarma entre los empleados del tren. Tenían que atrapar de nuevo al sospechoso, que se había fugado saltando por la ventanilla.

Le dijo que, con toda seguridad, el fugitivo corría por la estación esposado a una barra metálica que había liberado de la pared del baño con la ayuda de un destornillador que descansaba sobre el plato de la ducha.

. . . .

OVIEDO

I

Miguel, que lamentó tener que escapar del tren con la barra de seguridad de la ducha todavía en su mano, se dio cuenta de lo útil que era cuando el primer empleado le sorprendió en plena fuga, nada más pisar las vías. El hombre se abalanzó sobre él, pero Miguel lo dejó inconsciente de un fuerte golpe con la barra. Agradeció que, por lo menos, nadie iba a ser capaz de desarmarlo.

Corrió hacia un tren de mercancías que permanecía detenido en una vía cercana. Lo rodeó y se sentó en el suelo, con la espalda apoyada en una de las ruedas. No había techo que lo protegiera de la tempestad, así que Miguel agachaba la cabeza en un inútil intento por evitar que la lluvia le cegara. Su oído, por el contrario, funcionaba mejor, y le permitió escuchar los gritos de varios hombres al otro lado del convoy. Se tumbó en el suelo para ver a través de las ruedas del vagón cómo cuatro hombres, protegidos por chubasqueros, recibían órdenes de Bouzas, que señalaba varios puntos de la estación, como si estuviera anunciando a cada hombre qué parte del lugar debía cubrir. Habían descubierto al empleado al que Miguel había golpeado y le ayudaban a ponerse de nuevo en pie.

Los hombres se separaron, y el propio Bouzas encaminó sus pasos hacia la zona en la que Miguel se encontraba. Este le siguió con la mirada despreocupándose del resto, y tardó demasiado en comprender que había sido un error. Mientras vigilaba al detective, que caminaba encorvado para poder ver a través de los ejes de los vagones, una mano le agarró con fuerza del cuello de la camisa y lo levantó. Miguel se revolvió y le golpeó con la barra en el antebrazo, librándose de él. El hombre gritó de dolor y le miró furioso: era el empleado con el que se había cruzado minutos antes de su pelea con Alberto.

El hombre saltó sobre él y le empujó con fuerza hacia el vagón, haciéndole perder el equilibrio y aturdiéndole unos instantes. Sin embargo, el empleado, poco acostumbrado a la lucha, telegrafió un puñetazo con la derecha que Miguel pudo esquivar agachándose. Aprovechó el movimiento para golpear la pierna de su atacante con la barra. El hombre ahogó un grito de dolor mientras hincaba la rodilla en el suelo. Miguel se disponía a rematarlo cuando...

—¡Está aquí!

Otro empleado saltaba el enganche entre dos vagones a su izquierda para aterrizar a pocos metros de donde él se encontraba. Miguel echó a correr en el otro sentido, pero otros dos hombres rodearon el tren y le cerraron el paso. Tras ellos, vio aparecer a Bouzas, con su arma en la mano.

De pronto, sus ojos captaron un leve movimiento a su derecha. Giró la cabeza y vio cómo las ruedas de una vagoneta giraban lentamente. A varios metros de distancia, una máquina tiraba del resto del convoy, que abandonaba la estación. Miguel no se lo pensó ni un segundo y se arrojó bajo el tren, a tiempo de escapar de sus perseguidores, que no se atrevieron a imitarle.

Rodó bajo el vagón, calculando la creciente velocidad del tren para aparecer al otro lado sin un rasguño. Mientras lo hacía, la barra de metal se iba golpeando con la parte inferior del coche y con las piedras de la vía, haciendo un ruido considerable en los tres segundos que duró la maniobra. Pero cuando Miguel se creyó a salvo y se intentó levantar, sintió un tirón en su brazo y cayó al suelo. Sin entender aún por qué, se vio arrastrado junto al tren durante varios metros, hasta que consiguió ponerse en pie, aunque obligado a correr a paso ligero e inclinado para no terminar de nuevo en el suelo. Enseguida comprendió el motivo: un extremo de la barra metálica a la que estaba esposado se había quedado enganchado en la parte inferior del vagón, y le hacía correr con su mano derecha casi a la altura del suelo.

Dio un par de tirones para liberarla, pero sin éxito. La barra se movía medio metro a izquierda y derecha, como si estuviera atrapada entre dos cañerías que le permitían moverse longitudinalmente, pero no había forma de recuperarla. No podía agacharse lo suficiente para averiguar qué movimientos tenía que hacer para desengancharla, así que lo único que podía hacer era correr junto al tren para no terminar como uno de esos personajes de las películas del oeste, al que los malos ataban a un caballo y después lo espoleaban para que lo arrastrara por las piedras hasta la muerte.

Pero teniendo en cuenta que el tren abandonaba la estación y que su velocidad aumentaba poco a poco, ese parecía ser su destino. No podría mantener ese ritmo mucho más tiempo.

Se fijó entonces en la rueda del vagón, que estaba a escasos centímetros de su mano atrapada. Y comprendió que no tenía más opciones. Movió la barra hacia ella y dejó que las esposas resbalaran hasta el extremo. Al hacerlo, su mano se quedó a la altura de los raíles. Apenas había diez centímetros de separación entre su muñeca y la barra.

«Demasiado justo…», pensó. Pero justo o no, era el único camino.

Tensó los músculos del brazo y cerró los ojos, rezando por encontrar su mano intacta cuando los volviera a abrir. Después, dio un último tirón hacia la rueda, para que esta pasara por encima de las esposas.

Entonces sintió un fuerte dolor en la muñeca, como si se la hubiera marcado con un hierro al rojo vivo. Consiguió ahogar el grito y se dejó caer hacia atrás, comprobando que su plan había tenido éxito. Las esposas habían quedado destrozadas al paso del tren, aunque las ruedas de este se habían llevado también por delante algo de piel de la muñeca de Miguel, que sangraba profusamente. Sin tiempo para aplicarse un vendaje que detuviera la hemorragia, tapó la herida con la otra mano y se alejó del tren, aprovechando que aún le servía de escudo con Bouzas y sus hombres, y que no podían ver adónde se dirigía.

Un par de minutos después, llegó a una valla de metal que rodeaba el recinto de la estación, y la saltó con dificultad.

La lluvia, lejos de ser una molestia, se convirtió en un regalo del cielo, ya que limpiaba la sangre de la muñeca y mitigaba el dolor de la herida. Miguel cruzó los terrenos colindantes a la estación y llegó a los pies de una avenida enorme por la que solo unos pocos coches se aventuraban a circular a escasa velocidad. Entonces fue consciente de la verdadera magnitud del ciclón. Las calles estaban desiertas, y las pocas personas que se podían ver caminaban encorvadas, desafiando a la lluvia y ofreciendo resistencia al viento para poder avanzar. Curiosamente, casi nadie llevaba paraguas, ya que con la fuerza de aquel vendaval, abrir uno resultaría inútil.

Bordeó la avenida principal hasta llegar a una calle que moría en la estación y que se adentraba en el corazón de la ciudad. Caminó unos pasos hasta llegar a un cartel donde leyó que se trataba de la calle de Uría. Avanzó por la acera de su derecha, pegado a los edificios para resistir mejor la fuerza del viento. Se cerró con las manos el cuello de la chaqueta, a pesar de que toda su ropa estaba empapada. Era tanta la lluvia que caía que, en lugar de aire, sus pulmones exhalaban agua con cada respiración.

De pronto, sin ningún motivo aparente, tuvo la extraña sensación de que alguien le estaba siguiendo. Era absurdo intentar explicarlo, pero le parecía sentir el peso de una mirada sobre su espalda. Se volvió con rapidez para sorprender a su perseguidor, pero lo único que vio fueron las aceras vacías.

Se detuvo en un semáforo, junto al que dos coches habían chocado. Los conductores discutían junto a sus vehículos y Miguel pasó a su lado para continuar su camino. Al rodearlos, se fijó en un portal cercano, donde un vagabundo se intentaba proteger de la tormenta bajo una improvisada tienda de campaña, construida con cajas de cartón y de plásticos. Pero no era eso lo que le llamaba la atención, sino una figura de Cristo a cuyos pies yacía un cartel donde se leía: «El fin del mundo ha llegado. Abraza a Jesús». Los brazos de la estatuilla estaban abiertos, en un ofrecimiento de amor y perdón. Sus ojos inmóviles parecían seguir a Miguel a pesar de que este seguía caminando. Como si le quisieran decir algo.

Miguel metió la mano en su bolsillo y sacó la caja metálica que protegía tanto su moneda como el pequeño papel que Alba había encontrado en ella, y que él había procurado no perder con cada cambio de ropa que había efectuado a bordo del tren. Desdobló el papel y leyó de nuevo las dos letras y los dos números anotados: «A, P, 3, 1».

«Podría tener sentido…», pensó, mientras aceleraba el paso. Al cabo de unos quinientos metros, un parque se extendía a su derecha. Levantó la cabeza para leer el cartel con el nombre. Era el Campo de San Francisco. Se adentró en él unos cincuenta metros, hasta una pequeña caseta donde un hombre esperaba sentado, a resguardo de la lluvia.

—Los tienes bien puestos, chaval, eso hay que admitirlo —Fernando también cerraba con las manos el cuello de su gabardina, como si aquello mantuviera el frío alejado—. No sabía si la niña te había hecho llegar el destornillador.

—Fue una buena idea. Aunque casi ha sido peor el remedio que la enfermedad. La barra de metal casi me cuesta la cabeza.

—Lo siento, la próxima vez que te esposen y te encierren en el compartimento de un tren, te mandaré un soplete y una cizalla. ¿Cómo te la has conseguido quitar después?

Miguel le enseñó la herida de la muñeca.

—Mi trabajo me costó —Miguel miró a su alrededor—. ¿Cómo sabías de este sitio?

—Viví aquí unos años, a un par de manzanas. Solía venir a leer a esta misma caseta todas las tardes. Pero me da a mí que la madera no va a aguantar hasta mañana. En cualquier caso, este es el mejor sitio que se me ocurrió para que nos viéramos. Está cerca de la estación, pero no creo que a nadie se le ocurra venir a buscarte aquí si te echan de menos. No sabía si esa niña te iba a dar bien las indicaciones para llegar aquí. Igual deberíamos dejarla fuera de esto...

—Escucha... —interrumpió Miguel—. Creo que tengo una pista sobre quién soy o sobre lo que estoy haciendo en el tren, no estoy seguro.

Los ojos de Fernando se abrieron de par en par. Su gesto relajado se volvió serio.

—¿De veras?

—Bueno, aún no lo he confirmado, pero viniendo hacia aquí se me ha ocurrido algo.

—¿El qué?

—Prefiero no decírtelo, o pensarías que estoy loco.

—Ya pienso que podrías ser un asesino, no veo qué mal hay en que piense que estás loco.

—Antes necesito una Biblia.

—Si ha llegado el momento de rezar, entonces es que estás perdido de verdad —bromeó Fernando.

—Lo digo en serio, necesito hacerme con una Biblia.

—No sé dónde conseguir una. Todo está cerrado.

—Tiene que haber algo...

—Miguel, no creo que haya un solo comercio abierto en

todo el norte del país. Esto es el fin del mundo. ¿Qué sitio crees que va a estar abierto?

Miguel entornó la mirada, como si una idea acabara de nacer en su cabeza.

—Tienes toda la razón —Fernando le miró sin comprender—. ¿Dónde hay una iglesia?

....

II

Docampo y el alcalde recorrían un mural que exponía no solo el trayecto del Tren del Norte, sino que además recogía en cifras el impacto económico que el convoy turístico iba a tener sobre cada una de las comunidades por las que pasaba. Los periodistas seguían con sus cámaras a los dos hombres, mientras Méndez concedía una entrevista a un periódico local, sentado en una de las butacas de la sala de espera.

Las respuestas a las preguntas del periodista salían de forma mecánica de su boca. Él y su socio habían repetido tantas veces el mismo discurso que era capaz de responder a una entrevista estando dormido.

Su cabeza, desde luego, no estaba en su interlocutor. Méndez miraba nervioso la puerta de acceso al andén, y golpeaba rápidamente el brazo de la butaca con la punta de los dedos.

Castro apareció entonces al otro lado del cristal. Entró en el recibidor mientras buscaba con la mirada a Méndez. Cuando lo encontró, lo único que hizo fue asentir con la cabeza, para después salir de nuevo. Méndez se volvió hacia el periodista y se disculpó por ausentarse unos segundos. Se acercó a la salida y salió al andén. Castro le esperaba a unos metros de la puerta.

—Está hecho —dijo el jefe de expedición.

—¿Algún problema?

Castro negó con la cabeza.

—Pensé que Bouzas me había descubierto. Después de poner el aparato, lo vi reuniendo a un grupo de hombres.

—¿Para qué?

—El tipo que teníamos retenido, el asesino de Alicia..., se ha vuelto a escapar.

—Casi lo prefiero. No sé de dónde ha salido ese tipo, pero prefiero tenerlo lejos. Además, nos ha hecho un favor matando a esa chica. Y Bouzas ha rematado la faena matando a su cómplice. Por ahora, parece que estamos teniendo suerte... Únicamente queda una persona que está metiendo demasiado las narices en esto.

—¿Quién?

Por toda respuesta, Méndez se volvió y miró hacia el vestíbulo de la estación, donde Docampo seguía su recorrido con el alcalde por los murales. Castro lo miró extrañado.

—¿Docampo?

—Se empieza a oler lo que estamos preparando. Y después de lo que va a pasar hoy, no nos va a dejar en paz. Se ha convertido en un problema que vamos a tener que solucionar.

—¿De qué está hablando?

Méndez guardó silencio unos segundos mientras clavaba su mirada en su socio, cuya sonrisa no desaparecía, ajeno a las maquinaciones de su amigo.

—Ismael Docampo no puede llegar vivo al final de este viaje.

III

Miguel y Fernando salieron a la calle de Uría y caminaron unos cien metros hacia la estación. Después, Fernando señaló una estrecha calle que se abría a la derecha y Miguel le siguió. Este, un poco más relajado al haber huido del tren, empezaba a ser consciente de los estragos que la lluvia estaba provocando en su cuerpo. Desde que habían salido de la caseta, no había dejado de temblar ni un instante. Fernando, por otro lado, parecía aguantar mejor el temporal, a pesar de su edad.

—Uno no sabe lo que es pasar frío hasta que no va a Rusia y pasa varios días con medio metro de nieve rodeándole —le dijo a Miguel.

—¿Cuándo estuviste allí?

—Hace demasiado tiempo. ¿Has oído hablar de la División Azul?

—Puede que sí, pero como comprenderás…

—No te acuerdas. A mí me pasa justo lo contrario: me cuesta olvidarlo. Pero supongo que lo llevo en los genes.

—¿El qué?

—La guerra —Fernando hablaba con la mirada perdida y un gesto de cansancio—. Desde finales del XVIII no ha habido una sola generación de mi familia que no se haya manchado las manos de sangre. Empezó en el mar... y a saber dónde acabará. O cuándo.

Fernando no dijo nada más y siguió caminando con paso rápido y firme, como si quisiera dejar atrás aquellos recuerdos. Miguel prefirió no seguir preguntando.

Mientras atravesaban el callejón, Miguel miró por encima del hombro un par de veces para asegurarse de que nadie los seguía. No había visto ninguna sombra en ningún escaparate ni había escuchado el sonido de unos pasos tras ellos, pero una alarma se había encendido en su cabeza y ahora era incapaz de apagarla. Aun así, sus sospechas eran tan vagas e injustificadas que no se atrevió a comentárselas a su compañero.

Salieron a la calle Melquíades Álvarez y la cruzaron para seguir en Doctor Casal. Sesenta metros más adelante, llegaron a la esquina con Campoamor, y Fernando, con un gesto, mostró a Miguel su destino.

Él levantó la vista y durante unos segundos se quedó contemplando el edificio.

La iglesia de San Juan el Real no era el templo más antiguo, ni más grande, ni más espectacular del país. Seguramente, en la propia Oviedo habría otras iglesias más deslumbrantes. Pero allí, a sus pies, a merced de la tormenta que castigaba con crudeza la ciudad, vulnerable a truenos y embestidas del viento, la iglesia de piedra rosa parecía viva, y Miguel tuvo la sensación de que lloraba bajo la lluvia. Las dos torres del campanario se perdían entre las nubes más bajas.

—Date prisa, hijo. No estamos para hacer turismo.

Fernando tiró de él hacia el interior.

Una súbita calma invadió a Miguel nada más cerrarse la puerta tras ellos. Seguía haciendo frío, y las paredes temblaban de tal forma con cada trueno que parecía que la estructura estaba a punto de venirse abajo. Y a pesar de todo, Miguel sintió, por primera vez desde que se había despertado junto al cadáver de Alicia, que estaba a salvo. De hecho, se sentía tan relajado que sus piernas le empezaron a pesar y sus párpados amenazaban con cerrarse, como si le invadiera la imperiosa necesidad de echarse en uno de los bancos.

«Demasiadas carreras en la última hora», pensó él. Unas veinte personas se encontraban desperdigadas, algunas sentadas y otras de rodillas en los reclinatorios. Todas ellas en el más absoluto silencio, y con la mirada fija en el altar.

—No está nada mal, ¿no crees? —comentó Fernando—. El propio general se casó aquí mismo.

—¿El general? —preguntó Miguel en un susurro. Incluso hablar le estaba costando trabajo.

—Franco —contestó, como si la pregunta no tuviera ningún sentido—. Claro que por aquel entonces él era teniente coronel, te estoy hablando de 1923. Pero ya era conocido, así que liaron aquí una buena.

—Lo cuentas como si hubieras estado presente.

—Mi padre estuvo.

Miguel se fijó en que todas las personas sentadas en los bancos volvían la cabeza hacia ellos.

Sus rostros, iluminados por la luz mansa del interior, tenían un tono grisáceo que les hacía parecer tristes. Pero era más que tristeza lo que reflejaban, pensó Miguel. Era soledad. Tenía la convicción de que toda aquella gente que se había reunido allí a rezar se sentía horriblemente sola.

—Deberías bajar la voz —se esforzó por decir—. Estamos llamando la atención. Y cuantas menos personas nos vean, mejor.

—¿De qué personas hablas?

—Las que están ahí sentadas... —las palabras parecían resbalar entre sus labios. Fernando se volvió y se encogió de hombros.

—¿Qué dices? Aquí no hay ni un alma...

Miguel se detuvo y volvió a mirar a los feligreses. No miraban a Fernando, solo a él.

Comprendió entonces por qué sus piernas apenas le respondían y por qué su cabeza estaba abotargada desde que habían entrado. Los veinte espíritus que buscaban consuelo entre las paredes de San Juan el Real clavaban sus ojos sin vida en él.

«Intento escapar de almas atormentadas... y me meto en el lugar donde más podría encontrar. Muy listo», pensó. Bajó la cabeza y siguió a Fernando, aterrado ante la idea de que alguno de aquellos fantasmas decidiera ponerse en pie y acercarse a él. Hombres y mujeres de mediana edad, ancianos..., algunos vestían ropas actuales, pero otros tenían un aspecto más anacrónico, como si llevaran décadas allí sentados. Caminaba tan cerca de los bancos que incluso creyó rozar a alguno de los espíritus que se encontraban sentados. Ninguno movía un músculo, pero Miguel podía ver en sus ojos el deseo de tocarle, abrazarle, robarle cada segundo de vida que malgastaba. Notaba sus miradas huecas clavadas en él, penetrando en su carne y sus huesos, como anzuelos que intentaran engancharle para llevárselo al pozo de oscuridad en el que vivían.

Llegó a un atril junto al altar. Apenas podía levantar las piernas para subir los escalones. Fernando le tuvo que sujetar para que no cayera al suelo.

—¿Te encuentras bien?

—Sí, es solo… un pequeño mareo.

—Solo nos quedan veinte minutos antes de que salga el tren. Vamos con el tiempo muy justo.

—Pensaba que me intentarías convencer de que me alejara lo más posible del tren.

—Es lo que deberías hacer, pero yo tengo que seguir mi viaje. Y antes de volver, me gustaría saber cómo acaba esta historia en la que me has metido.

Fernando señaló el atril, sobre el que descansaba un ejemplar enorme de la Biblia, abierta por la mitad. Miguel se apoyó en él para no perder el equilibrio. Levantó un poco la vista y se encontró con los ojos de los espíritus que allí seguían, grises e inmóviles. Volvió la mirada al libro.

—¿Me vas a decir ahora qué es lo que piensas encontrar aquí? —preguntó Fernando.

Miguel se remangó la camisa y le mostró el papel doblado.

—Al parecer, había escondido esto junto con la moneda.

—«A, P, 3, 1»… ¿Qué tiene que ver esto con la Biblia?

Miguel empezó a pasar páginas, hacia el final del libro. Se detuvo al llegar al Apocalipsis y señaló la esquina superior derecha, donde dos letras marcaban el pasaje en el que se encontraban: Ap. Su dedo recorrió los textos hasta detenerse en la línea que buscaba.

—Apocalipsis, tercer apartado, versículo uno —apuntó, y comenzó a leer en voz alta.

Escribe al ángel de la iglesia en Sardes: El que tiene los siete espíritus de Dios, y las siete estrellas, dice esto: Yo conozco tus obras, que tienes nombre de que vives, y estás muerto.

Sus piernas flaquearon al leer esta parte. Los espíritus que lo observaban desde los bancos no eran la mejor audiencia para ese tipo de pasajes. Continuó leyendo, aunque el primer versículo ya había concluido.

Sé vigilante, y afirma las otras cosas que están para morir; porque no he hallado tus obras perfectas delante de Dios. Acuérdate, pues, de lo que has recibido y oído; y guárdalo, y arrepiéntete. Pues si no velas, vendré sobre ti como ladrón, y no sabrás a qué hora vendré sobre ti.

Si aquella era la Palabra de Dios, desde luego Este amenazaba a Miguel de la peor manera posible.

—Sigo sin entender por qué es tan importante esto —confesó Fernando.

—Yo tampoco… Pero, al parecer, en estas líneas tiene que estar la explicación de lo que me ocurre, o de por qué me he despertado en ese tren. De algún modo, tengo la sensación de que aquí está la clave de todo.

Miguel volvió a leer el primer versículo, esta vez para sí. Había algo en aquellas líneas, algo que le resultaba familiar, aunque no podía decir el qué. Se detuvo en la última frase, que le provocaba un desasosiego difícil de aplacar.

«Tienes nombre de que vives, y estás muerto».

Tragó saliva y levantó la vista hacia los espíritus que no apartaban de él sus rostros, sin vida hace ya tiempo.

«Estás muerto», volvió a leer. ¿Era ese el motivo por el que podía ver a los espíritus? ¿Porque él era uno de ellos? ¿Había anotado aquellas letras para recordárselo?

—¿Has oído eso? —preguntó Fernando, alerta.

Miguel consiguió separar la vista de la Biblia. De pronto, se sintió más despejado. Miró de nuevo hacia los bancos y los descubrió vacíos. Los espíritus habían desaparecido. Respiró aliviado.

Una de las puertas de la entrada se cerró mansamente. El sonido débil de unos pasos resonó por la iglesia, aunque el eco hacía imposible saber dónde se originaba. Las columnas y la penumbra del interior del templo, además, facilitaban un escondite casi perfecto.

—Alguien acaba de entrar… —volvió a hablar Fernando.

Tomó a Miguel por el brazo y lo arrastró hasta una puerta entreabierta que conducía a la sacristía.

—Antes me dio la sensación de que nos estaban siguiendo.

Los pasos se iban acercando, aunque ninguno de los dos hombres era capaz de ver a la persona que había entrado.

—Será mejor que nos larguemos de aquí. Además, el tren está a punto de salir.

Fernando entró en la sacristía, a oscuras, y Miguel le siguió. Antes de que la puerta se cerrara y les privara de la luz que entraba de la iglesia, pudo ver a Fernando caminando a paso ligero hacia el fondo de la estancia.

—Espera, no sé por dónde voy…

—Date prisa —dijo Fernando, varios metros por delante de él.

Sus pasos resonaron en la oscuridad. Miguel escuchó una

puerta que se abría y que se cerraba dos segundos después, pero ni siquiera se podía hacer una idea de en qué dirección quedaba. Chocó con algo metálico que cayó al suelo. Él estuvo a punto de caer también, pero consiguió mantenerse en pie. Los pasos de Fernando sonaban más apagados, y dejaron de oírse a los pocos segundos.

—Fernando… ¡Fernando!

Miguel caminaba con las manos extendidas hacia el frente, palpando el aire para evitar chocar de nuevo.

Y entonces, un dolor intenso en la base del cráneo le sorprendió. Sintió un golpe seco en la cara cuando esta rebotó contra el suelo frío de las baldosas.

Y cayó en una oscuridad mayor que aquella de la que intentaba salir.

· ·

IV

Poco a poco, la estación iba quedando vacía. Los últimos pasajeros subían a los vagones para protegerse del frío. Docampo y Méndez estrecharon la mano del alcalde por última vez y se despidieron de los medios locales con un gesto de la mano.

—Siempre es bueno tener a los alcaldes contentos —comentó Méndez mientras salían al andén.

—En eso eres incluso mejor que yo. Estrechando manos y sonriendo a las cámaras —dijo con acritud.

—Ismael, sabes que estoy de tu lado. Siempre lo he estado.

—Ahorra saliva. Ya tendrás tiempo de explicarte cuando lleguemos a Ferrol —y añadió, grave —: los dos lo tendremos.

Docampo se adelantó unos metros para acercarse a su mujer, que esperaba junto a una puerta del tren, mirando a ambos lados como si buscara a alguien.

—¿Y Alba? —preguntó él.

—Eso me gustaría saber a mí. Le dije que no se alejara y, como siempre, me ha hecho mucho caso. Voy a buscarla.

Al mismo tiempo que Sandra se alejaba, Bouzas apareció por el andén. Estaba empapado y respiraba agitadamente, como si hubiera estado corriendo.

—¿Algo? —fue todo lo que preguntó Docampo.

El detective negó con la cabeza.

—La buena noticia es que no podrá delatarnos cuando lleguemos a Ferrol. A la policía le habría extrañado que hubiéramos detenido al asesino de Alicia antes de llegar a Oviedo y no hubiéramos dicho nada.

«Si es que ese hombre es el verdadero asesino», pensó Docampo. Se limitó a asentir con la cabeza y subió al tren.

—Ayuda a mi mujer a encontrar a Alba, ¿quieres? Ha vuelto a desaparecer, y con esta tormenta y ese hombre suelto por ahí, no me hace ninguna gracia que esté sola.

· ·

V

Alba, con su mochila al hombro, no podía apartar la mirada de una maqueta de la estación y sus alrededores, situada en una esquina del recibidor. Habían cuidado cada detalle hasta el punto de que se apreciaban las hojas de los árboles, e incluso se podía ver a los pasajeros de un tren que entraba a la estación, asomando por las diminutas ventanillas. Alba tenía la sensación de que, si pegaba la oreja al cristal, podría escuchar las conversaciones que tenían en sus asientos.

Al hacerlo, volvió la cabeza y se extrañó al ver a un hombre que observaba fascinado una máquina recreativa. Vestía una túnica marrón, con una cuerda atada a la cintura, y no podía dejar de mirar cómo la enorme boca del comecocos de la pantalla se abría y cerraba para comerse los puntos mientras los fantasmas le perseguían implacables por todo el laberinto.

—¿Es usted cura? —preguntó Alba, directa.

El hombre interrumpió su momento de ocio para volverse hacia la niña. Al verla, le dedicó una amplia y cálida sonrisa. Le pareció que aquel hombre era muy mayor. El poco pelo que tenía era de color blanco, y llevaba unas gafas muy pequeñas que le daban un aspecto divertido, como de científico despistado. Estaba pálido y unas cuantas gotas de sudor perlaban su frente.

—Más o menos... —contestó. A Alba le hizo gracia cómo pronunciaba la jota, como si fuera una ge—. Soy un monje —aunque a la niña le sonó como si hubiera dicho «soy un *monge*».

—¿De dónde es?

—Porto. Es una ciudad del norte de Portugal.

—¿Y qué hace aquí? ¿Se vuelve a su casa?

—Se podría decir que sí. Pero antes tengo que ver a un... amigo que viaja en el Tren del Norte.

—¿Cómo se llama? Igual lo conozco...

—Su nombre es Miguel. Es alto, de pelo moreno... y tiene un ángel dibujado en su brazo.

—¡Claro que sé quién es! ¡Es amigo mío!

El monje no pareció sorprendido por la afirmación de la niña.

—Lo sé —dijo. Alba pensó que aquello era imposible. Era la primera vez que veía a aquel hombre, así que dudaba de que le hubiera visto en el tren junto a Miguel—. ¿Sabes dónde está?

—Le tenían encerrado en uno de los compartimentos, pero yo le ayudé a salir. Ahora todo el mundo lo está buscando, no sé si le van a dejar volver.

El hombre perdió la mirada y asintió con la cabeza, pensativo.

Se acercó a la niña y le habló en voz baja, como si no quisiera que nadie más le escuchara.

—Es muy importante que Miguel vuelva a ese tren y es muy importante que, si lo ves, le des un mensaje. ¿Podrás hacerlo? —Alba asintió, decidida—. Tienes que decirle que, cuando quiera regresar a casa, lo único que tiene que hacer es imaginar el espejo y verse a sí mismo cruzándolo. ¿Eres capaz de recordarlo?

—Cuando quiera regresar, tiene que imaginar el espejo y verse cruzándolo —repitió la niña.

El hombre sonrió y se inclinó para ponerse a la altura de Alba.

—Y cuando lo haga, debe hacer una cosa más —añadió, hablando muy despacio para recalcar sus palabras—. Debe recordar su nombre.

—Su nombre —repitió la niña, sin terminar de entender por qué aquello era tan importante como el hombre le quería hacer creer. Este se incorporó intentando disimular un gesto de dolor que pareció sobrevenirle de pronto. Se llevó una mano al costado y Alba reparó por primera vez en que su túnica estaba manchada de sangre.

—¿Quiere que llame a un médico?

—No te preocupes —respondió con una sonrisa—. Solo recuerda lo que te he dicho. Y dile a Miguel que no se fíe de nadie. Quiroga tiene ojos más allá de sus propios muros.

La pequeña le miró sin terminar de comprender lo que quería decir. En lugar de darle una explicación, el hombre se limitó a sonreír.

—Hasta ahora has sido muy valiente, Alba, y aún vas a tener que serlo más —levantó la vista hacia el andén—. Ahora debes volver. Tu tren va a salir.

Alba volvió la vista y comprobó que los empleados de su padre se aseguraban de que los últimos pasajeros subieran de nuevo a bordo. Entonces, una pregunta cruzó su mente y se volvió hacia el monje.

—¿Cómo sabe usted mi...?

Pero sus palabras quedaron suspendidas en el aire. El hombre ya no estaba allí.

Alba se encogió de hombros y se dirigió hacia el tren. Mientras salía del recibidor, le extrañó el hecho de que, si aquel hombre acababa de llegar a la estación, bajo una tormenta tan descomunal, llevara su ropa totalmente seca.

VI

Sandra se acercó hasta los primeros vagones, junto a los que se encontraba Méndez, hablando con Castro. Ella sabía que este era el hombre que su amante había escogido para llevar a cabo el plan, aunque Sandra había manifestado sus dudas más de una vez. Castro llevaba trabajando con su marido desde hacía varios años, y siempre se había mostrado muy leal a él.

«Supongo que todo el mundo tiene un precio», pensó. Al fin y al cabo, ella también lo tenía. Si todo seguía tal y como estaba previsto, ella y Méndez se harían millonarios antes de que terminara el año. Después, quedaría la parte más difícil para ella. Pediría el divorcio a Ismael y haría pública por fin su relación con su socio.

Sabía que la noticia hundiría a su marido, pero así es como ella se había sentido a lo largo de los diez años que había durado su matrimonio.

Aunque al principio no había sido así. Los primeros meses, Ismael se había comportado como el hombre que ella había conocido, atento, cariñoso y soñador. Pero pasada la emoción inicial, la rutina y el trabajo los fueron separando. Alba nació y ella dejó su empleo en un bufete de abogados para cuidar de la niña. Ismael, encerrado en su oficina, llegaba a tiempo de acostar a Alba antes de encerrarse de nuevo en el despacho para seguir trabajando en los primeros bocetos del tren que ahora se preparaba para salir de la estación.

Aquel maldito proyecto los había ido separando sin que apenas se dieran cuenta. Víctor, que compartía las mismas responsabilidades que Ismael, no compartía, sin embargo, su obsesión, y se convirtió en un hombro sobre el que Sandra podía llorar por su fracasado matrimonio. En él encontró mucho más que un simple consuelo. Encontró una salida.

Ismael acabaría solo, sin dinero y compartiendo la custodia de Alba. Esta lo pasaría mal al principio. No lo entendería, de eso estaba segura. Pero era una niña, y no tardaría en acostumbrarse a la nueva situación.

Lo que sin duda resultaría más duro para su marido sería perder el proyecto de su vida. Pero, por más que lo intentaba, Sandra era incapaz de sentir compasión por él… y por aquel maldito Tren del Norte, que tenía las horas contadas.

«Rehará su vida», se consoló. «Encontrará otra cosa con la que obsesionarse».

Antes de llegar hasta Méndez, Castro vio que ella se acercaba, hizo un último comentario en voz baja a su jefe y desapareció en uno de los vagones.

—¿Todo bien? —le preguntó ella.

—Claro… —contestó Méndez con una amplia sonrisa.

—Sigue todo como habíamos hablado…

Él mantuvo su sonrisa mientras miraba a los últimos pasajeros que iban subiendo al tren.

—No es el momento para hablar de esto… —dijo entre dientes.

—Nunca lo es. Castro y tú parecéis empeñados en dejarme al margen. Te recuerdo que sin mí no habrías llegado hasta aquí, así que si hay algún cambio…

—¿Qué cambios puede haber? —preguntó él, serio de pronto.

—Creo que esta jovencita es suya —dijo una voz detrás de ellos.

Los dos se volvieron, sobresaltados. Bouzas acompañaba a Alba, que sostenía una bolsita con dulces.

—¿Dónde te habías metido? —preguntó su madre.

Alba contestó levantando la bolsa.

—En la cafetería del tren no tienen caramelos…

Méndez rio y revolvió el pelo de la niña.

—Me lo apunto como sugerencia para los próximos viajes —miró a Sandra—. Será mejor que subamos.

Méndez cedió el paso para que las dos subieran los escalones del vagón. Al volverse para ayudar a su hija, Sandra cruzó una mirada con Bouzas, que la observaba con interés, con el mismo gesto con el que alguien observa las piezas desperdigadas de un puzle que tiene que empezar a montar. Sandra desvió la mirada y se perdió en el interior.

VII

Miguel abrió tímidamente los ojos y trató de enfocar la mirada. Un ángel con los brazos abiertos le miraba con profunda tristeza, tal y como subrayaban las lágrimas que habían dejado dos surcos en sus mejillas. Se sintió en paz, pensando que tal vez había muerto y que aquel ángel había aparecido para guiarle en su nuevo viaje.

Pero entonces percibió en la nuca un dolor palpitante que iba ganando fuerza a medida que él recobraba la consciencia, y recordó dónde se encontraba.

Estaba tirado en el suelo de la sacristía de la iglesia. Había intentado seguir a Fernando en la oscuridad, pero algo o alguien lo había evitado. Se fijó en la estatua del ángel y le extrañó que fuera capaz de verla, cuando antes no podía ver ni a un palmo de su cara.

«Alguien ha dado las luces», pensó. Y entonces, unos pasos se aproximaron a él. Una mujer se acercó con un trapo mojado en la mano, con total naturalidad.

—Póntelo en la nuca, te calmará un poco.

Miguel le hizo caso y experimentó un pequeño alivio cuando la tela húmeda le rozó la piel. Se incorporó y observó a la mujer, que le resultó ligeramente familiar.

—¿Quién es usted?

—Me llamo Verónica Robledo. Viajo en el Tren del Norte.

Miguel recordó entonces haberse cruzado con ella poco antes en uno de los vagones.

—¿Esto ha sido cosa suya? —preguntó él, doliéndose de la cabeza.

—Solo lo del trapo. Lo del golpe se le debió de ocurrir a alguien más. Puede que al tipo ese con el que venías.

—¿Fernando? Si no fuera por él, a estas horas ya estaría muerto.

—¿Y dónde está ahora?

—Si no está aquí…, puede que la misma persona que me ha atacado a mí haya ido también a por él.

—Esta historia se va complicando por momentos…

—Aún no me ha dicho qué hace usted aquí.

—Te vi saltar del tren en cuanto llegamos a la estación. Me parece que el detective de Docampo no debe de estar muy contento. Tiene a varios hombres buscándote.

—¿Y por qué me ha seguido?

Verónica se acercó, sin disimular la preocupación que reflejaba su mirada.

—Porque sé que en ese tren está pasando algo. Y estoy convencida de que tú eres la causa. De lo contrario, no te habrían perseguido todo el viaje, no te habrían encerrado en un compartimento y la hija pequeña de Docampo no te habría ayudado a escapar, esposado como estabas.

—Usted es una de las periodistas que viajan en el tren, ¿verdad? Por eso ha venido hasta aquí. Para tener una noticia de primera mano.

—He venido para ayudarte.

—Por supuesto que sí. Los dos cadáveres del tren le dan igual.

—¿Dos cadáveres?

En un primer momento, Miguel lamentó no haber sido capaz de controlarse. Pero nada más escuchar aquellas palabras salir de su boca, comprendió que aquellas dos muertes no era algo que se debiera tapar. Aunque jugara en su contra, lo que había pasado en el tren tenía que salir a la luz, por mucho que Docampo insistiera en lo contrario.

—¿Cómo… cómo no se ha sabido nada? —preguntó Verónica.

—Porque a uno de ellos le disparó el mismo detective que me persigue, para salvarme la vida. El otro fue asesinado. Se trataba de la secretaria de Docampo.

—¿Quién lo hizo?

—Bueno…, lo cierto es que tengo muchas papeletas para haber sido yo, aunque no recuerdo nada de mi vida hasta que desperté esta mañana en uno de los compartimentos.

—Así que has venido aquí a esconderte.

—He venido porque creo que yo no he matado a la chica. Alguien más lo ha hecho e intenta incriminarme. Y llevo todo el viaje intentando averiguar por qué.

—Sigo sin entender qué haces en una iglesia…

Miguel empezó a hacerse una idea de lo complicado que iba a ser contarle ciertas partes de la historia a aquella mujer.

—Alguien… me dio un mensaje. Me dijo que en la Biblia podría encontrar la explicación que buscaba —suspiró—, pero creo que lo malinterpreté: en el fragmento que leí no había nada.

—¿Por qué? ¿Qué… de qué hablaba ese fragmento?

Miguel pensó que era una pérdida de tiempo compartir más detalles de la historia con aquella mujer, pero aun así contestó con desgana.

—Era un versículo del Apocalipsis. Un mensaje a la Iglesia en Sardes.

—¿Sardes? —repitió ella, extrañada.

Miguel la miró sin comprender el porqué de su gesto.

Después, Verónica metió la mano en su chaqueta y de un bolsillo interior sacó un papel doblado. Lo extendió y fue pasando el dedo por él de arriba abajo. De pronto, su mano se detuvo, y volvió a mirar a Miguel—. ¿Estás seguro de que ponía «Sardes»?

—Sí…, ¿por qué?

Verónica le extendió el papel. En el encabezado, Miguel pudo ver que se trataba de la lista de pasajeros del Tren del Norte, junto con el número del compartimento en el que viajaban.

—¿Cómo ha conseguido esto?

—Se la quité al jefe de expedición antes de empezar el viaje. Por si aparecía algún millonario al que mereciera la pena entrevistar.

La periodista señaló uno de los nombres que aparecían.

«Sardes, M. Compartimento 19».

Miguel recordó al médico con el que había hablado ya dos

veces. El hombre que también tenía la sensación de haberle visto antes de aquel viaje.

«Hay cosas que no tienen un porqué. No pierda tiempo buscándolo», era lo último que le había dicho.

«Muy bien, doctor, estaba usted equivocado», pensó Miguel.

· ·

VIII

Alba miraba por la ventanilla sin despegarse del cristal. Todos los pasajeros habían subido ya a bordo, y las puertas del tren se iban cerrando. En el andén, el jefe de estación miraba a ambos lados, dispuesto a dar la autorización para arrancar.

Algo llamó la atención de la niña cuando el hombre levantó el brazo. Otro hombre, de avanzada edad, llegaba desde el vestíbulo y le dirigía unas palabras mientras se acercaba al jefe de estación. Este asintió con la cabeza y se dirigió a una de las puertas para abrirla. Al aproximarse al vagón, Alba pudo reconocer al hombre, que intentaba recuperar el aliento. Era Fernando, el amigo de Miguel que le había ayudado a sacarlo del compartimento en el que lo tenían detenido.

Alba corrió hacia la puerta por la que entraba. Estaba calado hasta los huesos y no paraba de toser. A la niña le dio mucha pena verlo así, pero tenía otras prioridades.

—¿Miguel está bien? —le preguntó.

Fernando levantó la cabeza y la miró, sorprendido.

—¿No está aquí?

Alba negó con la cabeza.

—¿Adónde habéis ido?

—A una iglesia.

—¿A rezar? —Alba parecía extrañada.

Fernando sonrió.

—Deberíamos haberlo hecho. No... Miguel tenía que mirar una cosa. Pero nos separamos, alguien nos estaba siguiendo. No vi quién era, yo eché a correr... Imaginaba que Miguel me estaría siguiendo.

La niña era incapaz de ocultar su decepción.

—Tiene que volver... Tiene que encontrar al hombre que mató a Alicia.

—Puede que haya subido al tren y no te hayas dado cuenta. Pero tal y como están las cosas, lo mejor para él es alejarse de aquí lo máximo posible. Si le volvieran a atrapar, no tendríamos nada con lo que ayudarle.

· ·

IX

Verónica acompañó a Miguel a través de una puerta lateral, y la fuerza del viento la sorprendió de tal forma que casi la tiró al suelo. Caminaron hasta la fachada de la iglesia, ella cubriéndose la cabeza con el cuello de su chaqueta. Habló haciéndose oír por encima del ruido de la lluvia.

—¡Olvídate del tren! ¡Ya ha salido!

—¡Ese tren no puede llegar a su destino sin mí! ¡El hombre al que busco desaparecerá en cuanto se baje en Ferrol!

—¡Pero no tienes forma de volver a subir!

Escucharon el sonido de un motor que arrancaba a varios metros de allí. Un joven se ponía un chubasquero, de pie junto a su moto, que acababa de arrancar en un soportal. Miguel se volvió a la periodista.

—¡Si quiere su noticia, necesito que se ponga en contacto con la policía de Ferrol! ¡Cuénteles lo que pasa y haga que paren el tren!

—¡No quiero una noticia! ¡No he venido hasta aquí por eso!

—¿Entonces qué es lo que quiere? ¿Por qué me ha seguido?

Verónica lo miró fijamente a los ojos, y buscó las palabras para tratar de explicarle lo inexplicable.

—El viaje del Tren del Norte acabará con sangre. Lo he visto.

Miguel intentó sonreír, aunque la gravedad de las palabras de la mujer claramente le había afectado.

—Bueno… así es como ha empezado. No veo mejor modo de que termine.

Verónica le tomó del brazo, intentando retenerle un par de segundos más.

—Tú no lo entiendes… Tienes que alejarte de ese tren, ahora que aún estás a tiempo. Estás metido en una pelea que no puedes ganar.

Miguel la miró extrañado, borrando ya la sonrisa de su rostro.

—Avise a la policía. Tienen que parar el tren sea como sea.

Y echó a correr hacia el chico que se disponía a subir ya a su moto. El casco le protegió del golpe contra el suelo cuando Miguel lo empujó para saltar sobre el asiento, justo antes de acelerar y salir a toda velocidad.

Verónica lo vio alejarse y desaparecer tras una esquina, deslizando la rueda trasera sobre el asfalto mojado.

Se maldijo a sí misma por no haber sido capaz de nombrarle a Quiroga y el peligro que este representaba. Pero estaba convencida de que, cuanto más supiera sobre aquel nombre, más ganas tendría de volver a bordo para completar la información. Mantenerlo alejado del Tren del Norte era la única

manera de salvarle la vida, algo que ella se sentía en la obligación de hacer.

Porque poco después de ver cómo Alba ayudaba a Miguel
a escapar del compartimento, había comprendido por qué la
presencia de aquel chico le inquietaba tanto. Aunque aquella
era la primera vez que lo veía, reconoció sus rasgos y su mirada, orgullosa e inocente a un tiempo. Y por sorprendente y
absurdo que le pareciera, no tenía ninguna duda de cuáles eran
sus orígenes.

Verónica Robledo no solo conocía el futuro de Miguel.
También conocía su pasado.

· ·

X

Miguel no recordaba haber montado antes en moto, pero conducirla le pareció algo natural, como el poner un pie delante de otro para caminar. Ni siquiera las profundas balsas de agua que la lluvia creaba en el asfalto le hacían perder el control. Salió a la calle Uría con un arriesgado giro que le llevó casi a chocar con una furgoneta que avanzaba lenta y temerosamente. Un golpe de manillar y la moto recuperó la verticalidad, para después aumentar su velocidad y enfilar la avenida en dirección a la estación de tren.

El viento atacaba a traición, cambiando su dirección cada cinco segundos, y la lluvia impedía ver la calzada con claridad. Aun así, Miguel ganaba metros con increíble rapidez, levantando a su paso una cortina de agua que llegaba hasta la acera. A lo lejos le pareció ver el edificio de la estación, y con un leve giro de muñeca aceleró aún más.

Llegó a la plaza, y sin tan siquiera bajarse de la moto, descubrió a través de los cristales de la entrada que el andén donde se había detenido el Tren del Norte estaba vacío.

El tren había salido ya.

Sin perder un solo segundo, abrió gas y la moto salió despedida hacia la calle Uría de nuevo. Pero nada más llegar a la primera intersección, giró a su derecha y enfiló la primera calle hacia el suroeste, para sumarse, al cabo de unos doscientos metros, al tráfico de la avenida del Cantábrico.

Allí, los coches avanzaban con lentitud, ocupando todos los carriles en ambos sentidos. Miguel zigzagueó entre ellos, ajeno a los reproches de claxon que sonaban a su paso, y llegó hasta el arcén derecho, que no abandonó hasta que vio, a lo lejos, el último vagón del tren, perdiéndose tras una curva. Tomó la primera salida y siguió el recorrido del convoy, dejándose guiar más por su intuición que por su vista, ya que las vías aparecían y desaparecían a su derecha, y resultaba complicado seguirlas desde la calzada.

El tren volvió a aparecer cuando se encontró en la primera rotonda, lo que le hizo perder la concentración y dar un giro brusco al manillar para no chocar contra un coche que se detenía de pronto frente a él. Al hacerlo, los neumáticos de la moto perdieron adherencia y se deslizaron por el asfalto anegado, tirándolo al suelo. Miguel, sin embargo, se resistió a soltar el manillar, y aunque su pierna derecha estaba atrapada debajo de la máquina mientras esta patinaba, apretó los puños y aguantó el dolor. Varios coches tuvieron que frenar de golpe para evitar llevárselo por delante, chocando entonces entre ellos y provocando un caos mayúsculo en pocos segundos.

El ruido de los cláxones y de los frenos exprimidos al límite acalló por un instante el martilleo de la lluvia y el rugir de los truenos. Algunos conductores se asomaron por las ventanillas de sus coches para dedicar algún que otro insulto a Miguel, que se puso en pie sin descabalgar y continuó la marcha.

La pierna le palpitaba en el lugar donde había quedado atrapada bajo la moto, a la altura de la rodilla, pero Miguel no tenía tiempo ni tan siquiera de pensar en ella. El tren había vuelto a desaparecer, aunque la vía estaba a la vista, y discurría paralela a la calle en la que se encontraba. La moto continuó su marcha, esquivando los coches que circulaban con imprecisión por las calles convertidas en piscinas.

Al cabo de un minuto, el tren volvió a aparecer, avanzando pesadamente hacia el oeste. Miguel abrió gas y se inclinó sobre el manillar, ofreciendo menos resistencia al viento y ganando velocidad.

La ciudad iba quedando atrás, y el tráfico disminuía a medida que se alejaban de ella. Miguel encontraba cada vez menos obstáculos en su camino, por lo que la distancia que lo separaba del Tren del Norte se iba reduciendo.

Las vías discurrían en todo momento a unos treinta o cuarenta metros a la derecha de la carretera, pero imaginaba que no seguirían paralelas mucho más tiempo. Tenía que encontrar la manera de subirse al tren, al que ya iba adelantando. La aguja del velocímetro llegaba ya a las tres cifras. De vez en cuando, se encontraba con algún coche aparcado en el arcén o saliendo de un camino vecinal, por lo que se veía obligado a conducir por el carril del sentido contrario, esquivando a los coches que venían de frente.

Levantó la vista y le pareció adivinar, a través del manto de lluvia, un puente bajo el que pasaba la vía. Miró a su derecha y comprobó que el tren iba quedando atrás. Era su oportunidad.

Llegó hasta el cruce e hizo derrapar su rueda trasera para poder enfilar la nueva carretera sin reducir su marcha. Avanzó treinta metros hasta detenerse en lo alto del puente y se bajó de la moto.

El Tren del Norte surgió de entre la lluvia y pasó bajo sus pies, a unos cinco metros de donde él se encontraba. El suelo se sacudió al paso del convoy, así que Miguel no pudo distinguir si el temblor de su cuerpo se debía al rugir del tren o a los nervios que le producía pensar lo que estaba a punto de hacer. Se subió a la barandilla de metal que bordeaba el paso elevado y vio los vagones desaparecer uno tras otro. En tres segundos, todos ellos habrían cruzado el puente, y su oportunidad se habría esfumado.

Le llevó un segundo decidirse a saltar, y otro más para recorrer los cinco metros que lo separaban del techo del tren. Un segundo más tarde, y habría caído directamente a las vías.

Pero sus pies cayeron sobre el techo del último vagón. Un dolor semejante al de una descarga eléctrica le llegó desde su pierna herida, y le subió por la espalda. Cayó de frente, tan al límite del vagón que su cabeza asomó por la retaguardia del tren y vio cómo las traviesas de las vías se sucedían a gran velocidad.

Después de todo el esfuerzo que le había supuesto alejarse del Tren del Norte, estaba de nuevo en él.

Aún quedaban unos trescientos kilómetros para llegar a Ferrol, pero Miguel tenía la sensación de que su viaje estaba cerca de terminar.

OVIEDO - FERROL

I

Caminó agachado sobre el techo hacia la parte delantera. Las vías avanzaban al oeste en línea recta, así que no tenía demasiados problemas para mantener el equilibrio.

Levantó la vista y observó el tren, cuya cabeza se perdía a lo lejos entre la lluvia. Llegar hasta el quinto vagón se le antojó una cruzada difícil de completar, pero fue avanzando paso a paso, obligando a su cerebro a olvidarse del dolor constante de su pierna derecha. Agradeció por una vez el viento a su espalda, que le empujaba a seguir adelante y le impulsaba cada vez que tenía que saltar de un vagón a otro.

Detrás de las nubes grises, el sol se empezaba a ocultar, abandonando el mundo a merced de la tempestad. Los relámpagos se multiplicaban, estallando en el cielo como salvas infinitas de cañonazos.

Durante un momento, Miguel tuvo la sensación de encontrarse en una realidad paralela, en un mundo mitológico en el que la tierra y el cielo se enfrentaban en una guerra despiadada, a la que él asistía a lomos de una bestia de hierro a la que intentaba gobernar sin éxito.

Dio un salto hacia el siguiente vagón y tuvo la sensación de que su pierna derecha se convertía en gelatina. Cayó de rodillas y aprovechó para recuperar el aliento. No sabía cuántos vagones había cruzado ya, pero adivinó a lo lejos la silueta de la locomotora. Contó los vagones que lo separaban de ella y comprobó aliviado que se encontraba encima del quinto.

Se asomó por el lateral que daba a los compartimentos y contó las ventanillas hasta dar con la que le interesaba. Después, se arrastró hacia ella y se agarró a un saliente del techo, para descolgarse con cuidado y permitir que sus pies encontraran un débil apoyo en el marco. Agachó la cabeza lo justo para poder ver a través del cristal.

El compartimento estaba vacío. Miguel era consciente de que no aguantaría mucho más tiempo en esa posición, y encontrar las fuerzas para impulsarse de nuevo hacia el techo le resultaba imposible. Por un instante, pensó que no tendría más remedio que intentar romper el cristal a patadas, ya que la otra opción era soltarse y dejarse caer. Pero entonces, la puerta del baño del compartimento se abrió y Fernando apareció de su interior, secándose las manos con una toalla y cerrando la puerta tras él. Nada más hacerlo, sus ojos captaron algo inusual en el exterior y se abrieron de par en par al observar a Miguel, luchando contra su propio cuerpo para seguir abrazado al tren.

Fernando se quedó inmóvil durante medio segundo. Su cerebro procesó la información que sus ojos le transmitían y acto seguido se abalanzó sobre la ventanilla, para abrirla y ayudar a Miguel a pasar al interior.

—Si vas a entrar muchas más veces por aquí, tendré que pensar en poner un felpudo y un timbre —bromeó, mientras corría el cristal para mantener a raya la tormenta.

—¿Dónde... dónde te habías metido? —preguntó Miguel.

—Salí corriendo de la iglesia, pensé que tú venías detrás. Cuando me di cuenta de que no me seguías, dudé si volver a por ti, pero pensé que te habrías ido por otra calle o que habías decidido quedarte en la ciudad, que, tal y como están las cosas, es lo que deberías de haber hecho.

De rodillas sobre la alfombra, y abrigado por la calefacción del compartimento, Miguel fue consciente por primera vez de su piel, fría por la ropa mojada, y del cansancio de su cuerpo, al que había llevado al límite varias veces ya en las últimas ocho horas. Además, el dolor de su pierna derecha se acentuó al sentir la relajación de los músculos. Miguel se llevó una mano a la herida cuando se intentó poner de pie.

—Déjame ver eso —le pidió Fernando, mientras le ayudaba a sentarse en la cama. Levantó la pernera del pantalón y dejó al descubierto la rodilla en carne viva, rodeada por un negro moratón que se le extendía hasta el muslo. Miguel agradeció los dos antiinflamatorios que su amigo le extendió. Sus músculos estaban tan al límite que ni siquiera necesitó agua para tragar las dos pastillas. Pero Fernando tenía claro que mitigar el dolor no era la solución—. Necesito hielos y vendas limpias. Hay que proteger la herida y bajarte la inflamación.

—No tengo tiempo. Necesito encontrar a Sardes.

—¿A quién?

—Sardes. El nombre que salía en el versículo de la Biblia. Es el apellido de uno de los pasajeros del tren, un médico con el que me viste hablando esta mañana. Él creía conocerme de algo, y ahora todo empieza a encajar. Ese hombre tiene que saber quién soy yo y qué demonios hago aquí.

—Con esa pierna así, no vas a llegar muy lejos.

—No me hace falta llegar muy lejos. Solo a seis compartimentos de distancia. Agarró el pomo de la puerta, decidido a salir.

No se imaginaba que, al otro lado, alguien le estaba esperando.

....

II

Víctor Méndez vació la pequeña botella en su vaso con hielo y dio un pequeño sorbo, saboreando cada gota de whisky mientras veía cómo el hielo se derretía y recolocaba dentro del vaso. Frente a él, la oscuridad del exterior ganaba la batalla al día y sumía el paisaje en tinieblas.

Llamaron a la puerta. Castro lo miraba desde el pasillo con expresión lastimera.

—Estamos a media hora de Luarca.

Méndez tomó aire y asintió con la cabeza. Sin decir nada más, se volvió hacia la ventanilla, echó un último vistazo al exterior casi invisible, y vació el vaso de un trago. Después lo dejó sobre la mesa con solemnidad, como si todo fuera parte de un ritual previamente ensayado.

Se volvió hacia Castro con una sonrisa y salió de su compartimento.

III

Alba se echó en los brazos de Miguel nada más verlo aparecer tras la puerta del compartimento de Fernando. Fue tal la sorpresa, que Miguel estuvo a punto de caer al suelo.

—¡Estás bien!

—Lo estaba hasta que me has provocado un ataque al corazón.

Fernando se apresuró a cerrar la puerta, incómodo.

—Y esto es a lo que yo llamo «no llamar la atención».

—¡Pensaba que no ibas a volver! —gritó la niña.

Miguel se llevó un dedo a los labios para pedirle que bajara la voz.

—Tenía que volver para darte las gracias por haberme ayudado tanto. Además, tengo que hablar con una persona, y después, todo se habrá terminado.

El rostro de Alba se iluminó cuando pareció recordar algo.

—Yo también he hablado con alguien. Vi a un hombre en la estación, una especie de cura, aunque no iba de negro.

—¿Un monje? —preguntó Fernando. La niña asintió con la cabeza—. ¿Cómo se llamaba?

—No lo sé. Solo sé que era de otro país. Un sitio que se llama Porto —se volvió a Miguel—. Creo que estaba herido, y me dijo que te diera un mensaje. Por eso había venido hasta aquí, se lo iba a contar a él por si yo no te veía —concluyó, señalando a Fernando.

—¿Un mensaje para mí? ¿Estás segura?

—Dijo que si querías volver… —hizo un esfuerzo por recordar las palabras exactas— … si querías volver, tenías que imaginarte cruzando el espejo. Y que tenías que hacerlo recordando tu nombre.

—¿Volver a dónde? —preguntó Fernando.

—A casa.

Miguel recordó los sueños que había tenido aquel día, en los que miraba un enorme espejo enmarcado en unos relieves de pesadilla, acompañado por dos mujeres. Pero ¿cómo podría haberlo sabido aquel hombre?

—Esto no tiene el más mínimo sentido —Fernando parecía igual de perdido que él.

—¿No te dijo nada más? —preguntó Miguel a la niña. Alba negó con la cabeza—. ¿Viste si viajaba en el tren?

—No lo sé. Se fue de golpe, pero yo no lo había visto antes.

Miguel resopló, intentando obligar a su cabeza a que encontrara alguna explicación a todo aquello. Pero sabía que la única manera de obtener las respuestas que necesitaba era hablar con el médico del compartimento 19, la única persona en el tren que podría saber qué demonios estaba pasando allí.

Se puso en cuclillas frente a Alba y descansó las manos en sus hombros.

—Escúchame, tengo que ir a hacer algo muy importante.

—¿Vas a atrapar al hombre que mató a Alicia?

—Espero que sí... En cualquier caso, podría haber más problemas.

Recordó las palabras de la periodista, frente a la iglesia en Oviedo. «El viaje del Tren del Norte acabará con sangre». Aun así, la palabra «problemas» le pareció la más indicada en aquel momento.

—Te ayudaremos los dos —aseguró Alba, cruzando una sonrisa con Fernando.

Miguel negó con la cabeza.

—Tú ya me has ayudado demasiado. Lo que ahora necesito es que busques un buen escondite y te metas en él si ves que hay problemas.

—¿Y qué hago después?

—Esperar a que todo termine. ¿Serás capaz de hacerlo? —Alba no parecía muy convencida—. ¿Por mí?

Ella no tuvo más remedio que asentir.

—Tengo miedo de que te pase algo.

—Yo también tengo miedo. Pero me sentiré mucho mejor si sé que tú estás a salvo.

La niña le abrazó y él la estrechó con fuerza. Después, le dio un golpecito en la espalda y la separó.

—Ahora vete. Y recuerda: a la menor señal de que algo malo está pasando, escóndete y no salgas.

Alba se dio media vuelta y abrió la puerta. Antes de salir, se volvió hacia su amigo.

—El monje también dijo otra cosa. Dijo que no te fiaras de nadie. Que Quiroga tiene ojos más allá de sus muros.

Miguel sintió los músculos de su cuerpo tensándose nada más oír aquel nombre, como si fuera un acto reflejo.

En cuanto la niña salió del compartimento, Miguel se levantó y se volvió hacia Fernando.

—Es hora de acabar con esto.

....

IV

Nadie contestaba tras la puerta del compartimento 19. Miguel la golpeó varias veces, mientras Fernando, a su lado, no dejaba de mirar a un lado y a otro del pasillo.

—No puedes quedarte aquí, a la vista de todos.

Miguel se apartó de la puerta y se ajustó el cinturón de sus pantalones. A pesar de tener un par de tallas más, Fernando le había dejado ropa suya para evitar que fuera dejando un reguero de agua a su paso.

—Estará en uno de los salones.

—Entonces deja que lo busque yo. Tú espera en mi cuarto, y yo lo llevaré allí.

—No puedo esperar, Fernando. Quiero llegar al final de esto de una vez por todas.

Pasó al vagón cafetería y se detuvo en la puerta, buscando su objetivo con la mirada. Todas las mesas estaban ocupadas, e incluso la barra se encontraba llena de gente. Faltaba poco para la cena, así que casi todo el mundo aprovechaba para tomar una copa antes de sentarse a las mesas.

LAS CRÓNICAS DEL VIAJANTE - EL PASAJERO 19

Miguel se aventuró entre los pasajeros, sorteándolos y estirando el cuello para poder ver por encima de ellos e intentar encontrar al médico. Fernando caminaba tras él, con gesto preocupado, sin dejar de mirar a su espalda para asegurarse de que nadie los seguía.

Llegaron al final de la cafetería y pasaron al vagón biblioteca. Allí, las mesas también estaban ocupadas, pero al no haber apenas gente de pie, Miguel pudo hacer un barrido con la mirada y localizó al hombre que buscaba. Hablaba con otro hombre, sentado a una mesa, frente a un sencillo vaso de agua.

—Allí está. El hombre de las gafas —apuntó a su amigo.

Miguel dio un paso al frente y, nada más hacerlo, la puerta al otro lado del vagón se abrió. Bouzas pasó al interior y se quedó petrificado al ver a Miguel, en el otro extremo del vagón.

—Maldita sea... Te dije que era un error —susurró Fernando en su oído.

Miguel y el detective se miraron dos segundos sin moverse, sorprendidos por encontrarse allí. Miguel miró de reojo a un lado y, antes de que moviera un músculo, Bouzas comprendió cuál iba a ser su próximo movimiento. El chico, con extrema rapidez, extendió su brazo derecho y alcanzó la argolla que descansaba sobre el cartel de «Parada de emergencia».

De la garganta del detective salió un tímido «no», que prácticamente nació muerto. Su cuerpo se vio despedido hacia delante, al igual que el del resto de los viajeros. Solo Miguel, que había provocado la parada repentina del tren, tuvo tiempo de buscar asidero y mantuvo el equilibrio mientras todo a su alrededor era impulsado hacia la cabeza del tren a consecuen-

⟵ · 265 · ⟶

cia de la inercia. Las mesas y las sillas, ancladas al suelo, recibían resignadas el impacto de los pasajeros, muchos de los cuales acabaron proyectados hacia el pasillo.

Sus gritos se vieron amortiguados por el quejido metálico de las ruedas del convoy, obligadas a frenar en seco.

Antes incluso de que el tren se hubiera detenido del todo, Miguel, en dos grandes zancadas con las que saltó a varias personas que chocaban en el suelo, se plantó junto al médico, que había conseguido sujetarse a los bordes de su mesa y que era de los pocos que aún conservaban la verticalidad. El otro hombre con el que hablaba antes, sin embargo, se encontraba un par de metros más atrás, intentando librarse de los cuerpos de otras dos personas que le habían caído encima.

—Venga conmigo, doctor. Necesito hablar con usted.

El médico, desconcertado, ni siquiera miró al rostro de su acompañante, y se dejó arrastrar por el pasillo, lejos del detective. Antes de salir hacia el vagón cafetería, Miguel volvió la cabeza y vio a Bouzas asomarse por la otra puerta, con ambas manos apoyadas en el marco para ganar estabilidad. Cruzaron una mirada durante medio segundo y continuó la carrera.

—¡Vamos, Fernando!

Este había caído al suelo de rodillas, y había conseguido no desplazarse más de un metro gracias a que se había agarrado al extremo de una mesa. Cuando Miguel pasó a su lado apremiándole, murmuró un insulto y siguió a los dos hombres.

En el vagón cafetería, la gente empezaba a levantarse del suelo, ayudados por los que habían conseguido mantenerse estables. Miguel y el médico atravesaron el pasillo seguidos muy de cerca por Fernando. Antes de llegar a los vagones de pasajeros, Miguel pudo ver que Bouzas, que intentaba darles alcance, todavía esquivaba los últimos obstáculos en el vagón anterior.

En el pasillo de los últimos compartimentos únicamente se encontraron con un par de personas, que habían salido de sus cuartos en busca de una explicación para la súbita frenada. Miguel no aminoró el paso.

—¿Se puede saber adónde vamos? —preguntó el médico.

—Eso es justo lo que le iba a preguntar yo, doctor.

La determinación de Miguel y la presión de sus dedos alrededor de su brazo aconsejaron al hombre que no ofreciera resistencia, y así lo hizo. Se dejó llevar hasta el siguiente vagón, y se detuvieron frente a la puerta número 13. Allí, Fernando sacó una llave de su bolsillo y abrió la puerta. Pasaron al interior y guardaron silencio, mientras las voces de los demás pasajeros, indignados, se elevaban cada vez más, pidiendo explicaciones de lo ocurrido.

—Diría que estamos a salvo. Si el detective nos hubiera visto entrar, ya estaría tirando esta puerta abajo —apuntó Fernando.

—¿Me van a explicar ahora qué demonios estamos haciendo aquí? —preguntó el médico.

—Creo que usted lo sabe mejor que yo.

Miguel clavó su vista en él, amenazante. El médico entornó los ojos, como si intentara descifrar qué le quería decir aquel chico con la mirada.

—Lo único que sé es que me está haciendo perder el tiempo.

El médico hizo un amago de acercarse a la puerta, pero Miguel le cerró el paso con el brazo.

—¿Tiene algo más importante que hacer?

—¡Desde luego que sí!

—Usted es el único que cree haberme visto antes... Y el mensaje de la Biblia era sobre usted.

—¿La Biblia? —repitió el médico, entornando los ojos, sin comprender.

—Usted... usted está en el compartimento 19.

—¿Y qué importancia tiene eso? ¿Qué tiene esto que ver con la Biblia? ¿O conmigo? ¡¿Qué demonios estamos haciendo aquí?!

El médico buscó respuestas en Fernando, que no había abierto la boca en ningún momento. Lo único que hacía era pasear su mirada de uno a otro, como el espectador de una película cuyo argumento no termina de comprender, pero de la que no puede apartar la vista.

El doctor no parecía amedrentado por la actitud de Miguel. Y tampoco daba la impresión de que se hubiera visto descubierto o de que supiera siquiera de qué le estaban hablando. Miguel empezó a dudar de lo que hacían allí. De pronto, toda la historia del mensaje oculto en la caja metálica y del versículo de la Biblia le pareció absurda. La coincidencia de los nombres no había sido sino eso: una simple casualidad.

Aquella idea fue la chispa que prendió de rabia el corazón de Miguel. Furioso, empujó al médico contra la puerta y lo retuvo allí, sujetándole por las solapas de su chaqueta.

—¡Escúcheme bien! ¡Ya han muerto dos personas! ¡Y alguien está jugando conmigo para que crea que me estoy volviendo loco! Pienso llegar al fondo de todo esto, señor Sardes, y usted me va a ayudar porque sé que de un modo u otro tiene algo que ver en toda esta historia.

—¿Cómo me ha llamado? —el médico parecía extrañado.

—¿Cómo quiere que le llame? —preguntó a su vez Fernando—. Le ha llamado por su apellido: Sardes.

—Entonces ha habido un error. Ese no es mi apellido. Se han equivocado de persona.

Miguel, desconcertado, aflojó la presión con la que acorralaba al médico.

—Pero usted viaja en el compartimento 19. En la lista de pasajeros figura su nombre.

—Figura el nombre de la persona que viaja conmigo. Y es el motivo de que me vea obligado a cruzar el país en mitad de esta tempestad. Sardes es mi paciente… y su vida está en peligro.

....

V

Dejaron la puerta entreabierta para escuchar las explicaciones que los empleados del tren daban a los todavía molestos pasajeros.

La parada tan brusca se había debido a la imprudencia de uno de los viajeros, y el señor Docampo quería transmitir a todos sus más sinceras disculpas por lo ocurrido.

El pasillo tardó un par de minutos en quedar despejado, momento que aprovecharon para salir del compartimento y caminar a paso ligero hasta el vagón siguiente, con el médico en cabeza. Cuando llegaron a la puerta 19, este sacó la llave de su bolsillo y la hizo girar en la cerradura. Los tres hombres pasaron al interior, en penumbra.

—No den la luz. Al hacerlo, se activa también el sistema de ventilación, y no es el aire más adecuado para mi paciente —el médico los advirtió mientras dejaba sobre una mesa el pequeño aparato que Miguel le había visto antes.

Un pequeño flexo sobre la mesa era la única fuente de luz, suficiente para dejar ver una serie de máquinas que, dispuestas alrededor de la cama, registraban las constantes vitales del enfermo. Miguel se dio cuenta de que los números que aparecían en estas pantallas se reflejaban también en el dispositivo portátil que el médico había dejado sobre una mesa.

—Lo llevo por si surge alguna complicación cuando no estoy aquí —confirmó el médico, como si leyera los pensamientos de Miguel.

Este se volvió hacia la cama donde se encontraba el paciente, oculto tras un plástico translúcido que colgaba del techo y que impedía ver sus rasgos.

Sin embargo, sí que permitía adivinar el tamaño de su cuerpo. Las sábanas que lo cubrían apenas se ahuecaban hasta la mitad de la cama.

—Es un niño… —murmuró Fernando, mirando a Miguel.

Este clavó los ojos en la silueta que se recortaba al otro lado del plástico.

—Llegó a mi hospital de Bilbao hace unos días. El edificio donde vivía con su abuela se vino abajo a raíz de un incendio, en plena noche. Sobrevivió al derrumbamiento, pero un trozo de viga le atravesó el pecho y le desgarró el corazón. Cuando llegó al hospital, lo mantuvimos estable, pero no había nada que hacer. Y entonces apareció él.

—¿Él… quién?

El médico se quitó las gafas y las limpió con el faldón de su chaqueta, como si no se atreviese a responder y buscara cualquier distracción para no hacerlo. Fernando le apremió.

—Doctor…

—Un monje —dijo finalmente—. Debía de ser portugués o brasileño, a juzgar por su acento. No dijo su nombre. Llegó en plena noche, entró en su habitación... y le salvó la vida.

Fernando y Miguel intercambiaron una mirada. De nuevo aparecía aquel hombre...

Fernando, sin embargo, no parecía muy dispuesto a creer siquiera que aquel monje existía. Sonrió y negó con la cabeza.

—Así que un monje le devolvió la vida al niño... Pensaba que los médicos no creían en los milagros.

—Yo también pensaba lo mismo —aseguró el doctor, mirando a Miguel. Este recordó la extraña conversación que habían tenido en la cafetería.

—¿Cómo le salvó?

El médico se sentó en una silla y se ajustó las gafas.

—Ni siquiera yo sé responder a esa pregunta. Lo que hizo ese hombre... escapa a toda explicación científica.

—¿Qué quiere decir? ¿Que le hizo beber al niño del Santo Grial? ¿Que le envolvió con la Sábana Santa? —Fernando parecía pasarlo en grande con aquello.

—¿Qué más da lo que hiciera? Le salvó la vida. Es todo lo que necesito saber.

—Si el niño está bien, ¿se puede saber qué hacen en este tren?

—En Santiago le espera uno de los mejores cardiólogos de Europa para hacerle un trasplante. Con el Hortensia, todos los vuelos y trenes han sido cancelados. La única esperanza que le quedaba a este chico era que tomáramos este tren a Ferrol. Allí, una ambulancia nos espera para llevarnos a Santiago.

—¿Y dónde está su familia? —preguntó Fernando.

—Ahora mismo, toda su familia soy yo. Hasta donde yo sé, no tiene padres. Y ahora ha perdido a su abuela. Todo lo que le queda de ellos ha cabido en una maleta.

El cuerpo de Miguel sufrió una pequeña sacudida, como si un escalofrío le hubiera recorrido de pies a cabeza.

—Ese hombre, ¿no habló con usted? ¿No le contó por qué le había ayudado?

—Aprovechó una ausencia mía para colarse en la habitación. No pasó con el niño más de dos minutos. Me dijo que lo que había hecho por él no duraría mucho y que buscara ayuda lo antes posible. No me dio más explicaciones y desapareció. Yo entré al cuarto y vi que el ritmo cardíaco del pequeño era débil, pero constante. Se suponía que no iba a sobrevivir a la noche, y ese hombre le regaló varios días más, lo justo para llegar a tiempo de recibir el trasplante.

Miguel se acercó a la burbuja de plástico que lo protegía. Miraba la silueta del niño con los ojos muy abiertos y una expresión de incredulidad grabada en su rostro.

—Abra el plástico.

—Oigan, yo he hecho lo que me han pedido. Ahora tienen que irse.

—Tengo que verle.

—El oxígeno de la burbuja le protege del aire viciado del sistema de ventilación del tren. Solo la abro cuando es estrictamente necesario.

—Dos personas han muerto en este tren desde esta mañana. Y de un modo u otro, este niño está relacionado. Créame que abrir la burbuja es estrictamente necesario.

Miguel y el médico se mantuvieron la mirada sin decir

nada más, como si guardar silencio fuera una demostración de fuerza. Fernando se acercó a Miguel.

—En cualquier caso, no veo de qué modo puede estar él relacionado con el asesinato de la chica. Es solamente un niño...

—Abra el plástico —repitió Miguel.

—Ya ha oído a su amigo. Es solamente un...

—Ábralo, no se lo volveré a repetir.

El médico suspiró, pero prefirió no oponer más resistencia. Descorrió una cremallera que cruzaba la burbuja de arriba abajo, y la apartó un poco.

La figura del niño dejó de ser una imagen borrosa, pero la poca luz del compartimento impedía que se pudieran distinguir los rasgos de su cara. Sin embargo, Miguel entornó los ojos, como si hubiera algo en aquel rostro en penumbra que le desconcertara.

—El flexo... —pidió, extendiendo el brazo, sin apartar la mirada del niño, que dormía un sueño plácido del que no le convenía despertar. Tenía los brazos extendidos a ambos lados de su cuerpo, y debajo de su pijama de hospital asomaban unas vendas que le llegaban justo hasta las muñecas.

Fernando obedeció y agarró la pequeña lámpara. Tiró un poco del cable para liberarlo de la parte trasera del escritorio y se lo dio a Miguel. Este, lentamente, como si estuviera a punto de aventurarse en una gruta en la que esperase encontrar el mayor de los horrores, acercó la luz al rostro del niño.

Su gesto de serenidad contrastaba con la expresión de terror de Miguel. Sus ojos amenazaron con salirse de sus órbitas, y su boca se entreabrió con un ligero temblor. Sus dedos flaquearon y la lámpara cayó al suelo.

—Miguel… —Fernando miraba desconcertado a su amigo. Este reculó un par de pasos, sin apartar la mirada del niño. Después, buscando a tientas la puerta del cuarto de baño, la abrió de golpe y pasó al interior.

Se apoyó en el lavabo, aunque sus brazos parecían incapaces de sostenerlo. Intentó tragar saliva, pero un nudo en su garganta se lo impedía. Le faltaba el aire y se concentró en respirar. Sus pulmones, sin embargo, se negaban a recibir más oxígeno. Todo su cuerpo se rebelaba contra él, como si hubiera recibido la orden de apagarse y ahora fuera incapaz de ponerse de nuevo en marcha.

Fernando se acercó y puso la mano en su espalda, preocupado.

—Miguel, ¿qué es lo que pasa? ¿Conoces al crío?

—Sí…, lo conozco bien… —todavía inclinado sobre el lavabo, consiguió responder con un hilo de voz.

—Así que no recuerdas nada de tu vida pasada, pero recuerdas a este niño.

—Eso es…

—¿Y se puede saber cómo demonios es eso posible?

Miguel levantó la cabeza y miró a Fernando en el espejo. Sus ojos se encontraron en el cristal mientras Miguel reunía el valor que necesitaba para pronunciar las palabras que su cerebro se negaba a procesar.

—Porque ese niño soy yo.

VI

Sentado frente al escritorio de su compartimento, Docampo no dejaba de repasar una y otra vez los papeles que Alicia había ido recopilando en los últimos meses y en los que recogía el mastodóntico fraude que Víctor pensaba llevar a cabo. Cuanto más se sumergía en los documentos, más se ahogaba en ellos. La magnitud de la operación le había sorprendido en un principio, pero ahora que se había sentado con más calma a repasar aquellas notas, era consciente de que la telaraña que su socio había tejido alrededor de la compañía que dirigían era mucho mayor de lo que imaginaba.

Docampo se asombró ante la meticulosidad con la que su secretaria había ido anotando números de cuentas bancarias en paraísos fiscales, o los nombres de políticos y empresarios que también formaban parte de la trama.

Era consciente de que hacer públicos aquellos documentos significaría años de cárcel para Víctor, y era más que posible que supusiera también el cierre del Tren del Norte, que apenas contaba con unas horas de vida.

Pero estaba igualmente seguro de que denunciar a su mejor amigo era lo único que podía hacer.

Alguien llamó a la puerta. Docampo recogió los papeles y los guardó en un cajón de la mesa, antes de recibir a su invitado con un seco «adelante». Castro se asomó al interior, con medio cuerpo en el pasillo.

—Señor Docampo, necesito que me acompañe un momento al vagón de equipajes.

—¿Qué ocurre?

—Parte del techo se ha desprendido. Pensé que querría tratar el problema en persona.

—¿Tan grave es?

—Lo justo para vernos obligados a parar en Luarca. Pero prefiero que lo vea usted y decida.

Docampo resopló y se puso en pie. Pensó que aquella grieta sería mucho más fácil de cerrar que la que él mismo abriría a la mañana siguiente.

· ·

VII

—Creo que hoy has tenido emociones demasiado fuertes. Tanto ajetreo te ha tenido que afectar la cabeza.

—No me he vuelto loco, si es lo que estás insinuando.

Fernando mantenía la puerta del cuarto de baño entornada, lo justo para evitar que el médico escuchara su conversación y al mismo tiempo tenerlo vigilado y asegurarse de que no diera la voz de alarma.

—Lo único que digo es que tu cabeza te ha estado fallando todo el día. Es normal que ahora te juegue una mala pasada.

—Fernando, ese niño que está ahí tumbado soy yo, no tengo ninguna duda.

—¿Cómo puedes estar tan seguro? ¡Ni siquiera recuerdas tu propio nombre!

—Cuando lo he visto, he sentido una especie de… revelación. No sé cómo llamarlo, pero algo dentro de mí ha reconocido esa cara. De pronto, mi cabeza se ha llenado de imágenes de cuando era pequeño. No puedo estar equivocado.

—¿Te das cuenta de lo absurdo que resulta eso? Si ese niño

fueras tú… —Fernando sonrió al pensar las palabras que estaba a punto de pronunciar—, significaría que has venido hasta aquí del futuro. Y antes de pensar eso, entiende que me parezca más lógico pensar que, sencillamente, estás como una cabra.

Miguel abrió la puerta y pasó a la habitación. Se dirigió al médico, que había vuelto a cerrar la burbuja de plástico. Miguel agradeció no tener el rostro del niño a la vista.

—En la lista de pasajeros aparecía su inicial, una «M»…

—De Miguel. Miguel Sardes.

Miguel se volvió hacia Fernando, mirándole con un gesto que daba a entender que no hacían falta más pruebas para creer su historia.

—Eso no quiere decir nada. Tú mismo me has contado que escogiste hoy mismo ese nombre por el tatuaje de tu brazo.

—Son quemaduras.

—¿Qué?

—La piel debajo de mis tatuajes está quemada, igual que la suya. Debí de hacérmelos para tapar las cicatrices del incendio. Y la operación que le van a hacer en Santiago…

Dejó la frase en el aire y se abrió la camisa, revelando la cicatriz que cruzaba su pecho de arriba abajo.

—¿Me van a explicar de una vez qué es lo que está pasando? —el médico estaba cada vez más nervioso. El miedo por la actitud de los dos hombres había dejado paso a una exasperación que iba en aumento a cada minuto que pasaba.

Pero Miguel no parecía haberle escuchado. A través del plástico, miraba la silueta de aquel niño. En efecto, pensar que aquel crío enfermo podía ser él mismo era una auténtica locura. ¿Pero acaso había vivido un solo momento aquel día que no lo fuera?

Desde que se había despertado sin memoria junto al cadáver de una desconocida, había tenido visiones en las que se veía transportado a otro lugar, había averiguado el nombre de uno de los pasajeros en las páginas de una Biblia a la que había llegado gracias a un mensaje oculto y había descubierto que podía ver a los muertos.

Todo aquel día había sido demencial. Considerar la idea de que había viajado en el tiempo no tenía por qué salirse de la rutina.

········ · · · · · · · · · · · · · · · · ·

VIII

Sentada a una de las mesas del vagón casino, Sandra miró su reloj, nerviosa, y dio un nuevo trago a su copa. Habían salido de Oviedo hacía ya tres cuartos de hora, por lo que Luarca no debía de encontrarse muy lejos. Era difícil adivinarlo con aquella oscuridad devorando el paisaje al otro lado de la ventanilla. A juzgar por lo que se veía a través del cristal, Sandra podría haber asegurado que, en lugar de Asturias, se encontraban en las entrañas del mismísimo infierno. A pesar del traqueteo del tren y el estallido incesante de los truenos, le pareció escuchar su propio corazón golpeándole el pecho. Le resultó curioso. Víctor y ella habían trazado aquel plan con meses de antelación, y en ningún momento había sentido la más mínima vacilación. Pero ahora que unos pocos segundos la separaban de su objetivo, su cuerpo se rebelaba. Las palmas de sus manos sudaban y se veía obligada a secárselas en su vestido. Su garganta se tensaba y se relajaba sin cesar para tragar toda la saliva que su boca no dejaba de segregar. Sus piernas, inquietas, golpeaban rápida y tímidamente la pata de la mesa. Aunque intentaba mantener la mente en blanco y aturdirla incluso con un poco de alcohol, su cerebro le mandaba continuas advertencias sobre lo que se disponían a hacer. «No está bien, y lo sabes», parecía decirle. «Os detendrán y acabaréis en la cárcel». Sandra intentó acallar aquellas voces con un nuevo trago.

Fue entonces cuando vio pasar a Castro, seguido de su marido.

Los vio reflejados en el cristal, por lo que ellos no repararon en su presencia y no se detuvieron. Caminaban con paso firme hacia los vagones de cola. Desaparecieron tras la puerta que conducía al vagón restaurante. Después, otros dos vagones más los separaban del vagón de equipajes.

Sandra no entendía nada. Castro sabía lo que iba a ocurrir. ¿Qué hacía dirigiéndose hacia el vagón de equipajes con Ismael?

Volvió a mirar su reloj. Algo no iba bien.

· ·

IX

—Igual no lo hiciste.

—¿El qué?

—Eso. Subirte al tren.

—¿Entonces qué hago aquí?

—Quizás alguien te hizo aparecer. Los magos lo hacen todo el rato. Y también son capaces de borrarte la cabeza. Pueden obligarte a olvidar las cosas y luego hacer que las recuerdes todas de golpe.

Aquella conversación que había tenido con Alba horas antes no dejaba de repetirse en la cabeza de Miguel.

Cómo había llegado allí era algo que escapaba incluso a su imaginación, así que intentó concentrarse en el porqué.

Suponiendo que aceptara la absurda idea de que alguien le hubiera enviado de vuelta al pasado, estaba claro que lo había hecho teniendo en cuenta que se iba a terminar encontrando consigo mismo. Su viaje temporal podría haber tenido multitud de destinos, pero, por algún motivo, había despertado allí, aquel mismo día, en aquel tren.

Puede que alguien quisiera que presenciara el asesinato de Alicia para descubrir al verdadero asesino. O puede que su objetivo fuera encontrarse consigo mismo. Pero ¿por qué era tan importante aquello? Solamente había una forma de contestar a aquella pregunta.

—Tiene que despertarlo —sentenció Miguel—. Necesito hablar con él.

El médico lo miró con sorpresa, como si Miguel se le acabara de aparecer en ese mismo momento.

—Eso es imposible...

—Escuche, este niño... —reprimió las ganas de decir «yo»—... puede tener información que necesito saber.

—Me da igual lo que pueda o no pueda tener. Ya le he dicho que Miguel ha salido de una operación a corazón abierto. Si le quito la sedación, podría entrar en *shock*. Y aunque no puedo imaginar lo que este niño pueda tener en su cabeza, estoy seguro de que no es nada por lo que merezca poner en peligro su vida.

X

Castro se hizo a un lado y dejó pasar a su jefe. Este se adentró en el vagón de equipajes, con la vista clavada en el techo. Dio unos pasos sorteando las estanterías con las maletas y bolsas de los pasajeros, que apenas resistían los vaivenes del tren sin caer al suelo. Docampo se apoyaba en las propias estanterías para mantener el equilibrio, ya que el viento que zarandeaba el tren parecía ensañarse más con el vagón de cola.

—No veo la parte que se ha desprendido… —afirmó sin dejar de mirar hacia arriba—. Castro, ¿dónde dices que se ha caído?

Cuando se volvió, le extrañó ver a Castro con la mirada fija en él. Tenía los ojos muy abiertos y su frente brillaba debido a la fina capa de sudor que se adivinaba sobre su piel. Entonces se dio cuenta de que Castro no le miraba a él, sino que lo hacía por encima de su hombro, como si observara algo o a alguien que estuviera detrás.

—El vagón está en perfecto estado —dijo tras él una voz

que conocía muy bien—. Por eso tendremos que ayudarle un poco.

Docampo se dio la vuelta y miró a su socio sin comprender qué hacía allí, sonriéndole con gesto burlón. Se volvió hacia Castro, como si fuera él quien le tuviera que dar explicaciones, y todo lo que alcanzó a ver fue el puño cerrado de su empleado, justo antes de que impactara sobre su ojo izquierdo.

Una luz blanca le cegó y, acto seguido, cayó al suelo, golpeándose la cabeza con la esquina de una estantería. Sin llegar a perder la consciencia intentó incorporarse, pero sintió cómo le daban la vuelta y le ataban las manos a la espalda con una cuerda.

Alguien se puso en cuclillas a su lado.

—Esto no tenía que haber acabado así... —dijo Víctor. Docampo consiguió volver la cabeza y percibió su silueta borrosa junto a él—, pero tu secretaria no me ha dejado otra opción.

—¿Qué... qué estás haciendo? —preguntó Docampo, con un hilo de voz.

Intentó levantarse, pero Castro, sentado a horcajadas sobre sus piernas para atarle las manos, le impedía cualquier movimiento.

—Lo único que puedo hacer si quiero proteger mi negocio. Y tanto tú como tu Tren del Norte sois una amenaza.

—Hablas como si únicamente hubiera sido cosa mía... Tú ayudaste a crearlo. Eres tan responsable como yo.

—Si lo fuera de verdad, todo habría sido muy diferente. Quién sabe, hasta habría sido rentable. Pero este tren ha sido cosa tuya, por eso es un negocio ruinoso.

Castro terminó de atarle las manos y se puso en pie. Docampo se dio la vuelta de nuevo para mirar a los ojos de su socio. Este se pasaba una mano por la cara y suspiraba.

—Ese ha sido siempre tu problema, Ismael, tus sueños siempre han sido muy pequeños, nunca has sido capaz de pensar a lo grande. El mundo se mueve cada vez a más velocidad y tú inviertes tu dinero en construir un tren que hace todo lo contrario.

Víctor se levantó y sacó una pitillera del bolsillo interior de su chaqueta. Con calma, atrapó un cigarrillo entre sus labios y lo encendió. Miró hipnotizado el humo que salía de su boca.

—Dentro de unos años, los trenes que cruzarán el país lo harán a más de trescientos kilómetros por hora. Trescientos, ¿te lo puedes creer?

—¿Eso es lo que vas a hacer con los terrenos que has comprado?

—Tú has construido este tren para cubrir la distancia entre Bilbao y Ferrol en ocho días. Dentro de unos años, mi tren lo hará en tres horas. ¿Sabes lo que pagarán las comunidades para que haya una estación en sus ciudades? —hizo una pausa—. Por desgracia, algunos de los terrenos por los que va a pasar el nuevo tren están ocupados por las vías por donde va esta lata de sardinas, así que, sin pretenderlo, mi socio se ha convertido en mi rival. Y no hay sitio para todos en este negocio. Ni para ti… ni para tu Tren del Norte. Por eso en cinco minutos los dos seréis historia.

—Antes o después te atraparán. Atarán cabos y verán que solo tú tenías motivos para quitarme de en medio.

—Llevo años planeando esto… ¿Crees que no he tomado las precauciones necesarias? Nadie me relacionará con lo que va a pasar hoy aquí. Y dentro de unos años, pondré tu nombre al primero de los trenes que circulen por mi nuevo trazado. Todos pensarán que lo hice en recuerdo tuyo y tan solo me verán como a una víctima de este día, igual que tú.

—Te has vuelto loco…

Víctor sonrió y dio una nueva calada a su cigarrillo.

—No, Ismael, realista.

Docampo escuchó el sonido de unos pasos que se acercaban tras él. Vio a su socio mirando hacia la puerta del vagón, con gesto contrariado.

—¿Qué… qué estás haciendo? —preguntó una voz a su espalda.

Docampo sabía a quién pertenecía, pero se volvió para poder verla. Sandra acababa de llegar y observaba la escena con una mezcla de sorpresa y terror. Su presencia allí supuso un alivio para Docampo. Ella convencería a Víctor de que lo dejara en libertad o, cuando menos, podría salir del vagón y dar la voz de alarma.

—¡Sandra, sal de aquí! ¡Encuentra a Bouzas!

Pero ella estaba paralizada. Víctor pasó por encima de su socio y se acercó a la mujer.

—¿Qué haces aquí? —le preguntó en voz baja.

Sandra tenía los ojos clavados en su marido. Docampo esperaba que ella pudiera salir de allí sin que Víctor la retuviera. Atacarle a él era una cosa, pero Docampo estaba seguro de que su socio no se atrevería a hacer lo mismo con Sandra.

—Esto no era parte del plan… —aseguró ella.

Docampo tardó varios segundos en procesar sus palabras. ¿De qué plan estaba hablando?

—He tenido que improvisar sobre la marcha. Ha descubierto demasiado.

—Eso no quiere decir que tengas que…

—Quiere decir que tengo que tomar decisiones si queremos que esto siga adelante.

Víctor la agarró por el brazo y la alejó un par de metros, hasta ocultarse tras una estantería. Aun así, Docampo podía adivinar sus siluetas a través de los huecos que dejaban las maletas, y seguía siendo capaz de escuchar su conversación.

—Pero no puedes dejarle aquí —se quejó ella.

—Sandra, hace años que no te importa. No escojas este momento para fingir lo contrario.

La voz de su mujer se quebró, a punto de llorar.

—Aun así, no puedo…

—Cariño, escúchame… —«¿Cariño?» ¿Había oído bien? Su socio continuó hablando—… Estamos hablando de nuestros sueños, de toda la vida que tenemos por delante. Sé que esto no es lo que habíamos planeado, pero ha llegado el momento de hacer sacrificios. Y créeme que, si hubiera otra salida, la habría tomado ya. Esto me gusta tan poco como a ti, pero estoy dispuesto a hacerlo, porque creo en nosotros. ¿Tú crees en nosotros?

—Sí…

—Entonces confía en mí.

Castro se acercó a ellos.

—Nos quedan tres minutos. Tenemos que salir de aquí.

—Llévatela.

—¿Qué hay de la cuerda? Cuando encuentren el cuerpo, se van a dar cuenta de que esto no ha sido un accidente —dijo Castro.

—Yo me encargo. Llévatela ya.

A través de un hueco entre las maletas, Docampo pudo ver cómo su mujer le dedicaba una última mirada, llena de súplica y arrepentimiento. Después, se dio la vuelta y desapareció tras la puerta.

Durante varios segundos, Docampo creyó que su corazón había dejado de latir y, sin darse cuenta, las lágrimas asomaron a sus ojos, nada más comprender la escena que había presenciado.

—Siento que hayas tenido que verlo... —se disculpó Víctor—. No me siento especialmente orgulloso de haberte engañado con ella, pero Sandra necesitaba recuperar su vida, y contigo era imposible.

De pronto, un ruido llamó la atención de los dos hombres. Aunque el avance del tren y el golpeteo de la lluvia amortiguaban todos los demás sonidos, pudieron escuchar cómo algo se cerraba de golpe. Víctor avanzó hacia un lateral del vagón, donde varias maletas y cajas se agolpaban en torno a un baúl de grandes dimensiones. Aunque estaba cerrado, no tenía candado. Víctor extendió el brazo y lo abrió de un fuerte tirón.

Dentro, unos ojos grandes y asustados lo miraban con pavor.

—¿Qué haces tú aquí? —preguntó él, contrariado.

Docampo levantó la cabeza todo lo que pudo para ver cómo Víctor sacaba por la fuerza a su hija del interior del baúl. La niña pataleaba y movía los brazos con violencia, intentando asestar algún golpe inocente a su atacante. Víctor le dio un tirón del pelo y Alba detuvo sus inútiles puñetazos y centró sus esfuerzos en soltarse de aquellas manos.

—Alba… —su nombre fue un grito ahogado que escapaba de los labios de Docampo—. ¡Víctor, déjala…!

—Parece que tenemos una espía.

Víctor se acercó a su socio con la niña, a la que obligaba a caminar tirándole del brazo.

—Déjala, Víctor, ella no tiene nada que ver.

—Al contrario, ha visto demasiado.

—Papá… —las lágrimas empezaban a asomar a sus ojos.

—Por mucho que me duela, no puedo dejar que se vaya —concluyó Víctor.

—Ella no dirá nada, ¿verdad que no, cariño? —Docampo intentó sonreír a su hija para transmitirle una tranquilidad que sabía imposible—. ¿Verdad? —repitió.

Alba dejó de moverse unos segundos para mirar a su padre y poder contestarle con un movimiento de cabeza negativo.

—¿Lo ves? Ella no contará nada. Es solo una niña, Víctor…

—Es un cabo suelto.

—¡Es mi hija, por amor de Dios! ¡Es Alba! ¡Viniste a verla al hospital el día en que nació!

Las palabras de Docampo parecían conseguir el efecto deseado. Víctor tragó saliva y miró a la niña. Una sombra de duda cruzó su rostro. Docampo decidió ahondar en esa grieta.

—Quédate con Sandra…, quédate este maldito tren. Vuélalo por los aires, no me importa. Te daré los papeles de Alicia, nadie sabrá nunca nada de lo que ha pasado aquí, pero deja que me vaya con Alba. Nos iremos lejos, nos quitaremos de en medio. No tienes por qué hacer esto.

Víctor perdió la mirada en algún punto del vagón, como si el eco de aquellas palabras resonara en su cabeza una y otra vez. Por un segundo, pareció aflojar incluso el agarre sobre su presa.

Pero aquel aparente cambio de pensamiento fue un momentáneo espejismo.

—Lo siento, Ismael, pero ya es demasiado tarde.

Agarró a Alba por los brazos y la levantó, dirigiéndose con ella de nuevo hacia el baúl. La niña gritó pidiendo ayuda mientras miraba a su padre debatirse rabioso en el suelo.

—¡Víctor, maldito cabrón! ¡Déjala ir! ¡Déjala ir!

—¡Papá!

Víctor apartó con el pie las maletas que rodeaban el baúl y metió a la niña dentro.

—¡Suéltala, Víctor! ¡Juro que te mataré! ¡Lo juro por Dios!

—¡Papá! —con un grito que era casi un llanto, Alba llamó a su padre por última vez antes de que Víctor la empujara hacia el fondo del baúl y cerrara la tapa sobre ella.

Mientras con uno de sus brazos impedía que la niña lo abriera de nuevo con sus golpes, con otro alcanzó a coger un bastón que descansaba entre las asas de una maleta y lo deslizó por el cierre del enorme baúl, bloqueándolo y haciendo inútiles los esfuerzos de Alba por salir. Aun así, la niña seguía llamando a su padre mientras daba patadas y puñetazos a la tapa, como un muerto que, recién devuelto a la vida, intentara salir de su ataúd mientras sentía las paladas de tierra caer sobre la madera.

—¿Crees que Sandra seguirá contigo cuando vea lo que le ha pasado a Alba? Si ella muere hoy aquí, por mucho que tú te laves las manos, Sandra no podrá ni mirarte a los ojos.

—Es cierto que Sandra ha sido de mucha ayuda… Sin ella, no hubiera podido tener acceso a muchas cosas que necesitaba saber sobre ti. Pero ella también es prescindible. Puede que dentro de unas semanas tenga un accidente, o incluso que en un par de días se quite la vida al ver que su marido y su hija han muerto.

—Te mataré… —repitió Docampo, con lágrimas en los ojos—. Te lo juro por Dios, Víctor…

Su cuerpo se revolvía en el suelo, buscando un apoyo en las estanterías para poder incorporarse. Mientras, Víctor se acercó a la puerta de entrada y tomó algo de la pared. Cuando caminó de nuevo hasta su socio, este pudo ver, a través de la cortina de lágrimas, que se trataba de un pequeño extintor.

—Esto no tendría que haber sido así —Víctor se detuvo frente a su socio, que levantó hacia él un rostro descongestionado por la rabia y el dolor.

Levantó el extintor y le golpeó con él en la sien, dejándolo inconsciente.

· ·

XI

Víctor dejó caer el extintor y se agachó junto al cuerpo inmóvil de su amigo para desatarle las manos.

Miró entonces el baúl, donde los golpes de Alba eran cada vez menos insistentes y su llanto más apagado. Sopesó la idea de quitar el bastón del cierre para evitar las investigaciones de la policía cuando descubrieran el baúl entre los restos del tren, pero decidió marcharse sin hacerlo.

Casi con toda seguridad, el bastón, el baúl y todo lo que había en aquel vagón quedaría reducido a cenizas en un par de minutos.

XII

—Doctor, tiene que creerme cuando le digo que soy el primer interesado en que este niño termine el viaje con vida.

El médico escuchaba las palabras de Miguel interponiéndose entre él y la cama, como si aquel sencillo gesto bastara para proteger al niño de cualquier amenaza. Fernando, a un lado, permanecía callado observando la escena, aunque estaba lejos de mostrarse tranquilo, ya que su mano derecha golpeaba repetida e inconscientemente su pierna.

—Esta mañana, al poco de salir de Bilbao…, se cometió un crimen en este tren. Y no me pregunte cómo lo sé, pero este niño tiene información que nos puede ayudar a resolver el misterio. No le estoy pidiendo que haga nada que pueda ponerlo en peligro. Pero tiene que haber una forma de hacerlo despertar durante un par de minutos. No le pido más que eso.

—¿Y si me niego?

—Si me está preguntando si le obligaremos a hacerlo por la fuerza, la respuesta es no. Si usted se niega, no haremos nada para presionarle. Nos iremos, pero alguien inocente acabará en la cárcel acusado de ese crimen que no ha cometido. Y puede que alguien más acabe muerto.

El médico lo miró en silencio, y a continuación miró a su paciente.

—Dos minutos... —repitió él, para sí.

Miguel asintió, tranquilo y seguro.

—Y después saldremos de aquí y les dejaremos tranquilos.

Miguel se percató de los gestos nerviosos de Fernando, que no apartaba los ojos del médico. Este, por su parte, no dejaba de mirar la silueta del niño, visible a medias a través de la burbuja de plástico. Consultó un monitor que reflejaba sus constantes vitales y, sin decir nada, agarró un maletín que había sobre la mesa y empezó a rebuscar en él.

Fernando se acercó a su amigo.

—Miguel, esto no me gusta.

—Solo quiero hablar conmigo..., con él. Hacerle un par de preguntas. Luego nos iremos.

—Ni siquiera sabes lo que le tienes que preguntar.

—Sí lo sé —sentenció Miguel—. Tengo que preguntarle por la persona que parece estar detrás de todo esto. Tengo que preguntarle por Quiroga.

El médico tomó un bote con un líquido transparente que pinchó con una jeringuilla.

Levantándola a la altura de los ojos, colocó el bote boca abajo y comenzó a llenarla.

—Es un error, Miguel, una auténtica locura. Estás poniendo en peligro la vida de este niño..., tu propia vida..., por una estúpida suposición. El nombre de Quiroga ni siquiera te dice nada.

—No pienso echarme atrás. Ya he llegado demasiado lejos.

El médico se acercó a un gotero que suministraba suero al pequeño y empezó a inyectar el líquido de la jeringuilla en él. Fernando se puso a su lado, observando los movimientos del médico.

—Lo siento, doctor, pero no puedo dejar que lo haga.

El médico giró la cabeza hacia él, extrañado. Su mirada se tornó en un gesto de desconcierto cuando Fernando, de un rápido movimiento, sacó una pistola de su bolsillo interior y le disparó en el estómago.

....

XIII

No podía explicar por qué lo había hecho, pero cuando Bouzas vio que alguien abría la puerta que separaba el vagón de los compartimentos para el personal del vagón de los equipajes, decidió esconderse en el cuarto donde Miguel había estado retenido antes de llegar a Oviedo.

Allí, en la estación, poco antes de retomar el camino, Bouzas y varios hombres habían encontrado la barra de seguridad de la ducha y las esposas destrozadas junto a una de las vías. Era de suponer que el chico había escapado. Seguir su rastro por las calles de la ciudad era una locura con aquel temporal, especialmente con los pocos minutos que quedaban para que el Tren del Norte comenzara su tramo final del viaje. Así, el detective se limitó a cerrar el perímetro del tren para asegurarse de que Miguel no subía de nuevo a bordo. Si había llegado a la ciudad, era ya responsabilidad de la policía, no suya.

Además, aunque todo apuntaba en su contra, una voz en su cabeza le decía que el chico podría ser inocente. Había huido de la escena del crimen, y su excusa sobre la pérdida de memoria era la peor que había escuchado nunca. Pero, por otro lado, no tenía ninguna relación con nadie en aquel tren, y por más que se esforzaba, el detective no conseguía encontrar un motivo por el que Miguel hubiera decidido asesinar a Alicia nada más comenzar el viaje.

Mientras vigilaba el andén desde el espacio que había entre dos carros con equipajes, había visto a Castro moviéndose con paso ligero y mirando nervioso a su alrededor. Lo había perdido de vista unos segundos y después lo había visto salir del espacio que quedaba debajo del enganche entre los últimos coches. Antes de que pudiera comprobar qué había estado haciendo allí, las puertas del recibidor de la estación se habían abierto de nuevo y los pasajeros inundaban el andén, listos para la etapa final del viaje.

Por eso, aunque el tren estaba ya en marcha, había decidido echar un vistazo al enganche de los dos últimos coches, y tal vez por eso mismo, porque todos sus sentidos estaban ya alerta, había decidido esconderse cuando vio que alguien salía de la zona de los equipajes.

Entornó la puerta del compartimento y observó, a través de la pequeña rendija abierta, cómo Víctor Méndez caminaba apresuradamente hacia la cocina.

El detective esperó a estar solo en el pasillo para llegar al espacio que había entre los vagones. Miró a su alrededor. A simple vista, no había nada allí que le llamara la atención. Sin embargo, no podía sacudirse de encima la sensación de que encontraría algo si sabía mirar.

Era la misma sensación que le había invadido en el andén,

mientras Víctor Méndez subía al tren después de hablar con Sandra. Y ahora, Méndez se alejaba del lugar en el que él se encontraba.

Allí había algo. Tenía que haberlo. Y Bouzas sabía que únicamente había una manera de descubrirlo. Se acercó hasta la puerta exterior y la abrió, dejándose golpear por el viento y la lluvia. Se agarró al abridor de la puerta y dejó caer su cuerpo hacia fuera, inclinándose hacia los enganches. Entre la oscuridad y el agua que se le metía en los ojos, apenas podía distinguir nada. Permaneció inclinado varios segundos, intentando encontrar algo fuera de lo normal, cuando decidió que aquello era una completa estupidez.

Inició el movimiento para volver a meterse en el vagón, y en ese instante lo vio.

Era una luz roja, que parpadeaba a la altura de sus ojos. Salía de un pequeño aparato que estaba imantado al enganche de los vagones. Estiró su brazo libre y lo alcanzó al segundo intento. Cuando lo soltó, comprobó que la luz roja parpadeante era en realidad los números de una cuenta atrás.

Una cuenta que terminaría al cabo de treinta segundos.

Todavía sin comprender, se balanceó hasta volver de nuevo a la seguridad del interior del tren. Y antes de que pudiera reaccionar, Castro le soltó un puñetazo que lo tumbó en el suelo y le hizo soltar el aparato, que cayó junto a la puerta del vagón de equipajes.

Se puso en pie, aturdido por el golpe, cuando Castro le volvió a asestar otro golpe, esta vez en la boca del estómago, que le hizo hincar la rodilla y le dejó sin aire varios segundos, tiempo que el jefe de expedición aprovechó para rematarlo con un puñetazo en el ojo derecho que lo lanzó junto a la puerta exterior, que aún seguía abierta.

Tumbado en el suelo, adivinó las luces de Luarca, que se extendían a los pies de un puente que empezaban a atravesar. Sintió las manos de Castro agarrándole por la chaqueta, tirando de él hacia fuera. Bouzas, aún debilitado por los golpes, consiguio, sin embargo, sujetarse con las manos a los laterales de la puerta, para evitar ser lanzado al vacío.

Castro le golpeó las manos para hacerle soltar sus agarraderas. Durante un segundo, el detective tuvo la tentación de abrirlas y dejarse caer, dejando atrás el Tren del Norte y todo lo que representaba para él.

Si abría las manos, no tendría que volver a lamentar el tener un trabajo que odiaba por el simple hecho de que se lo habían dado por lástima. No volvería a recordar que años atrás había echado su vida por la borda, ahogado noche tras noche en botellas de alcohol para olvidar que su mujer lo había dejado. O tal vez había sido al revés. Tal vez ella le había dejado porque él se había convertido en una sombra del hombre que había sido. Ya no lo recordaba.

Lo que sí recordaba era su expulsión del cuerpo de policía y el año ingresado en una clínica. Recordaba su cuenta corriente a cero, y haber pensado en el suicidio más de una vez. Recordaba el ofrecimiento de Docampo para ser su jefe de seguridad, un trabajo fácil donde ni siquiera él podría meter la pata, un trabajo que odiaba porque se lo habían ofrecido como un acto de caridad, porque el empresario era amigo de su ya exmujer y esta, en un último intento por salvarle del pozo, le había suplicado el favor.

Había odiado aquel maldito Tren del Norte desde el mismo momento en que nació. Y curiosamente, había sido allí donde se le había concedido la última oportunidad para volver a sentirse policía. Aquel día, por primera vez en años, se había sentido vivo de nuevo, investigando el asesinato de Alicia. Y ahora se iba a ir sin ser capaz de resolverlo.

«No…, no te vas a rendir otra vez…».

Cuando notó que Castro aflojaba su presa un segundo, soltó su mano derecha y le golpeó con el codo en la cara. Castro se tambaleó hacia atrás, pero mantuvo el equilibrio. Bouzas se puso en pie, a tiempo de ver cómo su atacante se recuperaba y se abalanzaba sobre él. Sin embargo, antes de alcanzarle, Sandra apareció tras él y le golpeó en la cabeza con un pequeño martillo de metal, que el detective reconoció como uno de los que había en los cajetines de emergencia para abrir las ventanillas en caso de accidente. El jefe de expedición perdió el equilibrio y Bouzas aprovechó su inercia para arrojarlo al exterior. Castro cayó al vacío mientras su grito era engullido por el rugir de los truenos.

Sandra soltó el martillo. Bouzas vio los números rojos del dispositivo, todavía en el suelo junto a la puerta del vagón de equipajes. Sin dudarlo un instante, agarró a Sandra por el brazo y la alejó de allí.

—¡Tenemos que ir a por Ismael! ¡Está ahí dentro!

Pero sus palabras se ahogaron cuando la cuenta atrás llegó a cero.

XIV

Cinco minutos antes, Miguel no podía apartar los ojos del médico. Tanto el uno como el otro, testigo y víctima, permanecían inmóviles mientras intentaban comprender lo que estaba pasando. Hasta que la sangre empezó a manchar la camisa del doctor, este no hizo siquiera el gesto de llevarse las manos al estómago, en un inútil intento de detener la hemorragia. Al hacerlo, Miguel dio inconscientemente un paso hacia él. Sus miradas se encontraron mientras el médico caía al suelo entre los brazos del joven. El gesto de horror de Miguel contrastaba con la expresión de sorpresa del doctor, cuyo gesto desencajado permanecía inalterable mientras exhalaba su último aliento.

Tumbó al médico en el suelo con cuidado, al mismo tiempo que intentaba con sus propias manos detener el flujo de sangre. Pero la tarea resultaba imposible. La piel del hombre palideció, y el brillo de sus ojos empezó a desvanecerse. Pocos segundos después, los brazos del médico cayeron a los lados y su cabeza se volvió, inerte, con la expresión de sorpresa congelada todavía en su rostro.

Miguel se puso en pie y, sin ser aún consciente de lo que había presenciado, se miró las manos manchadas con la sangre caliente del médico. Sus ojos buscaron los de Fernando, que observaba el cadáver del doctor con una mezcla de lástima y resignación, como si aquel cuerpo sin vida fuera para él un incordio similar al de un semáforo en rojo ante el que hay que esperar para continuar el camino.

—¿Qué... qué has hecho?

—Tú tienes tu objetivo, Miguel. Yo tengo el mío. No puedo dejar que hables con el niño.

—¿De qué estás hablando?

—Si vuelvo a fallar, él no tendrá piedad. Hoy ya he cometido un error, no creo que fuera capaz de perdonarme otro.

Miguel se dio cuenta de que Fernando no volvía a guardar el arma.

—Fernando, no sé qué te está pasando, pero podemos arreglarlo entre los dos. Hablaremos con Docampo, le explicaremos lo que acaba de pasar...

Fernando le sonrió de la misma forma que un padre sonríe a un hijo al que escucha una ocurrencia simpática.

—Dos asesinatos hoy, Miguel. No es algo fácil de explicar. Y mucho menos de arreglar.

—En el primero te viste involucrado porque yo te...

Sus palabras quedaron suspendidas en el aire. Abrió los ojos, puede que por primera vez en todo el día, y observó el gesto resignado de Fernando, que resultaba terrorífico con un cadáver a sus pies.

Y entonces lo comprendió.

—Tú..., tú mataste a Alicia.

—Te aseguro que no fue mi intención. Tal y como tú sospechabas, ella no era el objetivo. Solo estaba en el lugar equivocado en el momento equivocado. Era a ti a quien yo estaba esperando. Entré al compartimento, escuché ruidos en el baño y al abrir la puerta mi mano disparó sin apenas darme cuenta. Ni siquiera vi que era ella hasta que abrí del todo y la vi tirada en la ducha.

Un ruido tras él llamó su atención. El joven Miguel, aún inconsciente, emitió un leve quejido. La sustancia que el médico había podido suministrarle antes de que el arma de Fernando segara su vida había empezado a hacer efecto. No tardaría en despertar.

—Y después dejaste la pistola junto a ella, para incriminarme.

—Te seguí después de encontrarnos en la cafetería. Sabía que ibas a escapar del tren, pero cuando vi que te echabas atrás, imaginé que lo hacías para recuperar el arma. Tuve que darme prisa para entrar antes que tú al compartimento y llevármela. No podía dejar que te deshicieras de la única prueba que había en tu contra, y además, pensé que tal vez me podría servir de ayuda. Y así ha sido.

—¿Por qué… por qué yo? —preguntó Miguel

—Así que es cierto que no recuerdas nada…

—¿Qué se supone que tengo que recordar?

—A Quiroga, por supuesto. Has venido hasta aquí por él.

—Así que tú le conoces… ¿Está aquí, en el tren? ¿Es uno de los pasajeros?

Fernando no pudo reprimir una carcajada ante la ingenuidad de la pregunta.

—No…, no es uno de los pasajeros, pero también viaja en este tren, de alguna manera.

—Escúchame, Fernando…, han pasado demasiadas cosas hoy. He visto morir a demasiada gente y aún no he conseguido ni la décima parte de las respuestas que necesito. Así que me gustaría que me hicieras dos favores. El primero, que dejaras esa pistola.

Fernando miró el arma, un tanto extrañado, como si no supiera que la llevaba en su mano. O como si la petición de Miguel fuera del todo absurda.

—¿Cuál es el segundo?

Miguel tragó saliva. Estaba claro que él iba a ser el próximo objetivo de Fernando, así que su única esperanza para salir con vida era mantener la calma y hacerle hablar todo lo posible.

—Que dejes los acertijos y me expliques qué está pasando aquí. Mataste a una chica inocente cuando intentabas matarme a mí. Así que empieza por explicarme de una maldita vez quién soy. ¿Por qué no recuerdo nada?

—Efectos secundarios del viaje. El espejo vacía tu mente si no cruzas de la forma correcta, deberías haberlo sabido.

—¿Cómo sabes tú lo del espejo?

—Porque yo también tuve que usarlo. Era la única manera de escapar de Quiroga. Y cometí el error de hacerlo contigo. Por eso él me envió aquí: te necesita muerto. Tanto como tú necesitas acabar con él.

—Entonces, tú y yo nos conocíamos…

—Nos conocimos hace unos años. Aunque es imposible que tú lo recuerdes. Eras muy pequeño.

Tanto, que de hecho… yo ayudé a traerte al mundo.

Las piezas de aquel puzle eran demasiado complejas para hacerlas encajar. Cuando Miguel intentaba juntar dos en su cabeza, una tercera surgía de pronto y hacía que nada tuviera sentido.

—Es una ironía del destino que ahora tenga que borrarte de él. Por partida doble.

Fernando volvió la vista hacia el niño, que se movió ligeramente en la cama, como si estuviera despertando de un sueño incómodo. Miguel aprovechó la momentánea distracción para dar un paso al frente, con la vista clavada en la pistola de Fernando. Este adivinó su intención y estiro el brazo hasta llevar el cañón de su arma a apenas dos centímetros del ojo derecho de Miguel.

—Llevas todo el día escapando de la muerte. No entiendo que ahora tengas tanta prisa por encontrarte con ella.

—En cualquier caso... —continuó Miguel, intentando arañar todos los segundos posibles—... no me gustaría marcharme sin que antes me dijeras quién es Quiroga y por qué intentamos matarnos el uno al otro.

—Yo no he dicho que tú lo quieras matar. He dicho que quieres acabar con él.

—¿Cuál es la diferencia?

Fernando volvió a sonreírle.

—Que no podrás matarlo por más que lo intentes... Eduardo Quiroga lleva muerto más de dos siglos.

Miguel sintió un escalofrío recorriendo su espalda.

De pronto, los recuerdos que habían quedado perdidos en los más oscuros abismos de su memoria amenazaron con salir a la superficie. Durante un segundo, creyó adivinar un rostro en lo más profundo de su mente, donde se perfilaron unos rasgos elegantes, una mirada triste pero altiva. Un gesto vacío. Un cuadro. Un hombre de aspecto enfermizo. Pero no estaba solo. Había alguien más retratado con él.

Cerró los ojos. A su mente acudió algo más. Una melodía infantil cuya letra se deslizó por los recovecos de su memoria incompleta y que ya había oído antes en aquel viaje.

«Dos galeones hunde el corsario...

... camina hacia el frente con pata de palo».

De pronto, aquellos recuerdos que empezaban a asomarse sin orden se desvanecieron, como si resbalaran por su mente.

—Lleva doscientos años muerto... y, aun así, es capaz de hablar contigo.

—Es capaz de hacer muchas más cosas...

—Como ordenarte que subieras a este tren y me mataras. Pero tuviste otra oportunidad mientras yo escapaba del detective esta mañana. Él me disparó..., pero tú no dejaste que me cayera. Me metiste en tu compartimento y curaste mis heridas. Y no has dejado de ayudarme y de protegerme desde entonces.

—Quiroga sabía que vendrías a este tren y lo que estabas buscando. Yo tenía que ayudarte a encontrarlo para destruirlo antes de que te lo llevaras de vuelta. Si tú has venido con ese objetivo, otros podrán hacerlo también.

—Fuiste tú quien me golpeó en la iglesia. Cuando descubrimos el nombre en la Biblia, ya no te hice falta —volvió la vista hacia el niño, que seguía luchando por recuperar la consciencia —. Sabías lo que buscaba y dónde estaba.

—No has venido hasta aquí por el niño, si eso es lo que piensas.

Miguel le miró, sorprendido.

—¿Entonces... entonces qué hago aquí?

—Necesitas algo que él tiene.

—¡¿El qué?! ¡¿Qué es lo que estoy buscando?!

Fernando negó con la cabeza, cansado.

—Eso ya da igual. Tu viaje ha llegado a su fin.

Antes de que Miguel pudiera adivinar su siguiente movimiento, Fernando adelantó su cuerpo, apuntándole a la cabeza.

Miguel no tuvo tiempo de apartarse, o siquiera de abalanzarse sobre Fernando en un último y desesperado intento por salvar la vida.

Pero tampoco tuvo necesidad de hacerlo.

Porque en ese preciso instante, tuvo lugar la explosión.

....

XV

Dos minutos antes, Verónica Robledo viajaba en el asiento del copiloto de un coche de la policía local de Oviedo. Le llevó un cuarto de hora convencer al jefe de la comisaría de que pusiera sobre aviso a todos los agentes disponibles desde allí hasta Ferrol. Mencionar la palabra «asesinato» fue más que suficiente para ganarse la atención de los policías, toda vez que comprobaron que no se trataba de una lunática con demasiada imaginación y tiempo libre. El descubrimiento por parte de un pastor del cadáver de Alberto, en un acantilado por el que discurría la vía del tren, los terminó de convencer.

Más de veinte agentes, enviados desde varios puntos del norte de Galicia y Asturias, se disponían a interceptar el Tren del Norte. Verónica acompañaba al comisario, que conducía a toda velocidad por carreteras nacionales y comarcales, intentando no alejarse demasiado del trayecto del convoy.

Y aunque todavía se encontraban a unos treinta kilómetros de distancia, Verónica escuchó la explosión. El comisario no se inmutó porque, por supuesto, él no la había oído. Nadie más que ella podía ver la imagen clara del puente sobre el que el Tren del Norte se arrastraba, herido de muerte.

Tal y como había predicho, el viaje terminaba con sangre.

....

XVI

Un minuto antes, Víctor había atravesado el vagón cocina, donde la actividad, en aquellos momentos previos a la cena, era frenética. El entrechocar de platos y cubiertos, sumado al ir y venir de los cocineros y camareros, teñía la escena de irrealidad. Víctor, consciente de lo que estaba a punto de ocurrir, se extrañó al presenciar aquellos momentos cotidianos. Sintió un repentino deseo de advertir a los hombres y mujeres que se encontraban trabajando que abandonaran sus tareas y se alejaran de allí lo máximo posible, tal y como él estaba haciendo.

Pero aquella advertencia levantaría las sospechas en cuanto se iniciara la investigación policial al día siguiente. Lo más sensato era caminar con paso decidido pero tranquilo, con gesto sereno y alguna sonrisa ocasional con la que saludar a los empleados con los que se cruzaba.

Cruzó los dos vagones restaurante, donde varios camareros terminaban de disponer las mesas para la cena. Víctor se percató de que algunas miradas se distraían del trabajo para contemplar el paisaje. La cortina de agua que envolvía al tren parecía haber disminuido su intensidad para permitir a los pasajeros disfrutar de las increíbles vistas de Luarca.

Víctor, que había visitado aquella zona en innumerables ocasiones, se quedó maravillado por el espectáculo que se ofrecía a sus ojos. Sin detener el paso, no pudo apartar la mirada de las luces del pueblo, que se adivinaban en mitad de la noche, como las casitas de un nacimiento de Navidad.

El convoy ganaba metros y no tardó en encontrarse todo él sobre el viaducto.

Víctor aceleró el paso y llegó hasta el vagón casino, donde unos veinte pasajeros disfrutaban del juego, las copas gratis y las conversaciones animadas de sus compañeros de viaje.

Con el corazón golpeando su pecho con violencia, la puerta se cerró tras él. Inconscientemente, alargó ambos brazos para sujetarse a las dos paredes que flanqueaban la entrada.

Un segundo después, Víctor Méndez se preguntaba si tal vez no habría ido demasiado lejos con su plan, al ver cómo el Tren del Norte se partía en dos.

· ·

LUARCA

I

Mientras dejaba escapar una maldición, Daniel dio un nuevo tirón de la correa y Penny, sin dejar de ladrar, aceleró el paso para continuar caminando a su altura.

Cada vez que había una tormenta, la perra Golden se soltaba de donde quiera que estuviera amarrada y echaba a correr. Aún no sabían si lo hacía presa del miedo o de la emoción por poder disfrutar de la libertad bajo la lluvia.

Lo único que Daniel tenía claro era que cada vez que se perdía por los campos cercanos a su casa, era a él a quien le tocaba salir a buscarla.

«Tu perra, tu responsabilidad», decía su madre siempre que el animal hacía alguna trastada.

Aquella tarde, a la hora en la que todos dormían la siesta, Penny había decidido morder la correa que la ataba a una columna de su cobertizo. Daniel pasó tres horas buscándola en mitad de la tormenta, protegido por un impermeable que le calaba por varios sitios y por un paraguas que había volado de su mano a los cinco minutos.

Cuando por fin la encontró, retozando en un charco, a más de un kilómetro de su casa, Daniel sabía que ya tenía unas décimas de fiebre y una incipiente pulmonía. Su cabeza empezó a pesarle cuando pasaron por debajo del puente del ferrocarril, y por eso los continuos ladridos le martilleaban el cerebro.

—¡Penny, ya! —ordenó callar al animal, dando un nuevo tirón de la correa.

Pero la perra seguía ladrando a la tormenta, con el cuello estirado y todo su cuerpo en tensión.

—Son relámpagos. Los has visto miles de veces.

Entonces le pareció sentir que el suelo vibraba. Los pilares del puente retumbaron a su alrededor, y Daniel levantó la cabeza para comprobar que se trataba nada más que del paso del nuevo tren turístico que cruzaba el pueblo. Siguió caminando unos metros y se dio la vuelta de nuevo para ver cómo el convoy circulaba a lo largo de que aquella enorme estructura de hormigón.

Y entonces, ocurrió.

Cuando el último vagón se adentraba en el puente, Daniel fue testigo de una pequeña explosión en el punto donde se unía con el vagón anterior. El de cola empezó a tambalearse, y las ruedas traseras parecieron salirse de los raíles. La parte posterior del vagón empezó a escorarse, con la ayuda del avance del resto del tren, al que todavía seguía unido el vagón. De la parte inferior empezaron a salir chispas al arrastrarse sobre las vías, emitiendo además un quejido metálico que se hacía oír por encima de los truenos.

Puede que en ese instante se activara algún tipo de mecanismo de emergencia, o que el maquinista se percatara de que algo no iba bien. Lo cierto es que el avance del tren se detuvo casi de inmediato.

Sin embargo, el vagón de cola no se detuvo. Lentamente, parecía asomarse más y más por el borde del puente, por lo que la catástrofe se antojaba inevitable.

La gravedad tiró de él hacia abajo y las ruedas delanteras, que hasta entonces discurrían por los raíles, se soltaron también. El vagón se precipitó al vacío, y habría caído sobre Daniel y Penny si el enganche que lo mantenía unido al siguiente vagón no hubiera resistido.

Pero lo hizo. Y el vagón de cola quedó suspendido en el aire, amenazando al resto del tren con arrastrarlo en su caída.

Daniel, paralizado por el miedo, soltó la correa, sin apartar la mirada del tren que colgaba sobre su cabeza.

A su lado, Penny seguía ladrando.

....

II

Cuando la explosión tuvo lugar y el vagón de cola comenzó a descarrilar, todo el tren se vio sacudido por un temblor, como si el convoy hubiera sido alcanzado por un rayo.

Víctor, preparado para el impacto, se mantuvo en pie, pero algunos de los pasajeros del vagón casino perdieron el equilibrio y cayeron al suelo. Las expresiones de sorpresa se fueron sucediendo, y no tardaron en convertirse en gritos de terror cuando uno de los pasajeros miró por la ventanilla y observó cómo la mitad del vagón de cola asomaba por encima del puente, suspendido en el aire, mientras una lluvia de chispas iluminaba su camino.

Los pasajeros se agolparon contra las ventanas para presenciar el horrible espectáculo. Algunos incluso comenzaron a buscar las salidas para escapar de lo que presumían iba a ser el siguiente paso.

Si el vagón de cola seguía enganchado al tren, todos los demás le seguirían al vacío.

III

Los gritos de los pasajeros llegaron apagados al compartimento 19, un segundo después de que el temblor hiciera que tanto Fernando como Miguel perdieran el equilibrio. Este aprovechó el segundo de despiste de su enemigo para abalanzarse sobre él y golpearle la cabeza contra la pared que tenía detrás. Después, agarrándolo por las solapas de su chaqueta, lo alejó de la cama de un fuerte tirón. Fernando, todavía consciente, cayó al suelo y soltó el arma, que fue a parar debajo de ella. Miguel se agachó para intentar recuperarla, pero estaba demasiado lejos y la cama había sido anclada al suelo. Tenía que olvidarse del arma y salir de allí.

No perdió más tiempo y abrió del todo la burbuja de plástico que envolvía al niño, el cual, a juzgar por los continuos movimientos de sus miembros y su cabeza, parecía a punto de despertar. Miguel liberó su cuerpo de los electrodos que lo mantenían conectado a los aparatos que leían sus constantes vitales y sacó con cuidado la vía a través de la cual se le suministraba el suero. Después, pasó sus brazos por debajo de su cuerpo y lo levantó.

Se sorprendió de lo poco que pesaba y de lo indefenso que parecía, vestido nada más que con un pijama de dos piezas. Su piel, muy pálida, aún no había recobrado el color después de aquel accidente que Miguel empezaba a recordar vagamente como algo lejano. Bajo sus párpados cerrados, sus ojos se movían como si estuviera viviendo un sueño agitado.

Pero si Miguel no lo sacaba de allí, acabaría despertando en una auténtica pesadilla.

Abrió la puerta y salió al pasillo. Nada más poner un pie fuera, estuvo a punto de chocar contra un hombre que corría a toda velocidad hacia los vagones de cabeza. Varias personas más se agolpaban en los extremos del vagón y contra las ventanillas, con el gesto de pánico grabado en sus rostros. No muy lejos se dejaban sentir los gritos de los demás pasajeros.

El tren estaba detenido. Miguel no podía ni imaginar qué era lo que había ocurrido, y tampoco se detuvo a preguntarlo. En el compartimento, Fernando estaba recuperando las fuerzas, así que no podía perder un segundo. Echó a correr hacia los vagones de cabeza, pero al llegar a la puerta que comunicaba con el siguiente, se vio detenido por una pequeña multitud que se agolpaba alrededor de la salida.

Un empleado del tren intentaba transmitir algo de calma a la gente, que gritaba nerviosa mientras todos a la vez intentaban salir al exterior.

—¡Por favor, es peligroso salir por aquí! ¡Diríjanse hacia la máquina!

—¡¿Está loco?! ¡No nos va a dar tiempo a llegar! —le contestó un hombre mientras forcejeaba con él para apartarlo de la puerta.

—¡Estamos detenidos en mitad del puente! ¡Esta salida no es segura!

El empleado se resistía a abandonar su puesto, pero entre dos hombres lo apartaron a empujones de la puerta. Todos los que se encontraban allí querían ser los primeros en abandonar el tren.

Miguel consiguió abrirse hueco hasta llegar al empleado, que ya había renunciado a contener a los pasajeros y continuaba su camino hacia los vagones de cabeza.

—Oiga, ¿qué está pasando?

—¡Por favor, siga hasta la máquina!

—¿Por qué tenemos que salir?

—¡Hemos tenido un accidente! —anunció, antes de echar a correr por el pasillo. Miguel, confundido por lo que ocurría a su alrededor, decidió seguir su ejemplo y avanzó dos vagones más con el niño en brazos, hasta que encontró una de las puertas al exterior abiertas.

El espacio que había entre el lateral del tren y el borde del puente era de apenas dos metros, lo que dificultaba el paso de la gente, que intentaba llegar al extremo del viaducto de forma apresurada. Algunos de ellos volvían la mirada atrás, aterrados por lo que tenían a sus espaldas. Miguel levantó la vista y observó horrorizado el último vagón, pendiendo en el vacío, agarrándose con desesperación al tren, al que amenazaba con arrastrar.

Comprendió que el caos estaba más que justificado, y encaminó sus pasos hacia el extremo del puente. Corrió intentando no chocar con la gente que pasaba a su lado, y a la que no le importaba empujar a otra persona al vacío con tal de ponerse a salvo. Además, la lluvia había vuelto el terreno resbaladizo, por lo que un paso en falso podía significar una caída y una muerte seguras. Mientras corría, sus ojos miraban furtivamente el abismo que se abría a sus pies. Aunque la lluvia le cegaba en parte y la noche cubría el paisaje como una mortaja, las luces del pueblo que descansaba a los pies del puente le daban una idea aproximada de la altura a la que se encontraban.

«Demasiada para caer y esperar un milagro», pensó. «Aunque hoy hayas vuelto a nacer varias veces».

Cuando alcanzó la pared de la montaña por la que seguía discurriendo la vía, distinguió las siluetas de algunos vecinos que salían de las casas más próximas, asombrados por el espectáculo que se ofrecía en su propia puerta.

Miguel era consciente de que el frío y la lluvia estaban castigando con demasiada fuerza al niño, que temblaba en sus brazos. Por eso decidió seguir el ejemplo de algunos pasajeros y se aventuró a descender por el terraplén que separaba la vía de las primeras viviendas.

Los pasajeros se reunían con los vecinos, algunos de los cuales se apresuraban a ofrecerles mantas o a señalarles el interior de sus casas para darles cobijo. Otros se limitaban a permanecer de pie, observando el tren moribundo e intercambiando teorías acerca de lo que estaba sucediendo.

Miguel decidió caminar unos metros más para alejarse de las casas donde la mayoría de los pasajeros decidiría pararse. Escuchó entonces el ladrido de un perro. Un Golden de color claro corrió hasta él y, tras olfatearles rápidamente, emitió un quejido. Después, se dio la vuelta y echó a correr. A los diez metros se detuvo, se volvió de nuevo hacia ellos y les ladró, como apremiándolos a seguirle. Miguel decidió obedecer. Tras doblar una esquina, el perro los condujo hasta una casa, en cuya entrada un chico hablaba apresuradamente con sus padres, mientras señalaba el puente. En cuanto el padre los distinguió, fue a su auxilio.

—Por favor, el niño... está muy débil... —fue todo lo que dijo Miguel.

—Venga por aquí.

El padre guio a Miguel al interior de la vivienda, donde el calor de una chimenea le reconfortó al instante.

—Daniel, ayúdame a mover esto.

El padre y el chico arrastraron el sofá del salón un par de metros hasta dejarlo muy próximo a la lumbre. Miguel tendió al niño sobre los cojines. El pequeño tosió nada más sentir el calor de las llamas.

—Hay que quitarle esa ropa mojada —dijo la madre. Bajo el marco de una puerta que daba a una habitación, otro niño pequeño observaba la escena, con el pijama puesto y abrazado a un peluche de un tigre—. Víctor, a la cama, por favor. Ya —el pequeño obedeció y cerró la puerta.

Lo desnudaron rápidamente, y no pudieron evitar quedarse asombrados ante la enorme cicatriz que el niño tenía en el pecho. La piel aún estaba enrojecida, y los innumerables puntos de sutura parecían muy recientes.

—No os quedéis ahí como pasmarotes, que se va a enfriar.

La madre apartó a los dos hombres y puso unas mantas sobre el niño, que seguía tiritando.

—¿Es su hijo? —le preguntó a Miguel.

Por un instante, estuvo tentado de contarles la verdad para ver la cara que ponían.

—No…, los dos viajábamos en el tren, no sé dónde están sus padres.

—¿Qué es lo que ha pasado? —preguntó el padre, acercándose a la ventana.

Antes de que Miguel pudiera contestar, Daniel habló.

—Yo vi una explosión. Estaba con Penny justo debajo cuando algo estalló y el último vagón se salió de los raíles.

La mujer puso una manta sobre los hombros de Miguel, que le dio las gracias con un hilo de voz.

—Voy a buscarle algo de ropa al niño… —dijo la mujer, desapareciendo por una puerta.

—Yo me acerco al centro de salud para que venga alguien a verle —dijo el padre, mientras se ponía un chubasquero que colgaba de una percha de la entrada—. Daniel, tú quédate aquí fuera por si alguien más necesita ayuda.

El hombre salió de la casa, mientras su hijo montaba guardia en la puerta. Antes de que cerraran la puerta, a Miguel le llegó el sonido de los gritos y las voces angustiadas de las personas que veían su tranquilo pueblo convertido en el escenario de una obra de pesadilla.

A solas por fin, se arrodilló junto al niño, cuyas mejillas iban ganando algo de color. Estaba a punto de despertar.

—Yaya… —la voz del pequeño le llegó muy débil—. Yaya…

Tenía los ojos entreabiertos y movía la cabeza a un lado y a otro, buscando algo reconocible. Estaba muy asustado e intentaba incorporarse. Miguel le pasó una mano por el pelo, para calmarlo.

—Tranquilo, Miguel, estás a salvo.

—Mi yaya…

—Tu abuela está bien… —mintió. El médico le había dicho que su abuela había muerto en el incendio de su edificio—… Te está esperando, pero te ha tenido que dejar aquí para que te pongas bueno.

El pequeño Miguel se vio las vendas de los brazos.

—¿Qué me ha pasado?

—Has tenido un accidente, pero te encuentras bien, no te asustes.

El niño miró a Miguel por primera vez, y durante una décima de segundo, este pensó que el niño se había reconocido en él.

—He soñado contigo…

Miguel sonrió, tranquilo, aunque su corazón empezó a martillear su pecho al oír aquellas palabras.

—¿Ah, sí? ¿Y qué has soñado?

—Estabas peleando con el hombre malo.

—¿Qué hombre malo? —Miguel se inclinó un poco más sobre él, interesado.

—Un hombre. Muy flaco, como un esqueleto. Tenía algo en el pecho, de color rojo. Daba mucho miedo.

Miguel tuvo la sensación de que conocía el nombre de aquella persona.

—¿Sabes si su nombre era Quiroga?

El niño entornó un poco los ojos, intentando hacer memoria. Al cabo de unos segundos, se encogió de hombros.

—No lo sé…

—¿Nunca antes has oído ese nombre?

El niño negó con la cabeza. Miguel sintió una opresión en el pecho, cuando fue consciente de que tal vez todos sus esfuerzos habían sido inútiles. Fernando le había dicho que su objetivo no había sido encontrar al niño, sino algo que él tenía. ¿Pero qué?

—Yo gritaba para que no os pelearais, y entonces apareció el otro —el niño seguía contando su sueño.

—¿Quién?

—Un señor mayor. Llevaba un disfraz de color marrón, muy largo, con una capucha.

«El monje de nuevo…», pensó Miguel. «¿Quién demonios es este tipo?».

—Yo le pedí que os separara, pero no se movía. Estaba leyendo el libro de mis padres.

—¿Qué libro es ese?

—Es lo único que tengo de ellos. Supe que era el libro porque por fuera tenía el dibujo de un ángel con una espada.

El corazón de Miguel latía cada vez con más fuerzas. Se miró los brazos y se remangó el izquierdo. Enseñó el tatuaje al pequeño.

—¿Un ángel como este?

El niño abrió los ojos de par en par, y una sonrisa empezó a dibujarse en sus labios al observar aquella imagen que para él resultaba tan familiar.

—Es el mismo…

De pronto, Miguel tuvo la sensación de que su objetivo podía estar cerca de cumplirse. Aunque era incapaz de distinguir todavía el dibujo que conformaban las piezas del puzle, este estaba cerca de verse completado. Y una vez que lo estuviera, Miguel solo tendría que echarse un poco hacia atrás para comprender la imagen. Se inclinó todavía más sobre el pequeño, y, con un tono pretendidamente tranquilo, le preguntó:

—¿Sabes dónde está ese libro?

El pequeño perdió la vista, como si estuviera forzando a su cerebro a recordar. Pero antes de que pudiera decir nada, una voz en el exterior atrajo la atención de Miguel. No era más alta ni más desesperada que las demás que se entremezclaban, pero repetía un nombre que resonó en su cabeza.

Una mujer no dejaba de gritar el nombre de Alba. Miguel se levantó y vio, a través de la ventana, a la mujer de Docampo, gritando el nombre de su hija mientras la buscaba con paso vacilante entre las casas del pueblo.

Miguel aprovechó que la dueña de la casa volvía con ropa para abrir la puerta.

—Vigílelo un segundo, por favor…

Salió de nuevo a la tempestad y se encaminó hacia la madre de Alba, que no dejaba de repetir el nombre de su hija.

—¿Qué ha pasado con Alba? —le preguntó directamente, sosteniéndola por los hombros.

Miguel podía distinguir las lágrimas de la mujer a pesar de la lluvia que corría por su rostro y que se confundía con ellas.

—¡No la encuentro! ¡No sé dónde está! —gritó ella, sin dejar de mirar a su alrededor.

—¿Ha salido del tren?

—¡No lo sé!

—¿Puede estar con su padre?

Sandra seguía sin mirar a Miguel a la cara, como si no se quisiese dar cuenta de que le estaba gritando a apenas cinco centímetros de su rostro. Él, sin soltarle los hombros, la zarandeó para reclamar su atención, mientras repetía la pregunta.

—¡¿Puede estar con su padre?!

Lentamente, los ojos de Sandra se encontraron con los de Miguel.

—Su padre está muerto…

Sus labios temblaron y su voz se quebró, al mismo tiempo que sus piernas flaqueaban y ella se dejaba caer al suelo.

—Está muerto… —repitió, incapaz ya de contener el llanto. Miguel acompañó su cuerpo con el suyo mientras caían de rodillas sobre la tierra anegada. Ella se llevó las manos a la cara, como si aquel gesto fuera capaz de ocultar su vergüenza.

Él se puso en pie, y sus ojos buscaron sin éxito algún rastro de la niña a su alrededor. Entonces se detuvieron sobre el Tren del Norte, cuyo último vagón seguía arrastrando al resto del convoy hacia una caída de unos cuarenta metros.

Casi todos los pasajeros habían abandonado ya el tren, aunque los más rezagados se encontraban todavía en lo alto del puente, sus pequeñas siluetas recortadas contra las nubes que los relámpagos iluminaban de forma intermitente.

Puede que la niña fuera uno de estos últimos, puede que estuviera durmiendo y que no supiera lo que estaba ocurriendo hasta…

«El baúl».

Las dos palabras cruzaron la mente de Miguel provocando el mismo efecto que una bala al atravesar una copa de cristal.

Miguel le había dicho que, a la menor señal de problemas,

buscara un lugar seguro donde esconderse, y que no saliera hasta que todo hubiera pasado. Cuando él accionó el freno de emergencia para huir de Bouzas con el médico, provocó el caos en el tren. Alba podría haber pensado que esa era la señal de que llegaban los problemas.

Así que él la había mandado allí, al vagón de equipajes, el mismo que estaba a punto de caer desde el puente y de sepultarla bajo toneladas de acero.

Lo irónico era que la propia niña le había avisado de que algo iba a pasar. Ella había oído a Méndez y Castro hablar de un plan que se iba a poner en marcha mientras el tren estaba detenido en Oviedo. Pero él estaba más preocupado por salvar su propia vida que por investigar la advertencia de Alba. Y ahora, el plan de aquellos dos hombres estaba a punto de acabar con la vida de la niña.

Abrió de nuevo la puerta de la casa y se acercó hasta el niño, al que la señora vestía con cuidado.

—Necesito que me haga otro favor. Tiene que llamar a la policía. Este niño necesita llegar cuanto antes a la estación de Ferrol. Allí hay una ambulancia que lo tiene que llevar a Santiago.

—¿Dónde va usted?

Miguel no respondió. Metió la mano en su bolsillo y sacó la cajita metálica que aún guardaba la moneda. Se inclinó sobre el niño y cerró una de sus manos a su alrededor. No sabía por qué lo hacía, pero quería que el pequeño tuviera algo suyo, algo que le hubiera acompañado ese día, en el que tantas veces había esquivado la muerte. Tal vez esa moneda ayudara al niño a esquivarla también.

—Haga lo que tenga que hacer, pero asegúrese de que este niño llegue con vida a Santiago, por favor.

La mujer asintió con la cabeza. Miguel pasó una mano por el pelo del niño y se dirigió a la puerta, sumergiéndose de nuevo en la oscuridad del exterior. Echó a correr hacia el extremo del pueblo, hacia las casas que se levantaban junto a la ladera sobre la que discurría la vía, desandando el camino que había recorrido antes con el niño en brazos.

Lo único que centraba su atención era Alba, la niña a la que él había arrastrado a aquella aventura demencial, la única persona que le había ayudado de forma desinteresada y sin la cual ahora estaría en manos de la policía, o encerrado todavía en el compartimento donde Bouzas le había esposado.

Aquella niña de nueve años era su única amiga.

Se lo debía.

Por eso trepó por la ladera a pesar de que la lluvia que caía por ella le hacía resbalar y hundirse en el barro a cada paso que daba. En su ascensión, chocó con algunas personas que bajaban a trompicones, intentando alejarse del desastre inminente. Miguel las iba apartando, mientras luchaba por escalar la tierra que se deshacía a su paso.

Por fin, alcanzó las vías.

Sin aliento, obligó a sus piernas a ponerse de nuevo en marcha y echó a correr hacia el tren, que esperaba resignado una muerte segura en cuanto el segundo vagón pendiera también en el aire.

Mientras corría hacia el vagón de cola por el estrecho lateral, vio a lo lejos las luces de los coches de policía, que se acercaban a gran velocidad por la carretera, hasta detenerse junto a las casas más próximas a los pilares del puente. Varios agentes salieron con rapidez y en pocos segundos empezaron a establecer un cordón de seguridad a los pies del viaducto. De uno de los coches se bajó una mujer que no iba de uniforme. Durante un segundo, a Miguel le pareció que se trataba de la periodista con la que había hablado en la iglesia de Oviedo.

Aunque su distracción duró apenas un segundo, fue suficiente para que no pudiera esquivar el puñetazo que Bouzas descargó contra él, sorprendiéndole al aparecer tras un vagón. El golpe le hizo perder el equilibrio y Miguel cayó al suelo, a escasos centímetros del borde del puente. Bouzas le agarró del cuello y le echó hacia atrás, golpeándole la espalda contra el lateral del vagón. Sin darle tiempo a reaccionar, le propinó otro puñetazo, en la boca del estómago, que le dejó sin aire. Miguel cayó de rodillas, intentando recuperar el aliento.

—Habéis conseguido lo que queríais, hijo de puta. Una pena que pudiéramos sacar a todos los pasajeros...

—Yo no... no he sido yo... —consiguió decir Miguel.

—Por supuesto que no —ironizó el detective—. Lo que ha pasado hoy en este tren no ha tenido nada que ver contigo. Tú solo eres una víctima más, como me hiciste creer antes. ¿Y sabes qué? Casi me convenciste. Y ahora, lo que estoy dudando es si llevarte con la policía, o dejarte caer por el puente y alegar defensa propia.

—Esto ha sido cosa de Méndez..., él y el otro tipo.

—De Castro ya me he ocupado antes de que hicierais estallar la bomba. Y supongo que Méndez va a tener que responder a unas cuantas preguntas en cuanto vea que su cómplice le está acusando a él también.

—¡Yo no soy el cómplice de nadie! ¡No he tenido nada que ver en esto!

—Y aun así, tienes muy claro quiénes son los responsables...

—¡Alba Docampo me lo dijo! ¡Les oyó hablar! ¡Y ahora ella está atrapada en el tren, en el vagón de equipajes!

—¿Alba? ¿Cómo sabes tú que...?

—¡No hay tiempo para explicaciones! ¡Tengo que entrar ahí y sacarla!

Bouzas sopesó las palabras de Miguel.

—Es un truco...

—¡Escúcheme bien! ¡¿Cree que sería tan estúpido de provocar este accidente y volver a meterme en el tren antes de que se caiga?! ¡La niña está ahí dentro, y tengo que sacarla!

Señaló el vagón de cola, que se balanceaba lenta y peligrosamente. Bouzas lo observó unos segundos antes de pronunciarse.

—Voy contigo.

—Ahora mismo, lo que necesito es que baje ahí y haga venir a la policía, a los bomberos, a los de las ambulancias... ¡Traiga aquí a todo el mundo que pueda! ¡Dese prisa!

Bouzas suspiró, resignado, y asintió. Echó a correr hacia la máquina. Miguel reanudó su camino y se apresuró a llegar hasta los vagones de cola. El penúltimo vagón, el de los compartimentos de los empleados, seguía acercándose al extremo del puente. Su mitad trasera estaba ya cruzada sobre las vías, resistiéndose a duras penas. Miguel se asomó y comprobó que, si quería llegar al vagón de cola, no podría hacerlo desde el exterior.

Sin perder un segundo, entró al antepenúltimo vagón, el de la cocina. Corrió por el pasillo hasta llegar a los compartimentos del personal. El vagón, cuya parte trasera ya se veía arrastrada fuera de las vías, estaba inclinado hacia un lado, por lo que Miguel se tuvo que ir apoyando en las paredes para mantener la verticalidad. A su alrededor, el quejido del tren retumbaba por encima de los truenos. La estructura se resentía por la fuerza con la que el vagón de cola tiraba de ella, y el metal y la madera de las paredes y el techo parecían a punto de quebrarse al no soportar la presión. Pero el vagón se resistía a caer, y sus ruedas arañaban las vías del tren mientras intentaban permanecer sobre ellas.

Las luces del techo parpadeaban, iluminando los pasos de Miguel.

Al final del pasillo, el tren se retorcía sobre sí mismo de una forma imposible. La sección intermedia que unía los dos últimos vagones se había resquebrajado por varios lugares, pero no terminaba de partirse. El techo y el suelo eran los más castigados, ya que el vagón de cola, inclinado en el aire, tiraba del resto del tren hacia abajo.

De los paneles del techo asomaban algunos cables y tuberías, partidas por la mitad. La lluvia se filtraba por estos huecos y atacaba un cuadro eléctrico destrozado del que salían continuos chispazos.

Este era el motivo por el que la puerta de acceso al vagón no se abría. Miguel lo intentó con todas sus fuerzas, pero únicamente consiguió que se deslizara unos pocos centímetros. Acercó la cara al pequeño hueco que había abierto.

—¿Alba? ¡Alba!

Intentó escuchar alguna respuesta, pero el retumbar de los truenos, unido al lamento ininterrumpido de la estructura del tren, a punto de resquebrajarse, le impedía reconocer ningún sonido humano.

Miró hacia el interior del vagón. La oscuridad se rompía ocasionalmente con los relámpagos que iluminaban el exterior. Desde su posición, lo único que podía ver eran maletas caídas por todas partes, amontonadas unas sobre otras. Ningún rastro de vida.

Se le ocurrió que lo que estaba haciendo allí era una tontería. Había ido al rescate de una niña que, por lo que él sabía, podía encontrarse a salvo en el pueblo. Si seguía allí mucho tiempo, el vagón no tardaría en caer, arrastrando al resto del tren, y con él dentro. Era un suicidio. Dudó si darse la vuelta.

Y entonces lo oyó.

En un primer momento, lo confundió con un silbido del viento, al atravesar las rendijas recién abiertas en el convoy. Contuvo la respiración y se concentró. El sonido, agudo, se repitió. Era el grito de una niña, apagado y lejano. Pero procedía del vagón de cola, de eso no había duda.

Miró a su alrededor y encontró un extintor en una de las paredes. Lo descolgó y lo usó de ariete contra la puerta. Esta se abolló, pero no parecía ceder lo suficiente como para permitirle el paso. Sin embargo, Miguel no dejó de golpear, cada vez más cansado, pero cada vez con más rabia y más fuerza. De pronto, la parte superior de la puerta se descolgó de su enganche. Varios golpes más y el resto cedió. La puerta se soltó lo suficiente como para que Miguel pudiera escurrirse por la abertura y pasó al interior.

El vagón, inclinado hacia abajo, era un caos de maletas apiladas unas encima de otras y cajas cuyo contenido había sido volcado y esparcido por todas partes.

—¡¿Alba?!

—¡Miguel¡ ¡Estoy aquí!

Su voz sonaba apagada, como si estuviera aprisionada bajo las maletas.

Miguel intentó avanzar deslizándose hacia abajo, apartando los obstáculos o pasando por encima de ellos. A cada paso que daba hacia el fondo del vagón, tenía la sensación de que este se inclinaba un poco más.

—¿Dónde estás? ¡No te veo!

—¡En el baúl! ¡Me han encerrado!

Se escucharon unos débiles golpes, como si la niña estuviera descargando toda su fuerza contra las paredes del arcón. Miguel siguió el sonido hasta que encontró la enorme maleta, asomando entre un montón de equipajes abiertos.

—¡Alba!

—¡Sácame de aquí, por favor!

Miguel retiró el bastón que bloqueaba la cerradura y abrió la tapa del baúl con un fuerte tirón. Alba se abrazó a su cuello sin darle tiempo siquiera a preguntarle si estaba bien. La niña lloraba sin dejar de temblar, aterrorizada. Miguel la abrazó.

—Shhh, ya está, ya está… —le susurró—. Estás a salvo. Ahora te voy a sacar de aquí, ¿vale?

—Mi padre…

—¿Qué le ocurre?

—Estaba aquí… Víctor le pegó. Él y Castro lo tenían atado en el suelo y le estaban pegando. Yo lo vi todo y me encerró en el baúl. Después oí cómo se marchaban.

Miguel miró a su alrededor. Con todos los equipajes volcados era imposible saber si había alguien más allí. Las paredes volvieron a rugir, anunciando la inminente caída. Echó a andar hacia la puerta que comunicaba con el siguiente vagón, con la niña aún en brazos.

—Está bien, pero ahora tengo que sacarte de aquí.

—¡No! ¡Mi padre! —Alba se revolvió y saltó de los brazos de Miguel, que la retuvo del brazo antes de que la niña se alejara. Se puso en cuclillas frente a ella y la sujetó por los hombros.

—Lo buscaré, ¿de acuerdo? Pero antes necesito que salgas de aquí. Yo vendré a por tu padre.

Los ojos de la niña se abrieron de par en par, fijos en un punto sobre los hombros de Miguel.

—¡Cuidado!

Miguel se volvió. Si Alba no le hubiera avisado, la barra de hierro habría impactado directamente en su sien. Pero gracias a la niña tuvo tiempo de echarse unos centímetros hacia atrás, lo justo para evitar que Fernando le dejara inconsciente. Sin embargo, el golpe lo envió un par de metros hacia un lateral del vagón, nublándole la vista y provocando un intenso pitido que resonaba en su cabeza y atenuaba cualquier otro ruido.

A través de la densa niebla que cubría sus ojos, vio la silueta de Alba echarse encima de Fernando, que se la quitó de encima con un simple movimiento de su brazo. La figura borrosa del hombre se hizo más grande a medida que se acercaba a él. Miguel trató de incorporarse, pero aún estaba aturdido.

—Eres muy predecible. Y testarudo, igual que tus padres.

Fernando subió los brazos para descargar un nuevo golpe sobre él. Miguel estiró el brazo y agarró lo primero que palpó, una pequeña maleta con la que se protegió y que salió despedida en cuanto la barra impactó contra ella.

—¿Por qué… por qué estás haciendo esto? ¿Qué te ha prometido Quiroga? —lo único que Miguel intentaba era ganar algo de tiempo mientras se alejaba de Fernando, hacia el fondo del tren, y recuperaba las fuerzas, caminando a trompicones sobre el equipaje.

—No matarme. ¿Te parece poco?

—Un tipo muerto hace dos siglos no parece peligroso. No tienes por qué hacer esto. Puedes elegir enfrentarte a él.

—Ya lo hice. Los tres lo hicimos, tus padres y yo. Y nos castigó por ello, a cada uno de una forma diferente.

—¿Dónde están ellos ahora?

—Demasiadas preguntas. Y muy poco tiempo para contestarlas. El tren no aguantará sobre el puente mucho más tiempo… y tengo que asegurarme de que tú eres el único que va a seguir aquí cuando eso pase.

Fernando asestó un nuevo golpe con la barra de hierro, pero Miguel dio un salto hacia atrás y lo esquivó. Su espalda golpeó contra la puerta del fondo del vagón, que pareció resentirse del empujón y se acercó unos centímetros más al vacío. La vista de Miguel estaba empañada por la sangre que fluía de la herida de la cabeza y que le caía sobre los ojos. Aun así, a través de aquel manto rojo vio a Alba levantarse del suelo, aturdida por el empujón que había recibido de Fernando.

Para incorporarse, Miguel se apoyó sobre las maletas que

descansaban a sus pies. Su vista se detuvo en un baúl de cuero marrón, que permanecía cerrado y en cuyo frontal se podía leer el nombre y el compartimento de su dueño: «M. Sardes-C. 19». Era el equipaje del niño. Su equipaje.

Recordó entonces su conversación en la casa, frente a la chimenea. Recordó el libro con el que el niño había soñado. «Es lo único que tengo de mis padres», había dicho. ¿Estaría ahí, en esa maleta? ¿Estaba su objetivo final al alcance de su mano?

Sus pensamientos se vieron interrumpidos cuando Fernando, frente a él, levantó la barra de nuevo. Miguel levantó a su vez el brazo izquierdo para detener el golpe. La explosión de dolor cuando el hueso se le astilló quedó olvidada cuando el pie de Fernando impactó en su pecho, impulsándolo contra la puerta. Esta se abrió de golpe y, durante un segundo, Miguel se encontró cayendo al vacío. Sus manos se agitaron, buscando asidero en el aire. Su brazo derecho lo encontró al quedarse encajado en la misma barra a la que el propio Miguel, horas antes, se había agarrado para evitar la muerte a manos de Alberto.

Su cuerpo quedó colgando a una altura de unos cuarenta metros. Un relámpago tiñó la tierra de blanco. Miguel miró hacia abajo y vio a sus pies las luces de Luarca, y escuchó los gritos de sorpresa de algunos de sus habitantes al descubrir que uno de los pasajeros se encontraba al borde de la muerte.

La estructura rugió como si un trueno estallara en el interior. El vagón de cola cedió varios metros más, arrastrando al anterior, cuya parte trasera asomaba ya al vacío. Los gritos que llegaban del pueblo aumentaron de intensidad.

—Eres difícil de matar… —gritó Fernando desde la puerta, con el rostro desencajado por la rabia.

—¿Te has vuelto loco? ¡Tú también vas a morir aquí!

—¡Él me matará de todas formas si no lo hago! ¡Llega a todos, a todas partes! ¡Debimos haberle arrancado su maldito corazón cuando pudimos, pero ahora ya es tarde! ¡Y también para…!

Un grito desgarró el aire. Fernando bajó la vista y descubrió a Alba, clavando los dientes en su pierna derecha, atravesando la tela del pantalón y mordiendo la carne. Su mano dejó caer la barra de hierro y agarró a la niña por el pelo, intentando separarla. Pero Alba se sujetaba con verdadera ansiedad a su pierna, y Fernando tuvo que hacer uso de todas sus fuerzas para alejarla de él y arrojarla de nuevo al interior.

El movimiento lo desequilibró lo suficiente para que Miguel comprendiera que solo tendría aquella oportunidad. Haciendo acopio de las escasas fuerzas que le quedaban, se impulsó hacia arriba y agarró a Fernando por la camisa. Sus miradas se cruzaron un instante.

—Cuando veas a Quiroga, dile que le estaré esperando.

Dio un fuerte tirón hacia él y Fernando se vio despedido por encima de la barra de seguridad. Miguel se hizo a un lado y lo esquivó, mientras veía cómo la oscuridad lo engullía. Los gritos de los vecinos de Luarca volvieron a dejarse sentir cuando el cuerpo de Fernando rebotó contra el suelo.

Miguel, falto de aire no solo por el esfuerzo, sino también por la lluvia que empapaba su ropa y le dificultaba la respiración, tensó su cuerpo una vez más para trepar por la barra y alcanzar la puerta hacia el interior del vagón, que colgaba ya del puente en un ángulo cercano a los noventa grados. El dolor del brazo se hacía cada vez más agudo, pero también era el menor de sus problemas, así que se obligó a olvidarlo. Trepó hasta que sus pies encontraron la plataforma. Entonces, la mano de Alba surgió del interior para tomar la suya y ayudarle a entrar.

—Tenemos que sacarte de aquí… —dijo Miguel, empujando a la niña hacia arriba, hacia el suelo del vagón que, debido a la inclinación, se había convertido ya en una pared. Pero Alba se revolvió y señaló un punto entre las maletas.

—¡Mi padre! ¡Está ahí!

Miguel siguió con la mirada la dirección que le apuntaba Alba y distinguió el torso de un hombre asomando entre los equipajes volcados. Buscando con cuidado puntos de apoyo entre las maletas, llegó hasta él. Ismael Docampo abrió un poco los ojos mientras Miguel lo desataba y lo incorporaba. Tenía un lado de la cara hinchado y teñido con la sangre seca de la herida que tenía en la sien. Masculló una palabra, entre dientes.

—Alba…

—¡Estoy aquí, papá!

La niña corrió hacia su padre, tropezando con todos los obstáculos hasta llegar a él. Lo abrazó con fuerza, y el contacto con ella pareció insuflarle fuerzas. Se puso en pie y la estrechó entre sus brazos.

—¿Estás bien? ¿Te han hecho daño?

—Estoy bien, papá. Miguel me ha encontrado.

—Hay que salir de aquí. ¿Tiene fuerzas para llevarla hasta la puerta?

Docampo observó la pronunciada pendiente en la que se

había convertido el suelo del vagón. Llegar hasta la puerta que se abría en lo alto sería como escalar una pequeña montaña. Aun así, el hombre asintió con la cabeza.

—¿Qué hay de usted?

—Les seguiré detrás, no se preocupe por mí. ¡Rápido!

Docampo empezó la escalada, con su hija de la mano. Miguel sintió un leve mareo y la respiración se le hizo más pesada. Sabía lo que venía a continuación.

—Dos galeones hunde el corsario… —canturreó una voz de niña a su espalda—… camina hacia el frente con pata de palo...

Miguel volvió la vista hacia el lugar del que procedía la voz. No había nadie más allí con ellos, pero sí alcanzó a ver el baúl etiquetado con el número 19 y su nombre. Estaba cerrado con un pequeño candado que, a pesar de su reducido tamaño, resultaba imposible de forzar con las manos desnudas. Intentó levantarlo, pero la barra de una de las estanterías lo había atravesado y lo tenía enganchado, por lo que era imposible que se lo llevara con él.

Rebuscó entre las maletas de su alrededor y encontró el bastón que antes había retirado para liberar a Alba. El mango era de metal, así que lo usó para golpear el candado del baúl, deformándolo primero y partiéndolo con dos golpes más.

Abrió la tapa y metió la mano para rebuscar en el interior. Bajo algunas prendas de ropa y algunos objetos personales, encontró lo que buscaba.

Un cuaderno con las tapas de cuero viejo y las hojas acartonadas, castigadas por la humedad y, a juzgar por algunas manchas negras, el fuego. El libro cuya portada era un grabado del mismo dibujo del arcángel Miguel que él tenía tatuado en sus antebrazos.

Estuvo tentado de abrirlo, pero, en ese momento, el suelo bajo sus pies desapareció durante un segundo, el tiempo que el vagón tardó en caer un par de metros más. La estructura rugió de nuevo y, a su alrededor, las maderas de las paredes se empezaron a partir por la mitad. El grito de Alba le hizo levantar la vista. Ella y su padre habían alcanzado ya la puerta que comunicaba con el siguiente vagón, gracias a la ayuda de Bouzas, que asomaba por la puerta y los estaba ayudando a salir. El detective tenía a Docampo agarrado de la mano, y este a su hija, a la que intentaba levantar para que Bouzas la sujetara y la sacara de allí antes que a él.

Pero un nuevo tirón partió la sección intermedia del coche por la mitad.

—¡Alba!

El grito de Docampo se dejó sentir por encima incluso del aullido del tren al despedazarse su estructura. La niña se había soltado de la mano de su padre antes de poder alcanzar la de Bouzas, y había caído de nuevo sobre las maletas amontonadas en el fondo del vagón, donde se encontraba Miguel. Este no perdió tiempo. Aseguró el libro en su espalda, por debajo del cinturón y, ya con las manos libres, saltó hacia la pequeña, que ni siquiera era capaz de volver a recuperar la verticalidad. La tomó por la cintura y la cargó sobre sus hombros, apretando la mandíbula para soportar el dolor del hueso recién partido. Con esta mano la sujetaba, mientras que con la otra, intacta, se ayudaba para trepar sobre las maletas y las estanterías volcadas para alcanzar de nuevo la puerta. El vagón se encontraba prácticamente en posición vertical, colgando del puente, por lo que la escalada se antojaba imposible incluso en perfectas condiciones físicas.

Miguel fue ascendiendo centímetro a centímetro, agarrándose a las estanterías de metal que aún seguían atornilladas a las paredes del vagón, como si trepara por un andamio, acercándose a su meta. Las barras, sin embargo, eran demasiado finas, y ofrecían un apoyo un tanto precario. El peso de Miguel y la niña resultaba excesivo.

—Alba, necesito que te agarres a esa barra. Esto no va a aguantar nuestro peso mucho tiempo. Súbete a mis hombros y salta.

La niña hizo caso y alcanzó otra estantería antes de que cediera aquella en la que se encontraban. Miguel llegó hasta ella y repitieron la operación hasta otra más elevada. A poca distancia ya, Docampo esperaba, agarrado al brazo de Bouzas para ganar un metro más, dispuesto a atrapar a su hija cuando estuviera a su alcance.

—Lo estás haciendo muy bien, cariño, no te pares.

—Un poco más, Alba, un poco más… —la apremió el detective.

Alba llegó hasta la barra más cercana a la puerta y alargó su brazo. Aún quedaba medio metro por salvar, pero ya no había más puntos sobre los que apoyarse, y su padre, que estiraba su cuerpo todo lo que podía, se agarraba ya con la punta de los dedos a la mano del detective.

—¡Más cerca, cariño, solo un poco más!

—¡No puedo! —lloraba ella.

La estantería cedió. Uno de los puntos donde se fijaba a la

pared se soltó y la barra se inclinó, sin soltarse, pero alejándose de la puerta de salida.

—¡No, Alba!

Docampo estalló en lágrimas cuando vio a su hija, con la mano extendida hacia él, alejándose de nuevo hacia el fondo del vagón. Miguel sabía lo que debía hacer. Saltó hasta la barra donde se encontraba Alba y tomó a la niña en sus brazos.

—Ha sido un viaje increíble, Alba —le dijo a la niña, con una sonrisa—, pero no será el último que hagamos. Nos volveremos a ver.

Buscó un punto de apoyo en la barra sobre la que se encontraban, a punto de soltarse del todo de la pared, y se impulsó con los pies hacia arriba. La estantería terminó de partirse y cayó hacia el fondo, pero Miguel consiguió saltar hacia la puerta, donde Docampo, aprovechando el vuelo de ambos, agarró a su hija antes de que cayera de nuevo.

—¡Miguel!

El grito de Alba llegó hasta los oídos de Miguel, que cayó otra vez a la oscuridad del vagón, cerrando los ojos, dibujando en su mente el espejo y viéndose a sí mismo cruzándolo, tal y como le habían dicho que hiciera.

Y mientras el tren perdía la batalla y caía al vacío desde lo alto del puente, él repitió su nombre en voz baja.

· ·

IV

Cuenta la leyenda de Luarca que el pirata berberisco Cambaral fue hecho prisionero después de atacar unos barcos pesqueros en los que un pequeño ejército le esperaba escondido. El pirata conoció en su prisión a la hija del señor de la villa, de la que se enamoró perdidamente. Los dos amantes se fugaron, pero fueron detenidos en el puerto y decapitados allí mismo, tras fundirse en un beso que el padre de la joven no pudo soportar.

Al día siguiente, los habitantes del pueblo descubrieron los dos cuerpos sin vida, abrazados para toda la eternidad.

Siglos después, un acontecimiento volvía a conmocionar a la modesta villa marinera. Sus calles vivían de nuevo una historia que, aunque real, con el paso del tiempo se convertiría, tal y como había sucedido con el trágico final del pirata, en leyenda.

V

Los habitantes de Luarca ahogaron sus gritos y asistieron enmudecidos a la caída del convoy. Todos tuvieron la sensación de que el tiempo se ralentizaba, y de que incluso las gotas de lluvia caían a menor velocidad, acariciadas por un viento que disminuía su fuerza. Un relámpago tiñó el cielo de blanco y permaneció así varios segundos, como si le hubiera sorprendido encontrarse con aquel espectáculo.

Durante un breve instante, la tormenta amainó, y la noche pareció menos oscura.

Mientras recorría a cámara lenta los cuarenta metros que lo separaban del suelo, el puente de Luarca presenciaba el final del primer y último viaje del Tren del Norte.

VI

Varias horas más tarde, Verónica Robledo caminaba alrededor del perímetro que guardaba los restos del tren. El sol había empezado a asomar por las montañas y, poco a poco, la tormenta se iba alejando.

Casi todos los pasajeros habían sido evacuados ya. Nadie había resultado herido de gravedad. Ismael Docampo y su hija eran los que presentaban heridas de mayor consideración, pero no se temía por sus vidas. Verónica supo, ya en su primer encuentro con la niña, que a ella no le ocurriría nada durante el viaje, y que, fuera cual fuera el peligro al que se enfrentara, sobreviviría a él. No porque tuviera suerte, sino porque el destino tenía algo más reservado para ella.

Algo más terrorífico.

Algo inevitable… y necesario.

Pero aún tendrían que pasar unos cuantos años hasta que tuviera que hacerle frente, así que ahora solo se podía celebrar que tanto ella como su padre se encontraran a salvo. Sin embargo, el jefe de expedición, Castro, no había corrido la misma suerte. La policía había encontrado su cadáver junto a un arroyo que discurría bajo el puente.

Bouzas se había responsabilizado de aquella muerte y había sido arrestado. Sin embargo, Docampo había intercedido por él y, tras contar la verdad de lo ocurrido, había pedido que emitieran una orden de búsqueda y captura contra su socio, Víctor Méndez, al que nadie había vuelto a ver desde la explosión y que seguramente se encontraba ya lejos de Luarca.

Pero con toda la policía del norte del país pisándole los talones, no llegaría demasiado lejos.

Aunque todo aquello formaba parte del reportaje más increíble que Verónica Robledo escribiría en toda su vida, no era ninguno de aquellos personajes el que realmente le interesaba.

Los bomberos buscaban, entre el amasijo de hierro y madera, el cadáver de Miguel, que según Docampo y su hija había quedado atrapado en el vagón de cola segundos antes de que todo el tren cayera desde el puente. Un equipo de veinte personas y varios perros policía llevaban casi siete horas buscando su cuerpo, sin éxito.

Verónica sonrió, triste. Sabía que la búsqueda terminaría siendo inútil. Miguel ya no se encontraba allí. Y en el fondo, lo lamentó. Porque ella sabía dónde se encontraba ahora.

El viajante había vuelto a casa.

EPÍLOGO

Lo primero que vio al abrir los ojos fue el relámpago que se introdujo en la habitación a través de la ventana que había sobre su cabeza. El trueno estalló inmediatamente después y las paredes retumbaron a su alrededor.

Miguel recordaba haber soltado a la niña justo antes de caer al fondo del vagón. Tal y como Alba le había dicho, repitiendo las palabras del monje, se había esforzado por imaginarse el espejo que aparecía en sus sueños y se imaginó a sí mismo cruzando su extraño cristal líquido. A su alrededor, el Tren del Norte rugía mientras caía al vacío.

Y justo cuando esperaba el golpe contra el suelo y una muerte más que segura, se había despertado.

Una mujer mayor entró en su campo de visión. Estaba justo bajo una antorcha de la pared, por lo que Miguel no podía ver su rostro con claridad. Sí veía, porque la luz de las llamas se reflejaba en ellas, que llevaba unas gafas de montura gruesa con un parche que le tapaba su ojo izquierdo. Tenía un aire familiar, de eco de un pasado lejano. Le cogió la cabeza con cuidado hasta reposársela en el suelo. Una chica joven de tez muy pálida se acercó con un cojín que descansó debajo de su cuello. Él, agotado y dolorido, agradeció el gesto.

—¿Está bien? —preguntó la chica. Parecía preocupada de verdad. Miguel intentó decidir si le resultaba conocida como la mujer y durante un instante creyó hacerlo cuando la miró a los ojos. La sensación solo duró un instante.

La mujer le pasó una mano por la cabeza y le abrió un poco la camisa, como si le estuviera haciendo una exploración rápida. Miguel no pudo evitar un gesto de dolor cuando le intentó levantar su brazo izquierdo. Después, la mujer le agarró por la muñeca y tardó un par de segundos en contestar.

—Tiene el pulso un poco rápido, pero parece estar bien, dentro de lo que cabe.

—¿Dónde ha estado? —la pregunta de la joven parecía más retórica que dirigida a alguno de ellos—. No han pasado ni diez minutos, pero su aspecto…, su ropa…

Miguel, aturdido, paseó la vista por la habitación, iluminada por varias antorchas que colgaban de las paredes. Tumbado en una enorme cama le pareció ver a un chico. Tenía el torso desnudo y envuelto en vendas improvisadas, que dejaban ver fragmentos de piel quemada.

—¿Dónde… dónde estoy? ¿Quiénes sois vosotros?

—¿No nos recuerdas? —preguntó la joven, asustada. Después, se dirigió a la mujer—. ¿Por qué no nos recuerda?

—Dale un poco de tiempo. Acaba de hacer un largo viaje, su mente todavía tiene que asentarse.

—El espejo… —masculló Miguel.

Volvió la cabeza y observó el espejo, el mismo que había

visto en sus sueños y que, al parecer, le había permitido salvarse de la catástrofe en el tren. La mujer se inclinó sobre él, y le habló con ternura.

—Miguel, ¿has podido leer el libro? ¿Lo has visto?

Le extrañó que la mujer supiera su nombre. Permaneció en silencio varios segundos, intentando averiguar si seguía soñando o si ahora estaba despierto y todo su viaje a bordo del tren había sido una pesadilla. Se incorporó para echar la mano a la espalda y sacar el libro de cuero, que había protegido bajo su cinturón. La expresión en el rostro de las dos mujeres era de una sorpresa apenas descriptible.

—Lo has traído… No solo lo has visto…, sino que lo has traído… —dijo la joven, incapaz de reprimir una sonrisa de esperanza. Se hizo con el cuaderno y empezó a pasar las páginas mientras sus ojos brillaban con la emoción.

—Está… está todo aquí.

—Lo que has hecho es increíble —dijo la mujer mayor. Miguel tuvo la sensación de que estaba a punto de llorar.

—¿Qué… qué he hecho?

—Salvarnos la vida.

La respuesta le llegó desde algún lugar a sus espaldas. Miguel se dio la vuelta con dificultad y vio a una chica que entraba a la habitación desde un cuarto contiguo. Caminaba hacia él con paso vacilante. Miguel entornó los ojos para distinguir su cara, pero las sombras la cubrían.

—¿Seguro que está bien? —preguntó.

—Lo estará. Hay que darle un poco de tiempo, pero acabará recordando.

—¿En qué época has estado? —preguntó la primera chica,

la que tenía la tez pálida y hablaba casi en susurros. Él estaba a punto de contestar, pero la chica que acababa de entrar se le adelantó y respondió por él.

—Cuatro de octubre de 1984.

Miguel la miró sin comprender. ¿Cómo era posible que lo supiera?

—Fue el día del Hortensia, el huracán. Y también fue el día de...

—Del Tren del Norte... —interrumpió la mujer del parche en las gafas—. ¿El libro está en buen estado?

—¿Por qué es tan importante este libro? —Miguel se puso en pie intentando reprimir un gesto de dolor. Las dos mujeres le ayudaron, mientras la tercera seguía envuelta en la penumbra. Poco a poco, sus ojos se iban acostumbrando a la escasa luz de la habitación—. ¿Y dónde estoy? ¿Qué año es?

—Acabas de volver de un viaje que te ha llevado 20 años en el pasado —dijo la chica. Tenía un timbre de voz que no le resultó del todo extraño—. Estás en 2004, y ese libro es la llave para poder salir de esta casa maldita antes de que nos mate a todos.

—¿Casa? ¿De qué estás hablando? ¿Qué... qué sitio es este?

La chica dio un par de pasos al frente.

—El único lugar más peligroso que el mismo infierno. Estás en el Pazo Quiroga.

Un relámpago iluminó el rostro de la chica.

Tenía una larga melena pelirroja y unos ojos color miel que, a pesar de los años que habían pasado, hicieron que Miguel la reconociera de inmediato.

Eran los mismos rasgos de la niña a la que él había salvado en el tren minutos antes.

La joven que tenía delante era Alba Docampo.

CONTINUARÁ

LAS **CRÓNICAS** DEL
VIAJANTE

LAS **CRÓNICAS** DEL
VIAJANTE
EL PASAJERO 19

edebé

CARLOS VILA SEXTO

LAS **CRÓNICAS** DEL
VIAJANTE
LA HABITACIÓN IMPOSIBLE

edebé

CARLOS VILA SEXTO

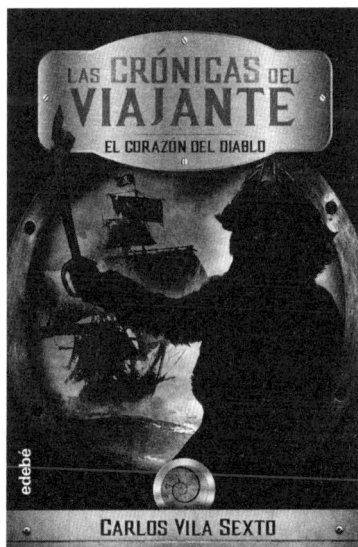

LAS **CRÓNICAS** DEL
VIAJANTE
EL CORAZÓN DEL DIABLO

edebé

CARLOS VILA SEXTO